文春文庫

悲愁の花

仕立屋お竜

岡本さとる

文藝春秋

目次

主な登場人物

お竜……………鶴屋から仕事を請け負う仕立屋　しかしその裏の顔は……。

鶴屋孫兵衛…………老舗呉服店の主人　八百蔵長屋の持ち主でもある。

北条佐兵衛…………剣術の達人　お竜を助け武芸を教える。

井出勝之助…………浪人　用心棒と手習い師匠をかねて、鶴屋を住処にしている。

隠居の文左衛門……孫兵衛の碁敵　実は相当な分限者らしい。

悲愁の花

仕立屋お竜

この作品は「文春文庫」のために書き下ろされたものです

一、ならずもの

(一)

「さあさあ、今日はゆっくりと、うまい酒と料理を楽しみましょう。〝案内人〟などしていると、心と体が疲れますからな。たまにはこうやって、命の洗濯をしないといけません。〝鶴屋〟の主殿《あるじどの》には断りを入れてあります。気兼ねなどいりませんので……」

鰹の刺身、焼き茄子、奴豆腐、軍鶏《しゃも》の小鍋仕立など、好物を前にして、隠居の文左衛門《ぶんざえもん》は終始上機嫌であった。

相伴しているのは、呉服店〝鶴屋〟出入りの仕立屋お竜《りゅう》、同じく用心棒兼手習い師匠の井出勝之助《いでかつのすけ》である。

〝鶴屋〟の主・孫兵衛《まごべえ》は、文左衛門の碁敵にして知己で、その縁によってお気に入りとなったこの二人を誘い、文左衛門は時に小宴を開いてあれこれ語るのが、近頃の楽しみとなっている。

文政四年も夏を迎え、五十半ばで好々爺然《こうこうやぜん》としてきた文左衛門は、若い二人と酒食を共にして、暑さを乗り切る勢いをつけんとしているのだ。

しかし、一見和やかな三人の宴には、恐るべき裏稼業の仲間としての絆を深める意図があった。

かの元禄の御世《みよ》に名を成した豪商・紀伊國屋《きのくにや》文左衛門の五代目となるこの隠居は、女子供、弱い者に害を為す悪人を地獄へ案内してやるべく、裏の仕事を起こした。

初代・文左衛門が、表社会から身を引いた後も尚残る財を、それへ投入して余生を送らんと思い立ったのだ。

そうして〝案内人〟に選ばれたのが、お竜と勝之助であった。

鶴屋孫兵衛は、実のところは文左衛門の一族の一人であり、今日三人で酒を酌み交わしているのは江戸橋の船宿〝ゆあさ〟の一室である。

この船宿の実質の主は文左衛門で、案内人同士の交流を深めつつも、その構えには隙がなかった。

お竜も勝之助も、話好きで通人である文左衛門との宴を楽しんでいたが、その

うちに文左衛門が真顔になり、

「さて、次に案内をしてもらいたいのは……」

などと言って、許せぬ悪党の名を告げるのではないかと、気を引き締めていたが、まるでその気配はなかった。

やがて腹も膨れて、ほろ酔い加減も好い具合になると、

「喜んでよいやら、ちと張り合いがないと嘆いてよいやら……、案内をしてやりたい相手は今のところ見つかっておりません。いやいや、これは喜ぶべきことなのでしょうねえ」

文左衛門は、溜息交じりに告げたものだ。

「左様でございますか……」

「ご隠居の申される通り、それは何よりですな。お蔭でこうしてのんびりとできるというものじゃ」

お竜と勝之助は平然として応えたが、胸中は複雑であった。

悪が栄えぬ世などない。

案内人に仕事がないということは、それだけ悪党が巧妙に姿を隠しているわけで、心の底から喜んでもいられまい。

三人はその想いをわかちあっていたのだ。

とはいえ、人の命を奪うのである。

闇雲に殺す相手を捜すわけにもいかない。

ひとまずは、この平和を享受するしかなかろう。

お竜は、そろそろこの辺りでお開きにして、家に帰ろうかと思ったが、

「ご隠居には、こいつだけは殺してやりたいという者はおりませなんだか？」

その時、勝之助が文左衛門に問うた。

「殺してやりたいと思った者……。ははは、人として生まれれば、誰にだってそんな相手の一人や二人はいるでしょうねえ」

文左衛門はにこやかに応えた。

「それで、その奴はまだこの世に生きているのでござるかな」

「さて、どうしているのでしょうねえ」

「殺してやろうとは思わなんだので？」

「思いましたが、踏み止まりましたよ」

「その奴は、ご隠居が若い頃に惚れた女の仇でござるな」

文左衛門は神妙に頷いた。

この話には、お竜も興をそそられた。

文左衛門が、〝地獄への案内人〟を結成したのは、若い頃に板橋の遊女・お花《はな》を死なせてしまった無念からであった。

若かった文左衛門は、銭金《ぜにかね》抜きの純愛をお花と貫かんとして、共に逃げそして廓《くるわ》の男達に捕えられた。

お花と文左衛門は引き離され、厳しい折檻《せっかん》を受けたお花は、その痛手が因《もと》ではかなくなったのである。

その折は、妓楼に火をつけて、男衆を皆殺しにしてやりたい衝動にかられた――。

お竜と勝之助は、そのように文左衛門から打ち明けられていた。

もちろんそれは、遊里の掟を破った文左衛門がいけなかったのであり、文左衛門がお花を折檻した男衆に仕返しをするのは筋違いである。

それでも、男衆の中には、

「こ奴だけは許せない」

と、思った者もいたかもしれない。

〝地獄への案内人〟の仕組みを作った文左衛門である。

若さゆえの無分別もなくなり、余生を弱い者のために生かそうとした時、その奴の今を調べて、相変わらず酷いことに手を染めているようなら、殺してしまおう

——そう考えていたとておかしくない。

先祖からの財を引き継いだのだ。仕返しくらい出来たはずだ。

勝之助は話を聞いて以来、そのように思っていたのである。

「功助《こうすけ》という男がおりましてな。そ奴だけは殺してやろうと、金で仲間を募って板橋まで行ったことがありましたよ」

文左衛門は苦笑した。

遊女を折檻するといっても、男衆のほとんどは、他の遊女への示しをつけるために、形だけ痛めつけるのが常であった。

ところが、この功助は血も涙もない男で、

「そんなことをしていると、女達はますますつけ上がるってもんだ」

と言って、見せしめのためにも、女の体に覚えこませてやると、竹棒で徹底的に打ち据えたという。

痛みと絶望は、若いお花の心身を責め、遂には死に追いやったのだ。

身から出た錆とはいえ、文左衛門が功助だけは許せなかったのも無理はない。

しかし、板橋にそっと乗り込んだものの、既に功助はお花を死に至らしめた責めを負わされ町から追放されていた。

そして、文左衛門は待ち受けていた町の顔役に、

「そもそもお前さんが馬鹿なことをしなければ、お花も死なずにすんだし、功助も町を追い出されずにすんだ。ここは分別をするんだな」

と、諭された。

功助も勢いの好い男で、文左衛門より二、三歳上の若さであった。

文左衛門が若さに任せて、お花を足抜けさせようとしたのなら、功助も彼の若さが一人歩きして、お花を死なせてしまったと言える。

「それでも許せないなら、功助は麻布の市兵衛町辺りにいるとのことだ。捜し出してけりをつけりゃあ好いが、そんなことをする前に、お花への回向《えこう》と思って、お前さんがまず男を磨くことだな」

顔役の言葉が胸に刺さり、文左衛門は黙って板橋から立ち去り、それからは商いに励み、自分を磨くようにと努めた。

「そのうちに、功助を殺したとて、何も世の中が変わるわけでもないし、お花が浮かばれるわけでもない。何もかも自分がいけなかったのだと思われましてねえ」

やがて功助への憎しみも薄れ、わざわざ見つけ出してけりを付けてやるという想いも消えたのだと、文左衛門はしみじみと語った。

「なるほど、左様で……。これは要らぬことを訊いてしまいましたな。わたしはどうも、話の続きをどこまでも知りとうなる癖がある。困ったものやなあ」

勝之助は、いつもの人懐こい笑みを返すと、

「楽しい宴でござった。そろそろ日も暮れてきたゆえ、店へ戻るといたそう」

お竜に目配せをして、暇《いとま》を告げたのであった。

(二)

文左衛門は、そのまま船宿に残り、今日はここで泊まると言う。

お竜と勝之助には、船に乗って帰るように勧めてくれたが、心地よい酒の酔いに浮かれて歩くのもよかろう——二人共に、そのように告げて〝ゆあさ〟を後にした。

お竜が住んでいる長屋と、勝之助が寄寓している〝鶴屋〟は、目と鼻の先の近さである。

二人は連れ立って帰路についたのだが、道中に勝之助が話したいことは、お竜

にはわかっていた。

「勝さん、その〝功助〟って男は、あたしが調べてみますよ」

お竜が切り出すと、勝之助はニヤリと笑って、

「ここは、仕立屋に任せておこか……」

と、暮れゆく空を見つめた。

怒っている時、泣いている時、喜んでいる時など、感情につき動かされると、勝之助は空を見上げる。

それは何故か、そのうちに問うてみようかと思っているが、これは井出勝之助特有の照れ隠しなのであろうと、お竜は見ている。

「ええ、任せてくださいな」

お竜は右の手の平で、軽く帯を叩いてみせた。

文左衛門は、件《くだん》の功助という男について、

「今さらながら……」

と、見つけ出すつもりもないのであろう。

お竜と勝之助には、案内人としての信頼を置いている文左衛門である。

それゆえに、余計な仕事をさせてはならないと、配慮を欠かさない。

私的な怨恨に二人を付合わせるつもりはないと、自戒していると見受けられる。

とはいえ、文左衛門はお花を失って以来、一度も妻を持たずに生きてきた。

その因を作った功助への憎しみは、心の奥底で今も持ち続けているのに違いない。

己を律するあまりに、それを言い出せないのなら、ここは自分がそっと功助の今を探ってみよう。

その上で、功助が昔と変わらぬ無慈悲さで、弱い者に害を為しているならば、容赦なく地獄へ案内してやり、文左衛門のためにお花の仇を討ちたいと、お竜と勝之助は同時に思ったのだ。

しかし、ここはまず、

――あたしが出しゃばらせてもらおう。

お竜は譲るつもりはなかった。

私的な怨恨というならば、先頃お竜は、文左衛門の厚意をもって、彼女に困苦を与え続けたかつての亭主・林助《りんすけ》を、地獄へ案内してやった。

このしがらみを断った後は、心機一転して〝お竜〟としての新たな暮らしを、送ることが出来ている。

あらゆる憑きものが落ちたかのようだ。

「勝さん、あたしには、先だっての借りがありますからねえ。功助って男を、しっかりと見届けてやりますよ」

お竜は力強く勝之助に言った。

〝ゆあさ〟から船に乗らず、二人でぶらぶらと帰路につこうとした勝之助の意図は、お竜とこの話をしたかったからに違いなかったのだ。

「先だっての借りか……。うん、そんならしっかりとな。哀れな女郎を痛めつけるような男や。今頃は人でなしの親玉になっているかもしれんよってになあ」

勝之助はお竜を激励しつつも、

「但し、功助がなかなかに手強い相手やったら、迷わずおれに加勢を頼むようにな……」

自分も文左衛門の仇討ちにはひとつ嚙んでおきたいのであろう。

お竜に釘を刺しておくことは忘れなかったのである。

案内の仕事が見つからなければ、自ら動いてみよう――。

かくしてお竜は、その翌日から麻布の市兵衛町へと出かけた。

彼女が暮らす京橋南界隈からは、さほど遠くないのはありがたかった。

今は、案内人の仕事も特にないと、鶴屋孫兵衛は文左衛門から聞いているはずである。

それゆえ、仕立物の仕事の方を、あれこれ頼んでくるに違いない。

ひとまず、武芸の師で今は旅に出ている北条佐兵衛《ほうじようさへえ》の留守宅に用があると言って、そっちの仕事は後回しにしておこう。

だが、それが過ぎれば、文左衛門のことであるから、お竜の噂を聞きつけて、

──あたしが勝手に、ご隠居の仇討ちに動き始めたと気付くかもしれない。

そこが気にかかる。

文左衛門が、お竜と勝之助を呼んで小宴を開いたことは孫兵衛も知っている。

そういう日の翌日は、孫兵衛も気を遣って、仕立屋への注文は控えるはずだ。

それをよいことに、ひとまず麻布へ出かけたものの、

──早いとこ、片をつけないといけない。

と、気が急《せ》いた。

功助が板橋を出て市兵衛町辺りに身を寄せてから、三十年は経っていよう。

今もこの町にいるかどうかは、まったくもってわからない。

何かというと喧嘩口論を繰り返していたのなら、そんな破落戸《ごろつき》はとっくに命を落としているかもしれない。

生きていたとしても、板橋同様不始末を起こし、もうこの町から追い出されているような気もする。

――それならそれで急ぐこともないか。

長期戦を覚悟して、少しずつ調べあげて、きっと決着をつけてやればよいのだと、お竜は考え直した。

いるかいないかくらいは、二日もあればわかるであろう。

――功助、待っていなよ。逃がしはしないからねえ。

お竜は、以前、破落戸であった父・由五郎《よしごろう》の居処を求めて、根津の裏町を巡ったのと同じように、市兵衛町の闇を探ることにした。

あの時は〝悪婆〟を演じたが、この度は特に変装などはせず、小粋な町の女のまま町を廻った。

裏町を歩くと危険が伴う。

身に降りかかる火の粉を払わねばならぬ時もある。

お竜は偉大なる武芸者・北条佐兵衛から、徹底的に武術を仕込まれた、体中が武器と化した女である。

少し動いただけでも目立ってしまい、それが裏の仕事に差し障るかもしれないと思い、これまでは聞き込みの時などは、それなりに変装をしていた。

しかし考えてみると、変装をしたゆえに目立ってしまうこともある。

争闘の際は人目につかぬところでさらりとかわし、どこにでもいる町の女でいた方がよいだろうと、策戦を練り直したのであった。

麻布市兵衛町は、六本木町のやや北東にほど近い。

この町にも岡場所がある。

深川や根津に比べると妓楼の数は少ないが、盛り場としての華やぎが漂っている。

板橋からここへやって来たという功助は、当然この岡場所に出入りしていたに違いない。

お花は遊女で、妓楼の売り物であった。

それを死なせてしまったのは、出入りする男達の失態である。

初めから殺すつもりなどなかったのに、お花が落命したのは、功助の折檻がよほど酷かったのであろう。

それが誰の目にも明らかであったゆえに、功助は板橋から追い出されたのであろうが、考えてみれば、よくそのくらいの処分ですんだものである。

場合によっては、腕のひとつもへし折られても仕方がない失態であったはずだ。

後に文左衛門が、金で人を雇って板橋へ押しかけたというから、功助はそういう制裁を受けなかったのであろう。

そこから考えると、功助は男衆の中でも一際腕っ節が強く、日頃から一目置かれている存在であったのではなかったか。

功助のやり方に反発はあっても、黙って見過ごすしか出来なかったと思われる。それほどの男であるならば、この市兵衛町にやって来てからも、盛り場で随分幅を利かせたに違いない。

今ではこの辺りの顔役となって、阿漕《あこぎ》なことに手を染めているのかもしれない。となれば、やはり岡場所に出入りして、小廻りの用などこなしながら小遣い銭にありついているような連中から、訊き出すのが近道である。

昼下がりの市兵衛町もまた、他の遊里と同じで、路地裏はどこもけだるい様子に覆われている。

何か咎められたら、

「仕立のご用などございませんかねえ」

などと応えるつもりで、お竜は岡場所の周囲をゆったりと歩いた。

少し行くと、傍らの小路から若い男の怒声が聞こえてきた。

（三）

「手前《てめえ》はしつこい野郎だなあ！」

「今度また来る時は、たっぷりと懐に銭を入れてからにしろい！」

若い威勢の好い男が二人で、これも同じような年恰好の男をいたぶっている。

やられている方は、いかにも頼りなさそうな男で、のっぺりとした顔に涙を浮かべて、

「なあ、頼むよ、もう一度だけ取り次いでおくれよ」

と、地面に膝を突いて懇願している。

お竜は素通りが出来ず、辻の角から様子を窺ってみた。

「馬鹿野郎、お前なんぞに構っていちゃあ、こっちも飯の食い上げなんだよ！」

固太りで四角い顔をした一人が脅しつけると、

「とにかく帰りやがれ！」

ひょろりと背の高い馬面の一人が、のっぺりを押し倒した。

三人のやり取りを聞くと、のっぺりが妓楼の遊女に入れあげたものの、金の切

れ目で女から愛想尽かしをされた。

それでも諦め切れぬ客は、のこのこと訪ねてきて、門前払いを食わされ、ここぞと出てきた固太りと馬面に追い返されようとしているらしい。

固太りが長太《ちょうた》、馬面が粂三《くめぞう》。

追い返して、娼衆《よねしゅう》から小遣いをもらうのであろう。

そんな銭もすべては遊女の借金になるのだが、下手に文無しの客を引き入れるよりは、はるかに安くすむのだ。

「そこを何とか頼むよ……。なあ、一度だけ。一目会えりゃあ好いんだよ」

客は随分と遊女にご執心のようだ。尚も二人に縋るので、長太と粂三は苛々として、

「手前、好い加減にしろい！」

「帰れと言ったら帰らねえかい！」

遂に客を殴りつけた。

一度手が出ると、興奮して抑えがきかないようで、二人は客の横っ面をはたき、蹴り上げて、倒れたところをさらに踏みつけた。

客も身から出た錆というものだ。

遊女の言葉を真に受けて、金がなくても会ってくれるなどと、甘口を言うからこのような憂き目を見る。

お竜はそのまま行き過ぎようとしたが、かつて惚れた女と逃げんとして捕えられ、酷い仕打ちを受けたという文左衛門の話が思い出され胸が痛んだ。

これも何かの縁と思い、路地へ入ると、

「兄《あに》さん方、まあまあ、その辺りにしておあげなさいな」

打擲《ちょうちゃく》されている客を庇ってやった。

長太と粂三は、興奮に我を忘れていたのが、お竜の声で正気に戻り、手を止めた。

「はいはい、お逃げなさいな……」

お竜はその間を逃さず間に入って、客を逃がした。

痛めつけられた客は、声もあげることが出来なかったが、このままでは殺されてしまうと顔を引きつらせ、力を振り絞って逃げ出した。

「野郎……」

「待ちやがれ……」

しかし、長太と粂三は引っ込みがつかなくなり、尚ものっぺりの客を追いかけんとした。

お竜は二人を宥《なだ》めて、功助について訊ねようとしたのだが、今は何を訊いても気が昂《たかぶ》って応えてくれまい。

ひとまず逃げた間抜けを助けておこうと、傍らに転がっていた手桶を、ひょいと二人の足下に転がした。

「い、痛ェ！」

これに足を取られた長太が転び、さらに長太を踏んだ粂三がおこついてその場に倒れた。

「ごめんよ……」

お竜は、客が逃げたのを見届けて、その場から小走りに立ち去った。

長太と粂三は何やら喚いていたが、客を痛めつけるのに疲れたようで、追ってはこなかった。

上手くことを収められた——。

お竜は、汗もかかずに二人の乱暴を押さえられたのが心地よく、それからまた盛り場を巡って、人のよさそうな居酒屋の親爺や、外の風に当りに出た遣り手を捉まえて、

「あたしは仕立屋なんですがねえ、近頃はどうも不景気でございまして、時折は

こういう賑やかなところを廻りましてね。好いお客を摑もうとしているのですが、なかなか思うようにはいきません」

そんな風に嘆いてみせると、

「とは申しましても、あんまりうろうろとしていると、処《ところ》の親分方に睨まれてしまいますねえ」

首を竦めて、市兵衛町界隈の危ない男達の情報を聞き出した。

ところが、思ったよりも応えが少なく、親分、親方、元締といった男の中に、功助という名は出てこなかった。

――焦らぬことさ。

お竜は自戒した。

名を変えているのかもしれないし、あまり表には出ずに、裏からそっと仕切っているのかもしれない。

それとも、既に死んだか、お上に捕えられたか、逃げてしまったか……。

場合によっては諦めよう。

どうせ生きてはいまいし、ろくでもない死に方をしているのだろうから。

一廻りすると、路地から二人の男が現れて、お竜の前に立ちはだかった。

「おう、お前、まだうろついてやがったか」

「さっきは、味な真似をしてくれたじゃあねえか……」

二人は、長太と粂三であった。

「あたしはただあの人が気の毒だったから、それくらいにしておやりなさいと、言っただけですよう」

お竜はもちろん、こんな破落戸二人に気圧《けお》されたりはしない。

淡々と応えると、

「ちょいと通しておくれな」

やり過ごそうとした。

それが癪《しゃく》に障ったのか、

「おい、お前、おれ達を虚仮《こけ》にしやがるか」

「気に入らねえ女だぜ」

女が相手と余裕の表情に、強い怒気を浮かべた。

「あれだけ痛めつけりゃあ好いでしょうよ。下手すりゃあ殺しているところだ」

お竜は、礼を言われたってよいものだという顔を長太と粂三に向けた。

二人は、まるで動じない女に、一瞬気を呑まれたが、

「お前がよけいなことをしゃあがるから、おれ達が恥をかいたじゃあねえかよう」

「やかましいやい！」

なめられて堪るものかと凄んだ。

「恥をかいた？」

お竜は首を傾げてみせた。

先ほど、お竜が絶妙の間で転がした桶に足をとられ、次々と転んでしまった二人を目にして、通りすがりの者達は、笑いを堪えながら立ち去っていった。

それが、二人には屈辱であったのだ。

お竜はそれがわかっていながら、

「どんな恥をかいたのです？」

と、とぼけてみせた。

二人は口ごもった。

男伊達を売りにする者が、女が転がした桶につまずいてこけてしまったことで怒るのは何とも情けないからだ。

——悪い奴らでもない。

お竜はその恥じらいを見てそう思った。

しかし、引っ込みのつかない二人は、このますませてくれないであろう。その周囲には結構人だかりが出来ていて、ここで二人を相手に暴れたら、さらに目立ってしまう。

「兄さん方、こんなところで言い争っていても恥ずかしいばかりですよう。ちょいとお話を伺いましょう」

お竜は二人に声をかけて、傍らの細い路地に二人を誘った。

人目につくところで女相手に凄んでみたとて仕方がない。

おかしな女だと思いつつ、長太と粂三は、こうなったら先ほどの〝転び賃〟をふんだくってやろうかと、人気《ひとけ》のない路地へ入っていった。

「さて、まどろこしいのはごめんだよ。あたしにどうしてもらいたいんだい？」

三人だけになると、お竜は相変わらず、人を食った顔で言った。

「そうさな、詫びを入れて、膏薬代でも包んでもらおうか」

長太が鋭い目付きをして応えた。

「何だい、ちょいとばかりおもしろそうな兄さん達だと思ったら、女のあたしにたかるのかい」

お竜は一転して、長太の何倍もの鋭い目付きをしてみせた。

どこまでも自分達を恐れない女を見たのは初めてなのであろう、長太と粂三はまた口ごもり、まじまじとお竜を見た。

「ふん、何だい。お前達はここで女達が身を削って稼いだ銭のおこぼれを拾って生きているんだろう？　それが、喧嘩の仲裁に入っただけの女に、詫びを入れろだの、銭を出せだのと、恥ずかしいとは思わないのかい」

お竜は決して怒鳴らない。

こんな時は、冷めた目で事実を呐々《とつとつ》と伝える。

「だが、人目につかないところであたしに絡んだのはよかったよ。それだけ恥をかかずにすむってものさ」

さすがに長太と粂三も、こうまで言われると我慢がならなかった。

「生憎《あいにく》おれ達は、女を痛めつけたって、それを恥とも思わねえ」

「口はばってえことをぬかしやがると、女であろうが許さねえ。それでこそ務まる渡世もあるんだよう！」

長太と粂三は、怒りを爆発させてお竜に迫った。

「この尼……！」

長太が腕を取り、粂三が小癪な女の横っ面をはたく――。

そのつもりであったが、

「痛え……！」

長太の腕は瞬時にお竜に捻じあげられ、後ろ手にされるとそのまま傍らの板塀にぶつけられた。

顔面を強打して踞《うずくま》る相棒を見て、

「て、手前！」

粂三は手加減なしにお竜に躍りかかったが、素早く体をかわしたお竜は、粂三の膝裏に蹴り技を決め、体勢が崩れたところへ、彼の鳩尾《みぞおち》に拳を突き入れたものだ。

粂三は地面に膝をついて呻いたが、何故このような目に遭ったかわからず、呆然としていた。

「油断はいけないねえ。女が皆弱いとは限らないよ。というよりか、兄さん達、男をあげたいのなら、弱い者を守っておやりな。それが何よりだよ」

諭すつもりはないが、弱い者を苛めるなと釘を刺しておきたかった。

ここでもお竜は、淡々と冷めた口調で告げると、

――今日のところは引き上げるか。

今さらこの二人に功助について問うのも面倒になって、お竜は町から立ち去ったのであった。

(四)

「おい、粂三……」

「何でえ、長太……」

「考えてみりゃあ、おかしな女だったな」

「昨日の女か？」

「あたぼうよ。いってえ何者なんだろうな」

「そんなこと、おれにわかるかよ……」

翌日の昼下がり、長太と粂三は岡場所近くの小さな寺の境内にいて、御堂の裏の濡れ縁に腰かけ、ぼんやり宙を見つめていた。

〝おかしな女〟というのは、もちろんお竜のことである。

誰にも見られていなかったのは幸いであったが、地廻りの若い衆が、手もなく女に叩きのめされ、意見までされるとは、たとえようのない屈辱であった。

あの後、二人は安酒場で酔い潰れたのだが、朝になると昨日の出来事が夢のように思われた。

決して気分が悪いわけではなかったのが不思議であったのだ。

ただ、もう一度お竜に会ったら、言っておきたいことが、腹の中に溜っていた。

盛り場の隅でそれを吐き出すのは、何やら空《むな》しかった。

それで近くの寺にやって来たわけだが、こういうものの考え方から察するに、長太と粂三は根っからの悪人とは思えない。

「よくよく考えてみると、あの女が言ったことは間違っちゃあいねえ」

長太は渋い表情を浮かべた。

「そうだな。間違っちゃあいねえが、頭にくるぜ」

粂三は吐き捨てた。

「確かにおれ達は、娼衆から小遣いをもらって食いつないでいるのかもしれねえ。だがよう、廓で思い違いをして、銭もねえのにのこのこやってくるような野郎は迷惑この上ねえや」

「長太の言う通りだ。おれ達はそんな野郎から娼衆を守っているんだぜ。誰に文句を言われる筋合いもねえや」

二人の胸につかえているのはこのことだった。

お竜は、長太と粂三が客を殴りつけていたのを責める気はなかった。

「その辺りにしておあげなさいな……」

と、止めに入っただけであった。

それに逆上して、女相手に怒りをぶつけるから、女の上前をはねて生きている男が、そんなことをして恥ずかしくないのかと、叱りつけたのである。

それは二人にもわかっているのだが、叩き伏せられた上に、

「男をあげたいのなら、弱い者を守っておやりな」

と詰《なじ》られたのは、何とも悔しい。

長太と粂三は、彼らなりに弱い遊女達を守っているつもりだからだ。

あの時は、喧嘩の興奮が収まっておらず、通りすがりの女に対してついむきになってしまっただけで、

「おれ達はそもそも、男伊達に生きているのよ」

そこを疑われては、何ともやり切れないのである。

「粂三……」

「おうッ」

「おれは確かに破落戸かもしれねえが、俠気《おとこぎ》は持ち合わせているぜ」

「ああ、おれだって……。顔はいささか間延びしているが、心の内はきりっと引き締まっているぜ」

二人は頷き合った。

共に歳は二十四。貧乏な家に育ち、ぐれてしまったのも同じ。

頼るべき身内もないとなれば、町のおこぼれにありついて暮らすしかない。

何か小商いでもして、その傍らで男伊達に生きられたらよいのだが、一度こういう暮らしを送るとなかなか這い上がることが出来ない。

昨日のお竜との出会いは、二人が胸の内に抱えている煩悶を、一気に噴出させたようだ。

「つまるところよう、何か男をあげるきっかけを摑まねえといけねえや」

「そうだな。町へ戻ろうか。馬も歩けば何とやらだ」

「馬が歩けばどうなるんだ？」

「いや……、犬も歩けば棒に当る、だ……」

間の抜けた会話をしながら、二人は市兵衛町の盛り場へと戻った。

弱い者を守ってやれば、自ずと男があがる——。

わかっていながらなかなか出来ないことに、二人は苛々しながら町を行く。

「おう、長太と粂三じゃあねえか」

二人を三十過ぎの苦み走った男が呼び止めた。

「こいつは親分……」

「ご機嫌よろしいようで……」

男は、この辺りの御用聞きで久兵衛《きゅうべえ》という。

「何か悪さをしようと、企んでいるんじゃあねえのか」

「とんでもねえ……」

「人のお役に立ちてえと思っておりやすよ」

「ははは、こいつはいいや。その心がけを忘れるなよ」

久兵衛は、さらりと言い置いて去っていった。

長太と粂三は、苦笑いを浮かべるしかない。

男をあげると言いながら、御用聞きの親分に声をかけられると、つい卑屈な態度をとってしまう。

まったく情けないと、この日はつくづくと身に沁みた。

廓を一廻りして、方々に顔を出せば、何か用を頼まれて、小遣い銭にありつけ

るだろうが、どうも気が乗らず、

「粂三、今日はもう帰るか」

「そうだな……」

二人は力なく歩き出した。

帰るといっても、二人に家はなく、不動院門前の煙草屋に居候の身である。

煙草屋は老婆一人で営んでいて、何かと不自由が多いので、長太と粂三が掘立小屋のような離れ家に住まわせてもらって、力仕事などを手伝ってやっているのだ。

大した手伝いもしていないのに、時折は飯を食わせてもらったりもするので、この婆ァさんには頭があがらない。

帰ったら帰ったで、

「おやおや、こんな時分に帰ってくるようじゃあ、長屋の子供と同じだねえ」

そんな風にからかわれて、これ幸いとあれこれ下働きをさせられるだけであった。

「やっぱり、どこか煮売り屋にでも入って、一杯だけ飲むか」

「それくれえの銭はあるか」

と言ってまた立ち止まった時。

寺に隣接する小路から、女の泣き声がした。

二人は怪訝な顔で、声がする方へと歩みを進めると、小路の奥の仕舞屋《しもたや》から、少し派手な町の女が素足のままとび出してきた。

「お、おい、どうしたんだよう……」

長太が問うと、間髪を容れずに仕舞屋から包丁を持った男が続いてとび出してきた。

「た、助けて……」

女は長太と粂三の背後に廻った。

男は泥酔していて、着ている浴衣も乱れたままで、据った目が狂気を帯びている。

「な、何なんだこいつは……」

粂三はさすがに怯《ひる》んだ。

「そこをのきやがれ……、この尼、ぶっ殺してやる……」

見たところ、夫婦喧嘩が高じて、酒乱の亭主が包丁を手に女房を追いかけ廻して、外にまで出てきたのであろう。

「お、おい、長太、どうする……？」

粂三が、今にも襲いかかってきそうな男を前に、緊張に声を震わせた。

「どうするもこうするもねえや、おれは今、機嫌が悪いんだよう！」

長太は一声吠えると、

「おう、そこの酔っ払い野郎！　お前なんざ恐かねえや！」

男の前で右に左に体を動かした。

「手前……。死にてえのか！」

男は包丁を振り上げ、まず長太にかかろうとしたが、酔いが廻って足許が覚つかない。

ふらふらとするところに、粂三も昨日からの苛々をこ奴で晴らさんとして、脱いだ雪駄を両手に持って、

「おう、女を包丁で脅すたあ、どういう料簡だこの野郎！　相手になってやるぜ！」

と、啖呵を切った。

㈤

「いったい何の騒ぎだい……」

この日も麻布市兵衛町にやって来たお竜は、男達の怒声を耳にして、小走りに声がする方へと向かった。

騒ぎの場へ行けば、功助の手がかりに繋がるかもしれないと思ったのだが、

――あれは昨日の？

人だかりの向こうで、包丁を振りかざす男相手に雪駄で立ち向かっている、長太と粂三の姿を見たのである。

「手前！」

粂三が男に雪駄を投げつけた。

それは見事に男の額に命中して、一瞬、包丁男を怯ませたが、男は泥酔していて痛みも感じないらしい。

「やりやがったな……」

男は粂三に躍りかかったが、酔っ払いの足はもつれて体勢が崩れた。

「大人しくしやがれ！」

そこへ長太が飛び蹴りを入れると、男はだらしなくその場に倒れた。

粂三は残った雪駄を振りかざし、男の頭に渾身の一撃。

「う……ッ！」

この一撃で男の動きが止まった。

粂三はすかさず、包丁を持つ男の右腕を踏みつけると、長太が男の横腹を踏み

つけた。

包丁男はこれで伸びてしまった。

見物人から歓声が起こり、そこへ御用聞きの久兵衛が駆けつけた。

「長太！　粂三！　手前ら何を暴れてやがる！」

叱りつける久兵衛であったが、

「親分、そこの二人がおかみさんを助けたんですよ！」

見物人に告げられて、

「何だ、そうだったのかい……」

久兵衛は、事情を聞いて倒れている男から包丁を取り上げた。

長太と粂三は、張り詰めた想いが溶けて、肩で息をしたものだ。

その時、久兵衛が叫んだ。

「こいつは……。この野郎は、大山の理助《りすけ》じゃあねえか……！」

そうして、懐から鉤縄《かぎなわ》を取り出し、理助を縛りあげた。

どうやら、瓢簞《ひょうたん》から駒が出たらしい。

わけがわからず、目を丸くしている長太と粂三に、お竜はそっと近寄って、

「兄さん達、大したもんだねえ。見直したよ。明日になったら大評判だろうよ。

男をあげたじゃないか」

と、囁いた。

「お前は……」

「昨日の……」

長太と粂三は、さらに目を丸くしたが、お竜はにこりと笑うと、野次馬に紛れてすぐにその場から立ち去ったのである。

㈥

その日。

麻布市兵衛町界隈はちょっとした騒ぎとなった。

長太と粂三が蛮勇を振るって倒した包丁男は、大山の理助という盗人《ぬすっと》であったという。

理助は名だたる盗賊の一味であったが、酒でしくじりをおかし、一味を追われて自棄《やけ》になり、件の仕舞屋で飲んだくれながら情婦と暮らしていたらしい。

御用聞きの久兵衛は、直ちに理助を番屋へ連れていって、彼の旦那である町方同心に繋ぎをとった。

それからは力尽くで拷問にかけて、かつての仲間の行方を白状させるか、一味を追われた理助の心情を上手に使って、こ奴を生かして密偵にするか。

まずそんなところであろうが、長太と粂三が大手柄を立てたのは確かである。

昨日の今日で、あの破落戸の二人が、殺されそうになっていた女を助けたというのは、真《まこと》に頰笑ましいことであった。

とはいえ、盛り場の周辺は騒がしく、お竜はこの一件を見届けはしたが、肝心の功助の探索どころではなくなってしまった。

結局、その日もまた引き返し、翌日は朝から新両替町二丁目の呉服店〝鶴屋〟へと出かけた。

このところ、主人の孫兵衛は、

「お竜さんにはあれこれこなしてもらいたい仕立物がありますが、無理のないように願います……」

お竜に会うとそのように告げていた。

その言葉を深読みすると、隠居の文左衛門の仕事もあるだろうから、仕立屋は自分が出来る時にしてくれたらよいとの、孫兵衛の気遣いであると思われる。

しかし、今の仕事は文左衛門に隠れてしていることなので、お竜としても平静を装わねばなるまい。

孫兵衛から仕立の仕事を受けつつ、

「いつもより暇がかかったらお許しくださいまし。そそっかしい話なんですがね、ちょいと指先を痛めてしまいまして……」

などと言い訳をしておいた。

そんなお竜を目敏《めざと》く見つけた井出勝之助は、店を出たところでお竜に声をかけてきた。

「その後はどないや？」

「それが何だかおかしなことになっちまって……」

お竜が、そっと麻布市兵衛町での騒ぎを告げると、

「それはおもしろいなあ……」

「まあ、話の流れはおもしろいんですがねえ」

勝之助はからからと笑った。

お竜は溜息をついた。

「それでは、功助の調べがままならんなあ」

勝之助は声を潜めると、

「そやけど、その長太と粂三はすっかりと男をあげて評判になっているはず。ちょっとは好い気になっているのと違うか」

意味ありげに言った。

「なるほど、あの二人を動かしてみる、か」

お竜は勝之助の意図がわかって、ひとつ頷くと、

「そんならちょいと、おだててきましょうかねえ」

この日もまた麻布へ出かけることにした。

どうも、功助という名に反応する者がいないので、お竜も少々焦りを覚えていた。

あの二人なら、調子に乗せれば、あれこれ動いてくれるのではなかろうか。

そんな気がしたのである。


その頃。

長太と粂三は、輝かしい朝を迎えていた。

何しろ包丁を持って暴れる名うての盗人を、丸腰で叩き伏せて、女の命を守ったのである。

町の連中が英雄視するだけの条件が揃っていた。

昨日は御用聞きの久兵衛について番屋まで行って、同心の旦那に誉められた。

「お前らは、ただ町をうろついている破落戸とは違って見込みがあるぜ。久兵衛、これからはかわいがってやりな」

そんな言葉をかけてくれた。

その後、久兵衛は、

「お前達の心がけしでえじゃあ、旦那に頼んで手札をもらってやるぜ」

と、お上の御用を務めることも夢ではないのだと告げた。

「そうすりゃあ旦那におれが話をつけてやるから、ちょいとまとまった金を頂戴して、あの婆ァさんから煙草屋を買い取りゃあいいぜ。それで立派に一本立ちよ。二人でおれを手伝ってくれりゃあ、おれも随分と助かるぜ」

こう言われると、長太と粂三は天にも昇る想いとなり、

「へい、あっしと粂三の二人で、そのうちに親分のお役に立てるよう、心を入れ替えて励みますぜ」

長太は粂三と二人で更生を誓ったのであった。

煙草屋へ帰ってから老婆にそれを告げると、

「そいつは好いねえ。あたしももう歳だ。あんた達が店を買ってくれるなら、こんなに嬉しいことはないよ」

老婆は大いに喜んでくれた。

その日は、同心の旦那からも、久兵衛からも小遣いをもらったので、二人は出前をとって、老婆を交えて祝杯をあげたのである。

夜は二人で、小商いでもしながら男伊達に生きる夢が、既に叶ったのも同じだと喜びあった。

だが、一夜明けると不安も募る。

「粂三……」

「何でえ長太……」

「今日は何をすりゃあ好いんだ」

「おれもそれを考えていたところよ」

久兵衛親分に胸を叩いた上は、あまり無法な真似は出来ない。

今までの義理もあるから、岡場所と疎遠になるのも気が引けるが、岡場所そのものが合法ではないのだ。

今までは、悪事の影を覚えても、目を瞑《つむ》って引き受けた用もあったが、これからはそういうわけにもいかない。

とはいえ、その日その日を生きていかねばならないのだ、いかにして食い扶持《ぶち》を得るかが問題であった。

ところがそんな心配は杞憂であった。

朝から煙草屋には、近くの商店から祝いの品が届き、

「長太さんと粂三さんはおいでですか？」

と、店の番頭達が挨拶にやって来たのである。

「へ、へえ、あっしが長太で……」

「粂三で……」

恐る恐る店先へ出ると、

「左様でございますか……。うちの旦那様が、何かの折には相談に乗ってもらいたいものだと申されておりまして……」

訪ねてきた者達は、近づきにならんとして、酒や干物などの品の他に、祝儀を包んでくれたのだ。

二人が時折、店を覗いてくれたら、おかしな者も寄ってこないだろうと、ひとまず評判の二人を取り込んでおこうという算段らしい。

「そいつはご丁寧に、畏れ入りやす」

「旦那様によろしくお伝えくださいやし」

丁重に礼を言うと、

「粂三、とにかく礼に廻ろうか……」

「そうだな……」

二人は、訪ねてくれた店々へ挨拶廻りに行くことにした。

道を行くと、

「こいつは長太兄ィに粂三兄ィ……」

町の勇み肌の衆が声をかけてくる。

「おいおい、祭り上げるのはよしにしなよ」

「おれ達が町でくすぶっていたのを、知らねえわけでもあるまいによう」

二人は照れてしまって、そんな風に笑って応えたが、それがまたぶったところのない兄ィだと受け容れられる。

「おい粂三、どうなっているんだよ」

「一度つきが廻ってくると、どこまでも太鼓は鳴るんだなあ」

二人は、嬉しさを通り越して当惑し始めたのだが、

「兄さん方、大したものだねえ。こんなんじゃあ、悪いことはできないよ」

と、声をかけられ、夢から覚めた心地がした。

声の主は、お竜であった。

(七)

長太と粂三は、世間の目から逃れるようにして、お竜を行きつけの掛茶屋に誘った。

ここは不動院門前にある葭簀《よしず》掛けの茶屋なのだが、裏手の方から入ると、葭簀に隠れて人目につかぬ長床几《ながしょうぎ》に座れる。

都合が悪いことがあると、長太と粂三はここを逃げ場にしていた。

茶屋の女将《おかみ》も婆ァさんで、二人が居候している煙草屋の老婆と昔馴染なのだ。

「何だい一昨日《おととい》の仕返しでもするつもりなのかい?」

お竜は口許を少し綻《ほころ》ばせつつ言った。

「馬鹿言っちゃあいけねえよ」

「せっかく男をあげられたってえのに、姉さんに痛え目に遭わされるところを、人に見られたかあねえからよう」

　長太と粂三に、いつもの少し間の抜けた表情が戻った。

「あたしを買い被っちゃぁいけないよう。あん時は二人があたしを女と思って、油断していたから後れをとった。それだけですよ」

「いやいや、姉さんは只者じゃぁなかったぜ」

「いってえ、どこであんな技を身につけたんだい？」

「あたしは竜といってね。ただの仕立屋なんだよ。前にやっとうの先生の道場で下働きをしていたことがあってね。それでまあ、門前の小僧何とやらってところさ」

「よくわからねえが、それで姉さんは強えんだな」

「筋がよかったんだな」

「おかしな噂を立てないでおくれよ。武芸をかじった女なんて、あまり人に受けないからね」

「わかったよ。よけいなことは言わねえよ」

「おれ達のことも内緒に頼むよ」

「わかっているよ。弱い者を守って、男をあげろ、なんて偉そうなことを言っちまったと思っていたら、ものの見事にその通りになったと知って、あたしは嬉しかったよ」

お竜の言葉に、長太と粂三は神妙に頷いて、

「いや、おれ達も何だか、姉さんに詰られてから運がついてきたよ」

「ありがてえと思っているんだぜ」

あの時、お竜に会っていなかったら、二人は酒乱の盗人・大山の理助に立ち向かっていなかったはずであった。

「そう思ってくれたなら嬉しいねえ……」

お竜はしみじみと言った。二人を調子に乗せるつもりでもあるが、不幸せな境遇から這い上がってきたお竜には、心底そう思えたのだ。

「だからよう、姉さん。礼をするから何でも言ってくんなよ」

長太が言った。

その隣りで粂三が相槌《あいづち》を打った。

「そうかい。そんなら人を捜してくれるかい？」

ここでお竜は、功助という男に心当りはないか、二人に問うてみた。

「功助……。板橋から流れてきた破落戸で、歳の頃は六十くれえ……。粂三、知っているかい？」

「いや、わからねえや」

しかし、長太と粂三もまた、町の者と同じく、心当りがないという。

「その、功助って男がどうかしたのかい？」

長太が首を傾げた。

お竜は嘆息して、

「いえ、昔酷い目に遭わされたっていう人がいてね。それがあたしにとっちゃあ義理あるお人でねえ」

「そうか……。だから姉さんは、そいつを見つけ出して仕返しをしてやろうと思っているんだな」

粂三は身を乗り出したが、

「ふふふ、あたしなんかが仕返しのできる相手じゃあないと思うんだけどね。今でも悪さをして、弱い者を苛めているのなら、罪を暴いて訴え出てやろうと思っているのさ。ただそれだけのことだよ」

お竜は、二人を宥めるように言った。

「そいつはおもしれえや。もうちょっと詳しく教えてくんなよ」

「おれ達三下が知らねえでも、その筋の者には知れた名なのかもしれねえからな」

二人は尚も声に力を込めた。

罪を暴いて訴え出る。今の二人には食いつきたくなる言葉であった。

お竜は、文左衛門とお花の足抜け話には触れず、

「何でも、お女郎に酷い折檻をして、板橋を出ないといけなくなったらしいんだがねえ。あたしの義理ある人も、こいつに痛い目に遭わされて、今もその古傷が痛むそうなんだよ」

と、語った。

「そいつはとんでもねえ奴だ」

「女郎を痛めつけるなんてよう」

遊女達の頼まれごとをこなしてきた二人には、許せない相手であった。

「まずそんな奴だから、もうとっくに命を落としているかもしれないけどね。ここを弾みに、陰の元締にでもなって、悪さをしているかもしれないじゃあないか」

お竜の言葉のひとつひとつに鋭く反応したものだ。

「わかったよ姉さん。おれ達もちったあ、この町では顔が売れてきたんだ。ちょいと当ってみるよ」

「もちろん、そっと動くから、姉さんに迷惑はかけねえよ」

二人は勇んで胸を叩いてくれた。

「そいつはありがたいよ。但し、目星がついてもいきなり動かないでおくれよ。まずは三日後に、あたしが兄さん達を訪ねるから、その時に様子を教えておくれな」

お竜はそう言って、二人にそれぞれ一両を差し出した。

二人は遠慮したが、

「好いんだよ。調べごとをすると、それなりにかかりも要るもんだ。これで何とかしのいでおくれ」

お竜は金を手渡し、ひとまず町を出たのであった。

長太と粂三は、お竜と再びこうして会って、頼みごとまでされるのは、さらなる夢を見ているような心地がしたものの、

「長太、これでまた、張り合いができたな」

「ああ、おれ達は今度のことで名をあげたが、こんなものはすぐに飽きられるもんだ」

「その通りだな。その功助って野郎を捜して、しめえにはお縄にしてやれば、あの姉さんへの義理も果せるし何よりだぜ」

今また、お竜からも金を渡されて、二人の懐は温かい。

功助捜しに没頭出来るのだから、やらねばなるまい。

「功助ってえのは、今はこの界隈に住んでねえかもしれねえが、関わりはあると思うぜ」

「粂三、お前はどう思う」

「うん、おれもそう思うな。仕立屋の姉さんの話じゃあ、ここへ来たのはおれ達が生まれる前のことだから知らねえのも無理はねえが、うめえこと陰にいて、糸を引いているのかもしれねえぞ」

「ああ、一旦馴染んだ町だ。しがらみを使って生きていくのが裏稼業に生きる者の常だからなあ」

二人はそれから、祝儀を届けてくれた店への挨拶廻りをすませてから、知恵を絞った。

この辺りを仕切っている勢力に、二人はさすがに詳しかった。

香具師《やし》の庄助《しょうすけ》一家、博奕打ちの仙蔵《せんぞう》一家、他は鳶《とび》の衆、そして御用聞きの久兵衛である。

このうち、二人に小遣いをくれたりして、小廻りの用をさせてくれたのは庄助一家であった。

仙蔵一家の連中は、賭場を密かに開いているので、長太と粂三のような三下には、手の内を見せない。

親分乾分《こぶん》を持たない、昔からの博奕打ちが開く賭場は小博奕で、仙蔵が支配するのは大金が動く上客相手のものであるから自ずとそうなる。

岡場所を仕切る庄助一家は、町の者達とも上手く馴染んでいて、二人も主だった乾分達の名くらいは知っている。

その中に功助はいない。

そうなると、仙蔵一家が怪しい。

この組織には謎が多く、賭場を隠れ蓑にして、闇の商売をしている者達も出入りしていると聞く。

「当ってみるならここだな」

長太の考えに粂三は相槌を打つものの、

「だがよう、下手に突つくと命はねえぜ」

不安を洩らしもした。

「そうだと言って、おれ達はもう今までの破落戸の二人組とは違うんだぜ。ここで一勝負かけねえと、浮かび上がれねえ」

「そりゃあ、そうだなあ」

二人は気合を入れ直した。

昨日の一件で男をあげた。もうひとつ何か手柄をあげれば、二人にとっての夢であるまっとうな暮らしが始まるはずだ。

長太も粂三も、好んでぐれたわけではない。

分別もつかぬ子供の頃。貧しさゆえにひもじい想いをして、つい盗み食いをした。いけないことだという理性よりも、飢えをしのぐという生き物の本能が勝ったのだ。

二人は盗み食いを通じて知り合い友となった。

そして共に何度も捕えられ、無慈悲な大人から折檻を受けた。

さらに、

「どうしようもないがきだ」

と、罵られ、不良の烙印を押される。

そんな二人には、大人になる前からまっとうな暮らしが出来るはずもなかった。

しかし、そんな、

「手くせの悪いがき」

と言われた二人が、ちょっとした運命の変遷で、お上の御用を務める親分になれるかもしれないのだ。

ここは一番、勝負をかけるべきであろう。

「粂三、たった一日で、こんな気持ちになるなんてよう。生きていてよかったなあ」

「ああ、相棒、おれ達はちょいとばかり捻じ曲がって大人になったが、生きるも死ぬも一緒だぜ」

こんなことは子供の時以来であろう。頷き合う二人の目に涙が浮かんできた。

㈧

約束通りに、お竜は三日後の朝に、不動院門前の煙草屋に、長太と粂三を訪ねた。

「姉さん、来てくれたかい」

「あの掛茶屋で待っていてくんなよ」

下手に連れ立って歩かない方がよいと思ったのであろうか、二人はお竜を先に、件の掛茶屋へ行かせると、すぐにあとを追った。

もう既に御用聞き気取りなのがおかしかったが、三日の間に二人の表情はぐっと引き締まって見えた。

お竜は、何か手応えを感じていた。

二人と落ち合うと、

「で、何かわかったかい？」

まず身を乗り出した。

「それが姉さん、この界隈の玄人《くろうと》衆の中に、功助という名は聞かれなかったよ」

長太は渋い表情で応えたが、横で粂三が少しばかり得意げに、

「だがよう、ひとつおかしな野郎の噂を耳にしたよ」

と、馬面を右手で撫でながら言った。

「おかしな野郎……？」

「ああ、この辺りには博奕打ちの仙蔵という親分がいてよう、上客相手にご開帳をしていなさるんだがな、その博奕場に、ちょいとおっかねえ連中が出入りしているそうなんだ」

そ奴らは、仙蔵の賭場が安全であるとみて、客に紛れてここで盗品の密売などをしているらしい。

仙蔵は、そうと知りつつ、連中からは賭場での〝遊び料〟が払われるので、見

ないことにしているらしい。

この密売屋の頭目が、

「〝こうすけ〟というらしいんだ」

長太は低い声で言った。

滅多に姿は現わさないが、歳の頃は六十絡みで、板橋の出だとかいう。かなりの乱暴者で、三十年くらい前に麻布市兵衛町にやって来て、方々で喧嘩沙汰を繰り返して、ある日ふっと消えたのだという。

「まあ、何かやらかして、ほとぼりを冷ましに旅へ出て、また戻ってきてから、仙蔵親分に昔の誼《よし》みで取り入って、密売人の親玉になったってところだと思うねえ」

長太はしかつめらしい顔をして続けた。

この話は、香具師の庄助一家の身内で、二人がいつも世話になっている、徳松《とくまつ》という男が教えてくれた。

徳松に慮《おもんぱか》って、お竜には話の出どころまでは伝えなかった二人であるが、

「お前ら二人には、今から愛想をしておかねえといけねえからな」

これも二人の評判が効いて、徳松は日頃から仙蔵一家を苦々しく思っていたこともあり、立ち入った噂まで流してくれたのだ。

お竜は話を聞いて、

「そいつが、あたしが捜している功助かもしれないねえ。さすがだ、兄さん方は頼りになるよ……」

まず感じ入ってみせた。

長太と粂三は嬉しくなって、

「南部坂の中ほどに、うす汚ねえ骨董屋があるらしいんだが、そこには日頃ほとんど人がいねえらしい」

「恐らく好いお宝が入った時はそこに運び込んで、小出しに仙蔵一家の賭場に持ち出して、売り捌《さば》いているのかもしれねえな」

興奮気味に言った。

「そいつはまた、大した噂を耳にしたものだね」

お竜は素直に感じ入った。

その道に生きる者ならば、うすうすわかっている悪事もあるだろう。

だからといって、他人の稼ぎに首を突っ込めば、血で血を洗う抗争になりかねない。

不干渉を決め込むのが、玄人達の暗黙の掟なのだ。

徳松は、仙蔵一家が金のためなら悪どいことを平気でするのを知りながら見過ごしてきたことに、男として内心忸怩《じくじ》たるものがあったらしい。それで、今売り出し中の長太と粂三に、そっと伝えたのだ。

「姉さん、もう少しおれ達で探ってみるから、待っていてくんねえ」

「いずれにしろ、この功助って野郎は、ろくでもねえや」

長太と粂三は、今やいつでも御用聞きの久兵衛に繋ぎをとって、町方の役人の出役を仰げるだけの身分になったのだから、お竜の望みを叶えられると告げた。

「姉さんのお蔭で、またひとつ男をあげられるかもしれねえや」

「長太とおれに任せてくんない」

二人は意気込んだが、お竜はこのままでは何かしでかすのではないかと不安になって、

「二人がそこまで動いてくれるのは嬉しいが、どうするつもりだい？」

と、訊ねた。

「まず、南部坂の骨董屋を調べてみるつもりだよ」

「もう昨日のうちに、聞き込みをすましてあるのさ」

二人は胸を張った。

近くの住人の話では、いつ見ても店が閉まっている骨董屋が、このところ開いているらしい。

まったく商売気はないが、なかなかに人の出入りがあるというのだ。

長太と粂三は、そっと中を覗いてみたが、店先には番をする者もない。だが、耳を澄ますと奥から男達の野太い声がした。

骨董屋に集う者には、まるで似つかわしくない声だ。

庄助一家の徳松が言っていたのは、やはり本当のようである。

「今宵あたり、そっと中の様子を窺ってみようと思うのさ」

長太が声を潜めた。

「二人で夜に、その骨董屋へ?　そいつは危な過ぎるよ」

お竜は窘《たしな》めた。

売人の頭目が功助であるかどうかは、確としないのだ。

お竜が頼んだことが一人歩きして、二人で大きな闇の組織に立ち向かおうとしているのが、お竜には恐ろしかった。

下手をすれば、勢いがついてしまった二人は、自分のせいで暴走し、命を落しかねないところへきている。

「大丈夫だよ。おれ達はそれほど腕は立たねえが、こっそりと家の様子を窺うくれえはお手のものだ」

ある程度、下調べをしてから久兵衛親分に訴え出ないと、自分達の男が立たないのだと粂三は言う。

——困ったことになったよ。

この勢いはもはや容易《たやす》くは止まらないだろう。

止めたところで、お竜には内緒で南部坂へ向かうに違いない。

「そんなら、あたしも一緒に行くよ」

お竜は、そう言うしかなかった。

「姉さんが……？」

「そいつはいけねえや」

二人は俠気を出したが、

「あたしはそこいらの女とはわけが違うんだよ。一緒に行ったたって邪魔にはならないさ」

お竜は、言葉に力を込めた。

先日は、お竜の強さを体で覚えた二人である。頷くしかなかった。

「二人が行くのを、あたしがそっと陰から見張るというのはどうだい？」

それで二人に異変があれば、お竜が助けを呼びに走る――。

女一人が危ないところに近付こうとしているとは相手も思うまい。好い見張りになるとは思わないかと、お竜は説いた。

「なるほど、姉さんが見張ってくれたら、心強えな。だがくれぐれも……」

「無茶をしねえようにしておくれよ」

――あんた達こそ無茶をするんじゃあないよ。

お竜は心の中で叫びつつ、

――なかなか好いところがあるじゃあないか。

何かというと吠えまくる破落戸と思っていた二人を、ますます見直してもいた。

先走りしそうな二人には、辟易《へきえき》とさせられるし、文左衛門の仇討ちどころではなくなっている現状に、お竜は苦笑いを禁じえない。

それでも、

――この馬鹿二人を男にしてやりたい。

そんな馬鹿な想いがこみあげてくる。

馬鹿に対して馬鹿になれることも、人間の喜びなのだと、お竜は生まれて初めて知ったのである。

(九)

お竜は坂の下で長太と粂三に告げた。

「気をつけて行くんだよ……」

二人の勢いには抗《あらが》えず、骨董屋への潜入を認めたお竜は、一旦家へ帰り、小さな風呂敷包みを襷《たすき》にかけて再び合流し、暮れ行く南部坂を目指して三人で向かったのだ。

「あすこが骨董屋だよ」

少し坂を登ったところの左側に、それらしき店を見つけた。

店の前は杉木立になっていて、そこを少し進むと、がらくたが表に積まれた家屋が見えた。

ここが密売人達の巣になっているのだろうか。

周囲の状況で考えても何よりも怪しく思われる。

「姉さん、心配はいらねえよ」

「ちょいと行ってくるぜ」

どこからそんな自信が生まれたのかわからないが、長太と粂三はまったく物怯《ものお》じせず、杉木立の向こうに消えていった。

お竜はふっと溜息をつくと、彼女もまた用心深く、大樹の陰に身を潜ませて様子を見た。

長太と粂三は、度胸を決めて骨董屋の方へと歩みを進めていた。

店からは薄明かりが洩れているが、静まりかえっている。

随分と夜もふけていたので、ここの住人は既に寝入ってしまったのかと思われるが、お竜は胸騒ぎを覚えていた。

目を凝らすと、骨董屋は杉木立の中にぽつりと建つ、鄙《ひな》びた庵の風情があり、まともなところであれば、好事家《こうずか》にはおもしろい店なのであろう。

二人は、建物に近づくと、低い生垣に取りついて中の様子を窺った。

その動きに危なげはなかった。

子供の頃に、盗み食いをしていた二人は、武芸でいうところの隠術《しのび》を、彼らなりに身につけているらしい。

二人の姿は、やがてお竜の視界から消えていった。

「粂三、裏手へ回ろうぜ。明かりが見えていらぁ……」

二人は裏手から中を覗き込んだ。

濡れ縁の向こうの障子戸は閉じられていて、人の声は聞こえなかった。

「長太、障子に影が映っているが、中に箱が積んであるようだぜ」

粂三が囁《ささや》いた時であった。

いつしか二人に迫っていた黒い影がいくつか正体を現わし、

「おい、ここで何をしてやがるんだ……」

どすの利いた声をかけたかと思うと、慌てて振り向いた二人の胴に拳を突き入れた。

二人は唸り声を発すると、影達のなすがままに、家屋の中へ連れ込まれた。

「手前らは何者だ……」

長太と粂三は、納戸に放り込まれて男達に凄まれた。

「いや、その……。おれ達は、古道具を売っておりやして……」

「通りすがりに、こちらの店が気になって、誰かいるのかと……」

二人は愛想を言ったが、薄明かりに浮かぶ男達の顔は、どう見ても骨董屋のものではなかった。

その数は五人。

どれもが一筋縄ではいかぬ面構えをしていた。

その中でも頭目と覚しき四十半ばの男が寄ってきて、

「のこのこと出てきやがって、そんなに早死にしてえのか……」

二人を嘲笑《あざわら》った。

「昨日からここを嗅ぎ廻っている馬鹿がいると、こちとら気付いていたんだよう」

長太と粂三は歯嚙みした。

うまく探索したつもりでも、それ以上に相手も抜かりがなかったのである。

「あれ？　お前らは、確か長太と粂三とかいう野郎じゃあねえのかい？」

やがて乾分の一人が言った。

「そうだぜ。大山の理助という盗人を捕まえたとかで、好い気になってる野郎だ
……」

もう一人も声をあげた。

頭目の目に光が増した。

「その話はおれも聞いたぜ。なるほど、好い気になって、ここの噂を聞きつけて探りに来たってわけかい。へへへ、好い度胸をしているじゃあねえか。まったく

命知らずとはこのことだ。あの御用聞きの久兵衛も、薄々はおれ達のことを嗅ぎつけていたはずだ。だがここまで探りはしなかった。それは何故だかわかるかい？　偉そうな口を利いたって、命が惜しいからだ。取り調べるにはまだ機が熟していねえ、なんてもったいをつけているうちに、おれ達は居処を変え、久兵衛は命を長らえるって寸法さ。お前らは手柄を焦って、よりにもよってここまで来やがった……。それくれえはお見通しだ」

長太と粂三は、声も出なかったが覚悟を決めた。

たとえ相手が五人でも、死に物狂いでかかれば、ここから逃げ出すことも出来よう。

目で合図して、その隙を待った。

「お、お頭《かしら》、おれ達は確かに大山の理助を捕まえましたがね。あれはたまさか奴が暴れているところに通りかかっただけなんでさあ」

「こっちもむしゃくしゃとしておりやしたので、酔っ払い相手にうさ晴らしする勢いで行って勝てただけでございますよ」

「ここへ来たのは、あっしらもお仲間に加えてもらいてえと思いましてね」

「へい、そうなんでございますよ……」

何とか相手の気を引こうとしたものの、

「うだうだぬかすんじゃあねえや！」

いきなり乾分達に蹴りあげられて、黙らされてしまった。

こ奴らの悪事にはそつがない。

二人は床の上でのたうちながら、元締の功助はこの場にはいないのかと、そんなことを一瞬考えたが、こうなるともう、お竜の助けを望むしかなかった。

「おう、こいつらを責めて、知っていることをそっくり吐かせろ」

頭目の冷徹な声が響いた、その時であった。

突如として、一人の浪人者が部屋に飛び込んできたかと思うと、悪党共を有無を言わせず蹴散らした。

この浪人者は、井出勝之助である。

お竜は今宵、三人でここを探索すると、長太と粂三と約したが、こういうこともあろうかと、勝之助に応援を求めていた。

勝之助は手にした棍棒《こんぼう》で、たちまち二人を戦闘不能にした。

そのどさくさに紛れて、お竜も黒覆面をして躍り込み、残る乾分二人の足を棍棒で打ち据えた。

「て、手前は……」

頭目は長脇差を抜き放ったが、その刹那、勝之助はこ奴の足を払い、前のめりになったところへ抜刀し、頭目の髻《もとどり》を切って捨てた。

さすがの頭目も、これには放心した。

そこへすかさずお竜が梶棒で鳩尾を突いて、気絶させた。

勝之助はニヤリと笑うと、その場から疾風のごとく走り去ったのである。

お竜は覆面を取ると、何が起こったのか理解出来ずによろよろと立ち上がった長太と粂三に、

「好いからこいつらを、動けないようにしておやりな！」

と、元気付けた。

「あ、ああ……。姉さん、今のは……」

「どういうことだい？」

「通りすがりのご浪人に助けを求めたのさ。あんたらはどこまでもついているねえ。さあ、早いとこたたんでおやり！」

長太と粂三は、未だに事態がよく呑み込めなかったが、お竜に言われて気合が充ちて、

「よし、粂三！　行くぜ！」

「合点だ！　この野郎！　よくもやりやがったな！」

二人は、勝之助とお竜が持ち込んだ棍棒を拾い上げると、既に伸びてしまっている五人を、さらに身動き出来ないように痛めつけ、帯を解いて縛りあげた。

さらに、こ奴らが隠し持っていた匕首《あいくち》で、残る四人の髷も切断してやった。

万が一逃げ出しても、髷が結えていないと目立って見つけ易いからだ。

その上で、

「さあ、一旦、引き上げようよ……」

お竜に促されて骨董屋を立ち去ったのであった。

㈩

お竜は表に出ると、

「いいかい。御用聞きの親分には、通りすがりのご浪人が助《す》けてくれたと言うんだよ。さっきの旦那は、後が面倒だからくれぐれもおれのことは放っておくようにとの仰せでね。名乗らないまま消えちまったよ。あたしのことも人に話さないでおくれよ。後で誰かの恨みを買いたくはないからね」

冷静に、長太と粂三に伝えた。

日頃無口な彼女が、これほどまで一気に喋るのは珍しいのだが、自分でもすら
すら言葉が出たのは不思議であった。

人にこういうお節介を焼くと、自分自身が変われるものなのかと、お竜はひと
つ学んだ。

「姉さん、わかったよ。言われた通りにするよ」

「だが、また、きっと煙草屋を訪ねてくれよな」

「ああ、そうするよ」

お竜は、長太と粂三を見てニヤリと笑った。

二人は子供のような笑みを湛《たた》えて、

「かっちけねえ！」

同時に叫ぶと、駆け出した。

「粂三！」

「何でえ長太！」

「これでまっとうに生きていけそうだな！」

「ああ！　何がおれ達に起きたんだよ！」

「そいつはわからねえが、おれは今日から、神も仏も信じるぜ！」

「お前が信じるなら、おれも信じるぜ！」

「でもよう……」

「どうした？」

「おれは何だか、泣けてきて仕方がねえや……」

「おれも同じだ……。親分の家に着くまで、走りながら泣こうじゃあねえか……」

どこか憎めぬ破落戸二人は、真の男伊達に生まれ変わろうとしていた。

駆けていく二人を見送るお竜に、道端に現れた井出勝之助が声をかけた。

「おもしろい奴らやな……」

「ええ、おもしろいから困りましたよ。あたしはちょっとした頼みごとをしただけだったんですがねえ」

「冷や冷やとさせられたな」

「勝さん、今日のことは借りておきますよ」

「いや、おれも楽しかったさかいに、気を遣わんといてくれ」

勝之助は、からからと笑って、

「そやけど、あの骨董屋にいてた頭目は、功助ではなかったな」

「ええ、あいつじゃあ歳が合いませんよ」

「あいつらを束ねている闇の元締が他にいる……。とも思われんなあ」

「恐らく、〃こうすけ〃違いじゃあないですかねえ」

「おれもそう思うなあ。今さら店に戻って、あ奴を締めあげたところで仕方がなかろう」

「はい。間の抜けたことをしてしまいましたよう」

「ご隠居の仇を討つつもりが、人助けをしてしもたわけやな」

「とんだ甘口で……」

「そやけど仕立屋、ええことをしたやないか……」

勝之助は、お竜の肩をぽんと叩くと、足早に歩き出した。

「好いことを、ねえ」

夏の夜風は何故かお竜の心を浮き立たせていた。

「さてと、退散、退散……」

お竜は、ふと笑って勝之助のあとを追った。

二、恩讐

(一)

「姉さん、よく来てくれたねえ」

長太が、固太りの体を震わせた。

「お蔭でまた、男をあげることができたよ」

粂三が、ひょろりとした体を縮めてみせた。

麻布の不動院門前の煙草屋を訪ねたお竜を、二人は大喜びで迎えたものだ。

南部坂の中ほどにある骨董屋に、お竜と共に潜入した二人は、危ない目に遭いながらも、お竜と井出勝之助の密かな助勢を得て、盗品密売の悪党達を壊滅させる手柄をあげた。

再会を約して別れたお竜は、二人があれこれと大変な日々を過ごしていることであろうと思い、十日の後に会いに出かけたのであった。

二人は、いつもの掛茶屋ではなく、市兵衛町の通りの西端にある、こざっぱりとした料理屋へ、お竜を招待してくれた。

「これはどうも、いらっしゃいまし……」

女将自らが愛想よく出迎え、小座敷へ案内してくれたところをみると、この十日間に二人がいかに顔を売ったかが窺える。

「今回は好い鱸《すずき》が入ったというからねえ」

「塩焼きにして、姉さんに食べてもらおうと思ってよう」

そんな言葉もなかなか堂に入ってきた二人であった。

「そんなに気を遣わなくったっていいですよう。まあ、ちょいとあれこれ話を聞いておこうと思ってねえ」

お竜の顔が綻んだ。

二人はそれを嬉しそうに眺めると、

「おれ達も聞いてもらいてえ話が山ほどあるんだよ」

「まあ、喜んでおくれよ……」

長太と粂三は、酒が運ばれてくると、堰《せき》を切ったように、あれからのことを話し始めた。

御用聞きの久兵衛に急を報《しら》せると、

「お前ら、このおれをかつごうってえのかい」

久兵衛は俄《にわか》には信じなかったが、長太と粂三の顔や体には人と争った跡がある
し、二人は一味の者達の髻を切り落し、それを持参していたので、

「なるほど、危ねえところを、その通りすがりの浪人がなあ……」

二人の話に嘘はなさそうだと、駆けつけてみると、一味の五人はそれぞれの帯
で縛られ、呻き声をあげていた。

「こいつは凄えや……」

骨董屋からは、盗品と思われる、小間物、煙管《きせる》、茶器、書画、金細工物などが
次々と見つかった。

内偵を進めながらも、なかなか踏み込めなかった密売人の一党であることは一
目瞭然であった。

「お前ら、よくやったぞ！　こいつは大したもんだ！」

久兵衛は狂喜して、町奉行所の出役を請い、一味の者達は御用となった。

長太と粂三には、同心から手札が与えられることになり、さらに二十両の金が

下され、望み通り二人は老婆から煙草屋を買い取った。

これを機に、二人が住んでいた〝掘立小屋〟はきれいに住居として改修し、母屋と離れに住み、それぞれ女房を迎え、御用聞きとして務められるよう、久兵衛が手配してくれる運びとなったという。

「まずしばらくは、久兵衛親分に付いて働くことになるだろうが」

「すぐにおれ達だって、親分の呼び名に恥じねえような男になるつもりさ」

長太と粂三は熱く語ったのである。

「それは何よりだったねえ」

お竜も嬉しくなってきた。

長太と粂三は、出会った時の様子が嘘のように前向きに生きんとしていた。

女のお竜が、かつて武芸者の家で奉公をしたことで武芸を修め、強くなったのに倣い、自分達も御用の傍らで修行をしてみたいと、二人は意気込んだ。

そして、これからは弱い者のために生きていく。それだけの用意を天が自分達に施してくれたのだから、ありがたく努めねばなるまい。

心に深く誓ったのである。

お竜は、いちいち相槌を打って聞いていたが、何よりも知りたかったのは、

「それで、骨董屋の連中に、功助という男はいたのかい？」

ということであった。

問われて、長太と粂三は苦笑して、

「そうだ、その話を先にしねえとな……」

「すまねえ。嬉しくて手前達のことばかり言っちまったよ」

相変わらず二人交互に話を続けた。

「それが、面目ねえ……」

「とんだ〝こうすけ〟違《ちげ》えだったよ」

あの、密売人一味の頭目は、〝こうすけ〟には違いなかったが、〝切り火の孝助〟というらしい。

二人が懇意にしている香具師の庄助一家の身内である徳松は、孝助を六十絡みと見ていたが、正体を見せぬゆえに、噂だけが一人歩きして、そのように思い込んでいたのだ。

三十年くらい前に、板橋辺りから麻布市兵衛町に流れてきたのは事実であるそうだが、まだ十五、六にして、相当の暴れ者であったがゆえに、その名が人の記憶に残ったようだ。

「そうかい。奴が切り火の孝助か。あの連中を取り仕切る、功助という元締なんて端《はな》からいなかったんだね」

お竜は嘆息したが、徳松が思い違いをするのは無理もなかった。

三十年以上も昔のことである。

功助は、お竜にとって義理のある、隠居の文左衛門の想い人の命を奪った憎き男ゆえ、何としても彼の今を確かめておきたいのだが、

――やはり容易いことではない。

お竜はひとまず仕切り直すことにして、

「だが姉さん、任せてくんな。おれ達も今じゃあ、その辺りをよたっている破落戸《ならずもの》じゃあねえんだ」

「お上の御用を務めるとなりゃあ、姉さんが捜している功助を見つけ易くなる。何たって十手を忍ばせる身になるんだからよう」

二人の威勢のよい言葉を、鱸の塩焼きと共にありがたく味わった。

「十手を忍ばせるといったって、おれ達はただの手先だから、そもそも十手や捕縄なんてものは持たせてもらえねえんだがな」

「久兵衛親分が持っている丸形の十手も、ありゃあ自前らしいね。そうだよなあ

長太」

「ああ、そうらしいぜ。中にはお町の旦那からもらう者もいるようだが、十手なんか滅多やたらと持ち歩くもんじゃあねえや」

「だが、お前、いざって時のために持っていてえだろう」

「そりゃあまあ、持ってねえでは恰好がつかねえだろう。どこで拵《こしら》えりゃあ好いんだろうな」

「それなら心配いらねえよ。久兵衛親分がそのうちくれるってさ」

「粂三、そいつは本当かい?」

長太と粂三の話はしばらく続いた。

お竜にとってはどうでもいい話であったが、無邪気な口調の中に、男の馬鹿さとやさしさが込められていて、なかなかに心地のよい一時であった。

(二)

京橋の南、三十間堀三丁目の〝八百蔵《やおぞう》長屋〟へ戻ると、待ち構えていたかのように、家の裏手から井出勝之助が、声をかけてきた。

「仕立屋の姉さん、お帰りでっか？」

勝之助も、〝通りすがりの浪人〟を演じていただけに気になっていたのだ。

「そばでも食おか……」

勝之助は、堀端の屋台にお竜を誘った。

日はすっかりと暮れていて、ちょうど小腹が空いていた。

屋台は老爺一人が切り盛りしていて、鉢を手に水辺の切り株でそばを啜《すす》ると、夏の夜風が心地よい。

季節は梅雨に入ろうとしている。

温かいそばは体にやさしかった。

ここなら人に聞かれたくない話もし易い。

勝之助は、お竜からその後の長太と粂三の話を聞いて、相好《そうごう》を崩した。

「うん、やはり好いことをしたな。人を地獄に案内するばかりが仕事では、何やら空しいよってにな」

「まずあの二人が、またやる気を出してくれたので、何よりでしたよ」

「この勢いやと、あの二人が功助を見つけ出して、悪い奴であったら、捕えて獄門台に送ってくれるかもしれん。そうなったら、こっちは手間いらずやな」

「そんなところで……」

「そんなら、しばらく麻布通いはやめか？　まあ、空の様子もうっとうしいさかいなあ、今は二人の親分に任せておくこっちゃな」

「いえ、ちょいと覗いておきたいところがありましてね。明日にでも行っておこうかと」

「覗いてみたいところ？」

「ええ、〝はなのや〟という居酒屋なんですよ」

「〝はなのや〟……。居酒屋？」

先ほど、市兵衛町の料理屋で、鱸を肴に一杯やっていると、長太がふっと思い出したように、

「そういやあ、〝はなのや〟のおやじの名は〝こうすけ〟じゃあなかったか」

と、言ったのだ。

粂三は小首を傾げて、

「〝はなのや〟のおやじの名？　そんなの知るかよう」

と笑った。

「あの、〝はな〟はは<ruby>な</ruby>でも、団子鼻のおやじだろう？」

「ああ、大きな鼻をしたおやじだよ。確か〝こうすけ〟という名だったと思うんだ」

その親爺は、六十絡みなのだそうな。

「長太、歳は合っているかもしれねえけどよ、あの団子鼻のおやじだぞ。虫も殺せねえような爺ィさんだ、姉さんの捜している功助とは似ても似つかねえよ」

粂三は一笑に付した。

「まあ、そりゃあそうなんだがよう。人は見た目によらねえからな」

「ははは、そうだなあ、あのおやじだって、若え頃は肩で風を切っていたのかもしれねえぞ」

「そうだろう……。そういやあ、もう長えことあの店に行ってねえな」

「おきゃあがれ、あんなむさ苦しくて、浮かねえ顔をしたおやじの店なんぞに今さら行くこたあねえや」

「何でえ何でえ、あの店はここからはちょいと遠いが、安くてうめえ店だからありがてえと言っていたお前が、今じゃあ大したもんだなあ。よう、粂三親分！」

「そう言われるとざまあねえや。姉さん、安くてうめえのは確かだよ。近くに行くことがあったら寄ってやってくんな」

そんな風に二人で噂に上げたのが〝はなのや〟であった。

〝大鼻のおやじ〟〝団子鼻の小父《おじ》さん〟〝まる天狗の親方〟などと呼ばれているため、主人の名を知る者はまずいないのだが、誰かが〝こうすけ〟だと話しているのを、長太は耳にしたらしい。

勝之助は興をそそられたようで、

「そのおやじの鼻を見てみたいものやな」

と、悪戯《いたずら》っぽく笑った。

いかにも勝之助が好むような話だと、お竜は小さく笑みを返すと、

「その鼻は、ひとまずあたしが見てきますよ。居酒屋のおやじさんの名がこうすけなら、自分と同じ名の男に、少しは興をそそられていて、何か小耳に挟んでいるかもしれませんしね」

この先の想いを告げた。

「なるほど……」

勝之助は大きく頷いてみせると、

「或いはその、大きな鼻のおやじが、ご隠居の仇の功助かもしれんよってにな」

表情を引き締めた。

「そんなことがありますかねえ」

お竜の問いに、

「文左衛門のご隠居が、こんなことを言うていた。大人になってからの三十年という歳月は、人間を違う生き物に変えてしまうとな」

勝之助は、しかつめらしい顔で応えた。

大人になってからまだ間もない自分達には、はかり知れぬのが老境であると、深く考えさせられたというのだ。

恩義がある文左衛門のために、隠居がかつて惚れ抜いた女を死に至らしめた男のその後を暴いてやる――。

お竜は素直にそう思い、勝之助もそれに賛同したわけだが、

「三十年前に鬼やった男が、長い間に仏に生まれ変わっていることとかて、あるかもしれん……」

彼はそのようにも思っていた。

「といっても、大人になってから犯した罪を許すわけにはいきませんからねえ」

「うむ。仕立屋の言う通りや。長いこと生きていると、色んな智恵が身につくさかいになあ。本当は鬼の心を秘めているくせに、外面《そとづら》だけは仏を装う術《すべ》を会得した者かているかもしれへん」

「様子が知れたら、すぐに勝さんには伝えますよ」

「ああ、頼んだで」

勝之助はそばを啜ると、ニヤリと笑って、

「仕立屋……」

「何です」

「文左衛門のご隠居は、お前に幸せになってくれと言うたそうやが」

「ええ……」

「人を幸せにしてどないすんねん」

「ふふふ、まったくだ……」

「そやけど、おれはこない思うのや。人を幸せにすることが、何よりの幸せではないか、とな」

その言葉を呑み込んで、お竜がしばし沈黙すると、

「ちょっと、ええこと言うてしもたなあ」

勝之助は顔を赤らめて、再びそばを啜った。

「勝さん……。好いも悪いも、あたしにはそんなむつかしいことは、よくわかりませんよ……」

そば代を手渡すと、そそくさと去っていった。


「左様か……」

勝之助はますます顔を赤らめて、

「そしたら〝はなのや〟へ行ったら、また話を聞かせてくれるか。そば屋のおやじ殿！　また来るわ！　釣りはいらんで……」

㈢

翌日。

お竜は、日の高い内はいつも通り裁縫にいそしみ、日が傾いてきた頃となって、〝はなのや〟のある竜土町へと出かけた。

ここ数日は、隠居の文左衛門も方々へ出かけているようで、そば屋〝わか乃〟の二階座敷から呼び止められることもなく、幸いであった。

道中、麻布市兵衛町に寄ってみると、

「おう、父《とっ》つぁん、達者にしていたかい？」

「何か困っていることはないかい？」

などと町の者達に声をかけながら道行く、長太と粂三の姿を見ることが出来た。

早くも親分気取りで見廻りをしているようだが、

――何やらむかつくねえ。

助けてやった身としては、そんな気分になる。

とはいえ、その張り切り様には憎めぬ愛敬《あいきょう》があり、

――幸せそうで何よりだよ。

と、思えてくる。

――励んでいるなら言うことはない。

二人に見つかると〝姉さん〟とうるさいので、巧みにやり過ごして、飯倉片町の通りから、六本木町の通りへ。そこから、さらに西へ進むと、武家屋敷に囲まれた竜土町の通りへと出る。

町の中央に建つ長徳寺の門前に、〝はなのや〟はあるという。

お竜は土地勘を得るのに長《た》けている。

門前の通りから少し東に入った小路が、いかにも小体《こてい》な居酒屋がありそうな一画だと見て足を踏み入れた。

案に違《たが》わず、奥の一軒の赤提灯に〝はな〟の字が見えた。

店の前へ行くと、縄暖簾の向こうに腰高障子に大書された〝はなのや〟の屋号が認められた。

店は奥に板場があり、出入り口から繋がる細い土間の両脇に、入れ込みの座敷があった。

十人ほど客が入るといっぱいになるような店だが、お竜が中を覗くと、まだ早い時分なのか、左側に一人、右側に二人、いずれも若い職人風で、皆一様に黙って飯をかき込んでいた。

「へい、どうぞ、腰をかけておくんなさいよ」

女一人で入ろうかどうしようか思案しているのかと気になったのであろう。板場から親爺が出てきて、穏やかな声で告げた。

「ごめんなさいよ」

お竜は歯切れよく応えて、入ったところの上がり框《かまち》に腰をかけ、

「何か食べさせてくださいな。お酒も少し、ご飯も少し……」

物怯じせず頼んだ。

「へい。そんなら豆腐汁でも出しやしょう」

一見すると、とっつきの悪い面相だが、顔の真ん中に座っている団子鼻が、そ

れを和らげてあまりある。

——なるほど、これが噂の鼻か。

長太と粂三から話を聞いていただけに、お竜の口許は思わず綻んだ。

親爺はすぐに、小ぶりの茶碗に酒を注ぎ、豆腐と夏の野菜を味噌で仕立てた汁を運んでくれた。

「飯は飲んでからでいいね」

かける言葉のひとつひとつが温かかった。

豆腐汁は、酒の肴にもなるし、飯のおかずにもなり、酒代を入れても十五文とはありがたい。

「こういう店があると助かりますよ」

お竜は、間合を見はからって親爺に言った。

「あたしは仕立屋でしてね。ちょっとの間、この辺りに来ないといけないのですよ」

「そんなら、また寄ってやっておくんなさい」

親爺の名が功助かどうかは、訊ねないでおいた。

人のよさそうな親爺であるから、もうこのまま放っておいてもよいのではないかと思われたが、どうせ夕餉は食べる。調べごとと食事が一緒に出来るのだから、〝八百蔵長屋〟からはいささか遠いが、明日また来ればよいと考えたのだ。

お竜はひとまず代を置いて居酒屋を出た。

親爺の鼻は、噂通りの団子鼻で、安くてうまい店というのも、長太と粂三が話した通りである。

それがわかればよいだろう。

だが、親爺一人が店を切り盛りしているのかと思っていたが、そうではなかった。

ほとんど姿も見せないし声もわからなかったが、板場に若い娘がいたような気がした。

時折、中の様子を窺い見ると、十五、六歳の娘がいて、手伝っているようだ。

顔ははっきりとわからなかったが、なかなかの縹緻《きりよう》ではなかろうか。

親類縁者の娘を預かって仕事の手伝いをさせているのだろうか。

六十絡みの団子鼻の親爺が、酒や料理を運ぶよりも、あの娘がすればよいのに。

お竜はそのように思ったが、下手にお運びでもさせて、娘に悪い虫がついてはいけないと、親爺は用心しているのかもしれない。

あれこれ考えてみると、〝はなのや〟の親爺には好感が持てた。

それでも、見たところ女房がいるわけでもなさそうだし、寺の門前通りの外れで小体な居酒屋を細々と営んでいる〝大鼻のおやじ〟には、その来し方に一朝一夕では語れぬ深みがあるような気がする。

井出勝之助が言っていたように、大人になってから間もない自分達には、はかり知れぬ老境があるのであろう。

「気をつけなよ……」

表に出ると、親爺が一声かけて送り出してくれた。

この機を無駄にすることもなかろう。

「ありがとうね……」

お竜は頰笑みを返すと、

「この店は随分前からあるんですか？」

と、訊ねた。

「さて、もう三十年くれえになるかねえ。こんな気の利かねえ店が、よく続いてきたもんだ」

親爺は意外や、大きな鼻をふくらませて、気易く応えてくれた。

「そんなになるんですか？　この辺りは時折通っていたのに、どうして今まで気付かなかったんだろう。何だか損をしたような気がしますよ」

「ははは、嬉しいことを言ってくれるね」

「また来ますから、覚えておいてくださいな」

お竜はひとつ頷くと、夜道を歩き出した。

表通りに出るまで、親爺の目を背中に感じた。

険のあるものではなく、安全を確かめてやろうという温かみのある気配を覚えた。

酷い男達に翻弄され、踏みつけられてきた悲惨な過去と、武芸の達人によって厳しく仕込まれた武芸による勘が合わさって、お竜には鋭い感性が身に備っていた。

人を見て、敵か味方かを瞬時に見極める力である。

それから察すると、〝大鼻のおやじ〟は少なくとも敵ではない。

三十年くらい前から居酒屋をしているとわかったのは、大きな成果であった。

もしや若い頃に〝功助〟という男を、どこかで見かけているかもしれない。

雲行きが怪しくなってきた。

お竜は足早に家路についた。

㈣

その次の日。

お竜は竜土町へは出かけなかった。

またも井出勝之助が訪ねてきて、

「はあ、やっぱりおやじの鼻は大きかったか……」

お竜から報せを受けると、自分の目で確かめたくなったらしく、

「そしたら、今度はおれが行ってくるわ……」

と、張り切って出かけたからだ。

お竜は、〝大鼻のおやじ〟とは、好い出会いをしたと思っていたゆえに、いささか残念であったが、わざわざ二人して行くこともない。

勝之助のことであるから、上手く話を盛り上げて、初日から店の常連のようになるのであろう。

自分が聞き出そうとしているというのに、勝之助がすっかりと話を仕入れてくるのも、何やら口惜しい。

落ち着かぬ想いで、その日は仕立に専念して、次の日に呉服店〝鶴屋〟に、仕立物を届けに行くと、

「おお、これはお竜殿……」

勝之助は彼女の姿を見逃さず、店を出たところでそっと声をかけてきた。

「これは先生……」

お竜は、何くわぬ顔で応えると、足早に脇道へ入った。

向かいのそば屋の二階座敷から、文左衛門が顔を出すと話し辛いからだ。

「それで、昨夜は……？」

お竜は少し仏頂面で、〝はなのや〟での首尾を問うた。

「いやいや、それがさっぱりや……」

すると、意外や勝之助は顔をしかめてみせたものだ。

「さっぱり……？」

昨夜、勝之助はいつもの調子で縄暖簾を潜って、

「おやっさん、ちょっと飲ませてくれるか」

と、親爺に明るく話しかけた。

ほどのよい浪人で、誰からも親しまれる勝之助であるから、すぐに打ち解けて

くれるものと思ったが、

「おやじはまったく心を開かん……」

であったという。

勝之助が酒を勧めても、

「申し訳ございません、あっしは不調法者でございまして……」

と、受けようとしない。

終始如才なく振る舞うのだが、勝之助の話には乗らず、まったく言葉のやり取りが出来ぬまま、

「あの見事な鼻を眺めただけで、終ってしもたのや。とんだ〝はな見〟や……」

勝之助は、ぼやくことしきりであった。

「そりゃあ、誰だって勝さんの話に合わせられるとは限りませんよう」

どちらかというと朴念仁で、気の利いた話も出来ないような〝はなのや〟の親爺である。

いくら勝之助が楽しい男であっても、初めての客となれば少し構えてしまったとておかしくはなかろう。

「かえって怪しまれたのかもしれませんねえ」

お竜がからかうように言うと、

「そうや。怪しまれたのやと思う。板場の奥にいる娘を狙いに来たと疑われたのかも知れん」

勝之助は真顔で言った。

「見たところ、十五、六の小娘に毛が生えたくらいの娘や。そんなもんにこの井出勝之助が手を出すと思うか？」

「そう見えたんでしょうよ」

「言うてくれるやないか」

「それだけあの娘を大事にしているのでしょうねえ」

「そういうことやな。そこがどうも引っかかる」

「引っかかるとは？」

「仕立屋は女やさかい、怪しまれんですんだのやないか。あの〝大鼻のおやじ〟は、何か訳ありの匂いがする」

「昔は色々とあったような気は、あたしもしましたがねえ」

「見た目は口下手で、とっつきにくいが、気はやさしいおやっさん……。そやけど、腕にいくつか傷がある」

「右肘の前あたりに切り傷がありましたよ」

「さすがは仕立屋。左にもあったな」

「それには気付きませんでしたよ」

「まあ、お前があのおやじを敵ではないと思たのは正しい。悪い男ではない。そやけど何か引っかかるのやなあ。あとは仕立屋に任すわ。しっかりおきばりやす」

勝之助は口惜しそうな表情を浮かべて〝鶴屋〟へ戻っていったのであった。

お竜は失笑した。

悲惨な過去を引きずり、日頃は無口で、限られた者以外とは人交わりの苦手なお竜である。

こういった探索は、勝之助の方がはるかに上手くこなすものだと思い込んでいたが、

――あのほどのよさを怪しむ者もいるんだねえ。

そう考えると、少しばかりしてやったりの心地となった。

しかし、勝之助が〝はなのや〟へ行ったのは、大いに意義があった。

人はよさそうだが訳あり――。

お竜の〝はなのや〟の主人像が、勝之助によって確かなものとなったからだ。下手をすると、〝はなのや〟へのお節介を焼いてしまうことになりかねないが、〝訳ありのおやじ〟ならば、功助の情報に繋がるかもしれない。

そして、〝大鼻のおやじ〟こそが、隠居・文左衛門の想い人を殺した、あの功助その人ではないかという疑念も残る。

——いや、まさかそれはないだろう。

お竜はその疑念を心の内で打ち消した。

一昨日、〝はなのや〟へ行った時、主人はお竜をやさしく迎えてくれたし、帰りも無事を見届けてくれた。

板場にいた娘にお運びはさせず、彼女にかける言葉にも実に温かみがあった。

娘は、おけいという名で、

「おけい、包丁で手を切るんじゃあないよ」

「おけい、気をつけねえと、鍋がふいているぜ」

という声が、和《やわ》らかな響きをもって、お竜の耳に届いてきたものだ。

——あの小父さんが、女郎を叩き殺した男だとは思えない。

どう考えても、想いはそこへ行き着くのである。

お竜は、その日再び、竜土町に〃はなのや〃を訪ねた。

何やら、〃大鼻のおやじ〃に会うのが楽しみになっていた。

生みの父親は、とんでもない極道者で、何ひとつよい思い出がない。それどころか、見つけ出して自分の手で殺してやろうとさえ思った。

好い父親に恵まれなかったお竜は、心のどこかで父を恋しがっているのかもしれない。

傷つき、小川の辺《ほとり》に倒れている自分を助け、武芸を仕込んでくれた北条佐兵衛。

佐兵衛からお竜を預かり、見守ってくれた隠居の文左衛門。

思えばお竜は、この二人に父という者への憧憬を抱いていたのかもしれない。

そういう心の動きが、〃はなのや〃の主人は善人であると、信じさせようとしているのだ。

一昨日より早い時分に長屋を出たお竜は、いそいそと居酒屋の縄暖簾を潜った。

「おや、本当にまた来てくれたんだねえ」

〃大鼻のおやじ〃は、お竜の顔を見るなり喜んでくれた。

「昨日も来たかったんですが、色々と手間取りましてねえ」

お竜は笑みを返すと、

「この前と同じ物をくださいな。すっかりと気に入ってしまいましたよ」

豆腐汁に少しの酒、少しの御飯を注文した。

「あいよ……」

親爺は、この日もまた手早く調え、油揚げを焼いた一品を付け足してくれた。

すっかりと馴染になったようで、お竜も言葉が出易くなっていた。

「小父さんの名は功助っていうんですか？」

たまたま二人になった時、お竜は臆せず訊いてみた。

「え……？」

親爺は驚いた顔で、お竜をまじまじと見た。

「いえね。市兵衛町にちょいとおもしろい人がいましてね。その人から、ここのおやじさんは功助といって、料理も酒もうまくて安いんだと聞いたんですよ」

「へえ、そうなのかい……」

「あたしの亡くなった父親も功助といって、生きていれば小父さんと同じ年恰好なんで、それでこの店を探したってわけでしてねえ。この前来た時に言おうかと思ったのだけど、何やら恥ずかしくて言いそびれてしまいましたよ。ああ、これはどうでもいい話でしたね……」

これくらいの方便は、顔色を変えずに言えるようになったお竜であったが、この店の主人につきたくない嘘ではあった。

「そういうことかい……」

〝大鼻のおやじ〟は、しばしきょとんとした顔をしていたが、

「ああ、おれは功助というんだ。〝大鼻のおやじ〟とか〝団子鼻のおやじ〟とか、〝まる天狗の親方〟なんて呼ぶ奴はいるが、おれの名を知る者は滅多といねえから、こいつは驚きだ」

と、応えて頰笑んだ。

「やはりそうだったんだねえ……。小父さんの名を知ったからって、どうということはないんだけど」

「そうかい。好いお父つぁんだったんだろうねえ」

「いえ、ろくでもないお父っさんでしたが、今じゃあ何やら、懐かしくてねえ」

「ははは、おれも若え頃は、ろくなもんじゃあなかったさ」

「小父さんが？　そうは見えないけど……。そうだ、申し遅れましたね。あたしは仕立屋の竜といいます」

「お竜さんか……。ちょいと苦労をしなすったかい？」

「したかもしれませんが、こうして生きておりますから……」

お竜は精一杯の笑顔を功助に向けた。

「生きているから、苦労も報われるか……」

功助はしみじみとした声で言うと、そのまま板場へ入っていった。

お竜はその様子に、功助が身に背負っている深い哀切を覚えていた。

（五）

信じられないが、板橋の廓にいた乱暴者の功助は、〝はなのや〟の主人かもしれない。

長屋へ戻ってから、お竜の疑念は深まっていった。

居酒屋では、おけいのことも知りたかったし、彼女と顔も合わせてみたかった。

しかし、自分の父も功助という名であったと話してから、功助は言葉少なになってしまった。

そうするうちに、客が次から次へとやって来て、ゆっくりと話す機会を失ってしまったのである。

「お竜さん、何やら騒々しくてすまなかったね」

それでも功助は、お竜が店を出る時は先日同様、温かい言葉で見送ってくれた。

それがお竜の胸の内を締めつけた。

この先、〝はなのや〟の功助を調べて、彼が、文左衛門の仇であったと知れたらどうすればよいのであろう。

板橋にいた功助が、今も悪事を働く凶悪な男であれば、井出勝之助と諮《はか》って、地獄へ案内してやろうと考えていた。

それがまっとうに暮らしているとわかれば、わざわざ殺すまでもないのだが、このまま捨て置くのも何やらもやもやとする。

文左衛門はかつての恨みや憎しみは捨て去ったと言っていた。

それなのに、わざわざ掘り起こさんとしたことが、今になって悔まれた。

文左衛門が命がけで恋したお花は、行きすぎた折檻で命を落した。

その張本人が、のうのうと生きていてよいものか。

女を痛めつけて殺すような男は、どうせろくな者になっていまい。

どこまでも追い込んで報いを受けさせてやるという意気込みがあればこそ、竜土町の居酒屋までも出向いたのだ。

それが、今では若い娘を養い慈しむ、心やさしき老爺になっていたのでは、何とも拍子抜けではないか。

長い年月を経て、とどのつまりお花が死に損となろう。

冴えぬ想いで、ひとまず〝鶴屋〟に顔を出すと、この日は生憎《あいにく》、井出勝之助は他行中で、お竜は胸のつかえを吐き出せぬまま一旦長屋に戻ることになった。

文左衛門に、そば屋の二階座敷から呼び止められたら何としよう。

隠居には黙ってことを進めてきたのである。

〝はなのや〟の話をするわけにもいかない。

だが、こうなったら何もかも打ち明けてみたい気もする。

心千々に乱れて、そば屋〝わか乃〟の二階の窓を見上げると、そこに文左衛門の姿はなかった。

――あたしはいったい何をくよくよしているんだろう。

お竜は苦笑いを浮かべて、一歩足を前へ踏み出した。

その時、上からではなく背後から、

「何やら忙しそうですな……」

と、声がかかった。

武芸に勝《すぐ》れ、少々のことでは動じぬお竜が、その声にどきりとして振り返った。

「ご隠居……」

そこには文左衛門が立っていた。

お竜は観念した。

文左衛門は、お竜の想いを既に看破していたのだ。

「いやいや、先だって井出先生に問われて、よけいな話をしてしまいましたので、お竜さんが、あれこれ気遣ってくれたのではないかと、胸の内に引っかかっておりましてな」

そう言われると是非もない。

「はい、いささかよけいなことをしておりました」

お竜は首を竦めた。

悪戯を見つけられた子供のようである。

「わたしの昔話を聞いて、功助が今何をしているか、当ってくれたのですね」

「はい……」

「それならよけいなことだとは思っていませんよ。心のどこかで、二人してそっと動いてくれるのではないか……。それを望んでいました」

「調べたというほどのものでもございませんで、お恥ずかしゅうございます」

文左衛門は満面に笑みを浮かべて、

「上方からうまい酒が届きましてな。味見をしてくれますかな」

と、お竜を家へ誘った。

お竜は、こうなるとほっとして、文左衛門に付き従う安三《やすぞう》に導かれ、〝鶴屋〟の裏手へと同道した。

そこに、竹格子の出窓が何とも風情のある仕舞屋があった。

方々に住処を持つ文左衛門であるが、この家が表向きの住まいであった。

中は思いの外広く、中庭の向こうに安三が寝起きする一間があるが、文左衛門の居間からは、四ツ目垣と庭木で上手く仕切られてある。

居間はきれいに片付いていて、お竜はここへ通されて、新酒の味見に付き合ったのである。

安三は、支度をするとすぐに姿を消した。

文左衛門は、どんな時でも話を急がない。

まず上方下りの酒を、お竜と共に味見をして、

「これは伏見の酒だということですが、なかなか喉ごしがよろしいようで」

と、ひとつ間を取ってから、

「それで、功助について、何か手がかりは摑めましたかな」

と、お竜に問うた。

お竜は畏まって、

「確とは知れませんが、ご隠居から聞いた話を頼りに、麻布の市兵衛町に行ってみたのです……」

市兵衛町での長太、粂三との触れ合い、そこから井出勝之助と手を組んで、密売組織・切り火の孝助一味を壊滅させた話の経緯《いきさつ》を語り聞かせた。

文左衛門は、大笑いしながら聞いていたが、やがて話が竜土町の〝はなのや〟に及ぶと、黙りこくって何度も相槌を打っていた。

一通り話を聞き終ると、

「よくぞわたしのために動いてくれましたねえ。それだけでも嬉しい……」

まず手放しで喜んだ。

「わたしが功助を憎んでいないはずはありません。ただ、前にも話したように、自分にも落ち度があったゆえにこれまで黙って見過ごしにしてきたのですが、やはり、あの男とは何か決着をつけねばなりますまい。竜土町の〝はなのや〟です

ね。さっそく行って、その功助が、お花を殺したあの男か、この目で確かめると
しましょう」
そして、にこやかに応えた。
いつもと変わらぬ穏やかな表情であったが、命をかけて惚れ抜いた、お花の思
い出が蘇り、双眸《そうぼう》には強く鋭い光が湛えられていた。
文左衛門は、きっと〝はなのや〟の大鼻の主人が功助に違いないとは語らなか
った。
文左衛門の功助に対する今の想いなど、お竜には想像もつかなかった。
だが、隠居が〝はなのや〟へ乗り込んで、あの〝大鼻のおやじ〟が、最愛の女
を死に追いやった男だと確かめた時は、
――ご隠居の意向を汲んで、動くだけのことだ。
と、心に誓った。
今では、すっかりと改心していたとしても、かつて犯した罪の大きさが、文左
衛門の尺度では、償いきれぬものであれば、
――このあたしが、地獄へ案内せねばなるまい。
お竜は、それが自分の生きる道だと思ったのである。

(六)

その日も、麻布竜土町の居酒屋〝はなのや〟は、店仕舞の時分となった。

特に決めてはいないのだが、主人の功助は長い間、居酒屋をこの地で開いている。

「そろそろ客がひけたようだ」

という勘は備っている。

近くにとり立てて行事や祭礼のない時は、それがぴたりと当るのだ。

「おけい、そろそろ火を落すか……」

功助は、甲斐甲斐しく洗い物に励んでいるおけいに言った。

「そうだねえ小父さん……」

ほとんど店先には出ないが、姉さん被りにした手拭いの下には、下ぶくれで愛らしい娘の顔があった。

功助は、ほのぼのとした目をおけいに向けると、

「あともう少しの辛抱だ。それまでは抜かりなく、しっかりと己を鍛えるんだよ」

やさしい声をかけた。

「小父さん、わたしのことなら大丈夫だから、もうこの居酒屋の娘として、小父さんをしっかり支えていきたいわ」

おけいは、はきはきとした声で応えた。

「いやいや、油断しちゃあならねえよ。お前のこの先の幸せがかかっているんだ。抜かりのねえようにしねえとな」

おけいは、何か言いたげであったが、ふっと笑って言葉を呑み込んだ。

功助の自分への愛情を、しっかりと嚙み締めている表情をしていた。

その時であった。

店に客が入って来た。

見慣れぬ五十半ばの男であったが、

「少しだけ、よろしいかな……」

という、声にも表情にも、どこか聞き覚え、見覚えがあった。

「へい、よろしゅうございますが……」

功助は客をまじまじと見ると、やがて神妙に頷いて、

「随分と前に、お会いいたしましたねえ」

低い声で言った。

客の方も、じっと功助の顔を見つめると、

「はい。三十年くらい前になりましょうか、板橋で……」

と、応えた。

「やはり……」

「互いに歳をとりましたな」

「それでも、あの頃の顔を思い出すのは、おかしなものでございます」

「もう、会うこともないかと思っておりましたが、歳をとると、あれこれ若い頃にやり残したことが気になりましてな」

「なるほど、ようくわかります。さあさあ、どうぞおかけになってくださいまし」

功助は客を請じ入れて、縄暖簾をしまった。

「これでゆっくりと話ができます」

「店仕舞をさせてしまいましたな」

「いえ、ちょうど、仕舞うところでございましたから」

客が、隠居の文左衛門であるのは言うまでもない。そしてこの功助こそが彼の想い人を死に至らしめた男であった――。

おけいは、何ごとかと板場の奥からそっと様子を窺っている。

功助はためらいなく、

「おけい、ここへ出ておいで」

珍しく板場から店先へ出して、

「五、六年になりますかねえ、ここで預かっている、おけいと申します」

娘を文左衛門に引き合わせた。

おけいは、それだけで大事な客とわかる。

「どうも、いらっしゃいまし……」

深々と頭を下げた。

「これはまた、よい娘さんだ。わたしはねえ、功助さんの昔馴染の文左衛門という隠居ですよ」

文左衛門は、にこやかに名乗ると、親しみの目を向けた。

「おけい、これからちょいとご隠居さんと話があるから、お前は先に休んでいておくれ」

功助は、おけいを下がらせると、

「お口に合うものなどありませんでしょうが、どうぞ一杯やっていっておくんなさいまし」

そら豆の塩茹で、茄子の丸煮を酒に添えて出した。

「これはありがたい」

文左衛門は酒を一口含むと、さっそく肴をつまんで、美味《うま》そうに食べたものだ。

功助は、その前で畏まり、

「いつか訪ねてきなさるのではないかと、気にかけておりやした」

上目遣いに文左衛門を見た。

「あなたとは、いつか話をして、自分にとってのけじめをつけねばならないと思っておりましたが、あっという間に三十年もたってしまいましたよ」

「何年たとうが、あっしのしたことは許されるもんじゃあございません」

「惚れ抜いた女が殺された。そのやり切れなさは、この三十年の間、消えるものではありませんでした」

「やはり功助の野郎を許すことはできねえとお思いならば、あっしはお前さまに殺されたって仕方がねえと覚悟をして参りやした。それが今だというなら、逃げも隠れもしませんから、もう少し待ってもらいてえんでございます……」

功助は頭を下げた。

「何か今、事情を抱えているようで？」

「へい……」

「まずその話を聞かせてもらいましょうか」

「へい……、申し上げますが、このことについては……」

「きっと口外いたしません」

「忝《かたじけの》うございます……。理由《わけ》というのは、今、会っていただいた、おけいのことなのでございます」

「あの子は、ここで預かっているのだと言っていましたが……」

「左様で……。もちろんあっしの身内ではございません。ある日、町で拾ってきたのでございます」

「拾ってきた?」

㈦

三十年前に、板橋の宿で廓の男衆をしていた功助は、足抜けを企てたお花という遊女を捕え、相手の男、つまり若き日の文左衛門と引き離し、見せしめのために折檻をした。

周りの者達は、女を痛めつけることを嫌がったが、
「そんな甘口を言っているから、女達はつけあがるのさ」
功助は容赦なく打ち据えた。
そもそも功助は、内藤新宿の廓に出入りしていた男の子供として生まれたが、
この時、廓に足抜けがあり、まんまと逃げられてしまった。
功助の父親は、
「お前が付いていながら、なんという不始末だ」
と叱責されて、町にいられなくなった。
それで功助を連れて板橋へと仕事の場を移したのだが、そのことが因で功助は
子供の頃、随分と辛い目に遭ったのだ。
「人に弱みを見せてはならねえ……」
父親はその言葉を功助に遺して亡くなった。
当時、功助は十五であったが、父の無念を胸に方々で暴れ廻り、誰からも一目
置かれる男となった。
そういう過去を持つ功助にとって、女郎の足抜けは何よりも許せなかった。そ
れゆえに探索にも折檻にも気合が入ったのだ。

功助は三十の男盛りで、誰も功助の行き過ぎた折檻を止められなかった。

とどのつまりお花は、その痛手が因で死んだ。

掟破りの女郎でも、生かして金を稼がせないと妓楼は損をする。

妓楼の見張りが甘いゆえ起きたことなのだが、功助は板橋にいられなくなった。

親の因果が祟ったとしか言いようがないが、板橋の顔役の口利きで、麻布市兵衛町の地廻りの一人となったものの、女郎を殺してしまった自責の念が日毎込みあげてきた。

なめられては渡世が務まらぬと意地を張ってきたが、功助とて根はやさしい男であったのだ。

ある時、町で暴れ廻っている十五の若い衆を見かけた。

その若いのは孝助といって、字が違うが自分と同じ名であった。

孝助は後に、盗品密売の一味の長《おさ》となり、先頃お縄になったと風の便りに聞いたが、十五の孝助に自分の姿を見た功助は、何もかもが嫌になり、竜土町の小さな居酒屋を老主人が手放すというので、これを受け継いだ。

目立たぬ店ゆえ、常連客をつけねば苦しいが、ついてしまえばその方が気楽だと言われて、なるほどそうかと思ったのだ。

見よう見真似で始めてみると、これがなかなか性に合っていた。

安くて美味いものを出す工夫を重ねると、客は誰もが幸せそうな顔になり、

「おやじさん」

と慕ってくれる。

そうなると、荒々しい気性はすっかりと穏やかになり、強面《こわもて》の頃は強さの象徴ともなった大きな鼻は、親爺の愛敬へと変わっていったのだ。

それと共に、お花を死に至らしめたことへの後悔の念が日々大きくなってくる。

お花の相手は物持ちの倅で、あれ以降は文左衛門という名を継ぎ、立派な商人になったと聞いたが、独り身を貫いているらしい。

今さら自分のような者が詫びに行ったとて、立派になって暮らす者の心を乱すだけであろう。

この先は災難に見舞われている若い娘を助けてやりつつ、自分も独り身を貫こうと心に決めた。

そして大したことも出来ないながら、近隣の娘達の悩みごとを聞いて、娘の周囲の者達との軋轢《あつれき》を収めてやった。

腕力にものを言わせなくても、欲のない居酒屋の親爺が辛抱強く話を聞いてや

ると、人は怒りや憤りを鎮めるものだと、功助は気付いた。

だが、もう老境に入った六年前のある日。

功助はここで久しぶりに、無敵と言われた喧嘩の腕を揮《ふる》うことになる。

深川に移り住んだ店の常連に、是非一度訪ねてくれと請われて、功助は久しぶりに永代寺門前へと出かけて酒を飲んだ。

居酒屋の献立も、たまには新しいものを入れねばなるまい。時には深川辺りの店で一杯やるのも修業のひとつだと思ったのである。

若い頃に兄貴分に連れられて遊びに来たことがあった町は、随分と変わってい て、功助は旅をしたような心地となり、せっかくなので夕暮れの海を眺めて帰ろうと思い立った。

そうして、洲崎《すざき》の浜へと向かうと、入船町の路地から子供が泣き叫ぶ声が聞こえた。

功助は、声のする方へ駆けた。

するとそこには、中背に頰骨が張った顔がいかにもいかつい三十過ぎの男がいて、逃げる童女を捕え、

「いい加減にしねえか！」

と、横っ面をはたくところであった。

童女は、十歳くらいであろうか。やや下ぶくれで愛らしい顔は泣き濡れて、無惨にも赤く腫れあがっていた。

「大人しくついてこねえと、このガキ、海へ放り込むぞ」

男は子供相手に凄んでみせて、乱暴に抱き上げると、連れていこうとした。

功助の体内に、自分でも驚くほどの熱い怒りが込みあげた。

分別もなく哀れな遊女を死なせてしまった、若き日の自分への怒りがそこにあった。

あの男は恐らく、借金の形《かた》に子供までふん捕えて行かんとしているのであろう。

それがその道中に逃げられ、追いかけて殴りつけたのだと思われる。

――こんな奴を許してなるものか。

功助は咄嗟《とっさ》に路地へ出ると、いきなり男の急所を蹴り上げた。

「て、手前、何しやがる……」

男は子供を手から放してその場に屈み込んだ。

「手前こそ、子供を殴りつけて、無理矢理連れて行こうたあ、どういう料簡だ！」

功助は、さらに男を踏みつけにして、子供の手を引くと、

「さあ、おいで……」

そのまま子供を連れて、逃げ去ったのだ。

その子は、おぎんと言った。

功助が竜土町へ連れ帰って訊ねてみると、思った通り、おぎんは親の借金の形に、男に攫《さら》われんとしていたのだ。

おぎんは父親と二人で暮らしていたが、父親が病に倒れ、借金をしてしまった。すると、借金取りがやって来て、父親を蹴り倒して無理矢理おぎんを連れて出たのだそうな。

おぎんは頭がよく、その借金取りが徹二郎《てつじろう》という男で、高利貸しから借金の取り立てを請け負っているのだと、子供ながらに理解をしていた。

ひとまず功助は、おぎんを親類の娘を預かることになったと偽り、家で匿《かくま》った。

その上で、そっとおぎんの父親の様子を探ったところ、彼は絶望と蹴られた痛手が合わさり、娘を奪われた三日後に亡くなっていた。

悲嘆に暮れるおぎんを、功助は放っておけなかった。

徹二郎という男を調べてみると、凶悪で世間からは忌み嫌われているが、頼む

と必ず取り立ててくるので、金貸しからは重宝されているらしい。

だが、一両の取り立てを頼まれると、三両分をひったくってくる無法者で、近頃は用心棒も雇い、とんでもなく阿漕な仕事に手を染めているという。

功助がおぎんを救った時は、たまさか用心棒が一緒でなかったらしく、これは幸運であった。

徹二郎には借金を取り立てただけという大義名分がある上に、この男は話が通じる相手ではない。

かくなる上は、おぎんをこのまま親類の娘だとして、自分が育てていこうと功助は誓った。

そうして名もおけいと変え、彼女が成長して自分で危機から逃れられるようになるまでは、出来るだけ人目にさらさぬようにしたのだ。

功助は、大人になったおけいが、さらに安全なところで暮らしていけるよう、仕事の合間によい奉公先を探していた。

それが実を結んで、蕨宿《わらびしゅく》の老舗の旅籠《はたご》で女中奉公が出来そうだと、話がまとまりつつあるというのである。

(八)

功助は、文左衛門に頭を下げて、

「旦那、どうかその話が確《しか》とまとまるまでの間、あっしを生かしてやっておくんなさいまし」

と、懇願した。

文左衛門は、じっと耳を傾けていたが、

「その徹二郎はどうするつもりなのです」

と、功助に真っ直ぐな目を向けた。

「あの子をどこに連れていったとしても、しつこく追いかけてくるのでは？」

功助は大きく息を吐いて、

「へい。奴は一筋縄ではいきません」

「でしょうな。とすれば、あの子を一人立ちさせた後に、手を打たねばなりませんな」

「へい……」

「もしや、その徹二郎を……」

功助は押し黙った。

「正直に、話してもらえますかな」

「それは……」

功助は、しばしの沈黙の後、

「隙を衝いて、殺してやろうと思っておりやす」

声を押し殺すようにして告げた。

「やはりそうですか……」

「それがすんでから、あっしのことは、思う通りにしてやっておくんなさい」

「それにしても、あの子に入れあげたものですな」

「お恥ずかしい話でございます。五十を過ぎて、この先どんな死に方をすりゃあいいかと思案しておりやしたが、おけいを育ててから、そんな迷いが消えちめえやした」

おけいを助けたことで、かつてお花という哀れな女郎を死なせてしまった罪が消えるとは思っていない。

しかし、おけいを無事に一人の女として世に送り出すまでは、しっかりしないといけないと、生きていく張りが出来た。

そして、心の痞えがおけいを見ている間はとれるのだと、功助は静かに語った。おけいを送り出しさえすれば、自分はもうどうなってもよい。

後顧の憂えがないように、徹二郎と刺し違える気持ちでいる。

「そうなりゃあ、旦那の手にかかることは叶いませんが、馬鹿な奴が赤の他人のためにくたばりやがったと、どうぞ笑ってすませてやっておくんなさいまし」

功助はしっかりと手を合わせてみせた。

文左衛門はゆったりと頷いて、

「わたしは、今さらお花の仇を討とうなどとは思っておりませんよ。そもそもお花が死んだのは、わたしの分別のなさが引き起こしたことです。確かにお花が哀れで、そこまで女郎を痛めつけずともよいものをと、あなたを憎んだこともありましたが、わたしも歳を重ねる毎に、あの頃の自分の馬鹿さ加減を思い知らされて、その憎しみもいつか消えていきましたよ」

しみじみと今の想いを語った。

功助は涙ぐんで、

「そんなら、旦那はどうしてここへ……。いくら恨みや憎しみは消えちまったといったって、あっしの面など、見たくもねえでしょうに」

「心の決着をつけにきたのでしょうな」

「心の決着？」

「あなたが五十を過ぎて、生きることに戸惑ったのと同じように、お花を死なせてしまったわたしも、惚れた女がくれた命を、この先、どう役立てればよいかを考え始めましてな」

「あっしにはむつかしい話だが、お花さんの死は、あっしを少しは人様のお役に立てる男に変えてくれましたよ」

「そのようですな。きっとそれを確かめたかったのでしょうよ」

「旦那にはどう見えたかは知れませんが……」

功助は皮肉な笑みを浮かべた。

「若い頃のわたしの無分別が、あなたを苦しめてきた……。それは確かです。すまぬことをしました。許してください」

「旦那……、許してくださいなどと、とんでもねえことでございますよ」

「これでお花も浮かばれるでしょう。あなたが今では、命がけで哀れな娘を守らんとする立派な人になっていると知って、わたしの心の決着もつきましたよ」

「畏れいりやす……。その言葉を聞いて、あっしもこの世に未練なく、徹二郎に当ることができやす……」

「そんな奴は放っておけばよろしい。おけいさんを遠くへやるのもよしなさい」

「いや、しかし……。奴はこのままにはしておきません。今でも取り逃がしたおぎんを捜し廻っていると、噂に聞いておりやす」

「その奴が捜しているのは、おぎんであって、おけいではありません。おけいとして生まれ変わった娘は、あなたの傍《そば》にいて、この居酒屋で暮らしていたいと思っているはず。いずれ嫁に行かせようと思っているなら、あなたの許から出してやりなさい」

「そうしてえのは、やまやまですが……」

「徹二郎など放っておけば、そのうち天罰が下りますよ」

「そんなうめえぐあいに、天罰など下りませんよ」

「いや、きっと下りますよ。その男を憎んだり恨んだりしている人は多いはず。そういう念が天に届くと、悪党には罰となって降ってくるのですよ」

「そうですかねえ……」

「弱い者ばかりではありません。徹二郎の懐を狙っている腕の立つ連中もいるでしょう」

「なるほど。そういえば、野郎はその筋の連中から命を狙われていると、聞いたことがありますよ」

「でしょうな。もう少し見届けるべきです。あなたが手を下すことはありますまい。わたしも隠居の身になりましたが、まだまだお役人にも顔が利きますから手を打っておきましょう。そんな奴はお縄になるべきですからな」

「旦那、何と言っていいやら……」

「わたしは嬉しいのですよ。お花の死が、あなたをこんなに好い人に変えたのですからねえ」

「あっしは、好い人なんかじゃあありませんよ……」

「会って話せばわかりますよ。わたしも、徒《いたず》らに生き長らえてきたわけじゃあ、ありません。今宵はここへ来てよかった。うまい酒でしたよ……」

文左衛門の心は晴れた。

もしも功助が、今も残虐非道な男であれば、地獄へ案内してやらねばならなかった。

だが、彼もまた苦しんで、弱い者を守らんとしていた。これほどのことはない。

殺せば、お花の死がまた陰惨なものとなって蘇ったであろう。

「お代はここへ……」

文左衛門は一両分の小粒を置いて立ち上がった。

「旦那、こいつはいけません……！」

功助は受け取れないと言ったが、

「娘ごへの、ほんの気持ちですよ」

文左衛門は頭を振って店を出た。

功助はあとを追って、

「また、来てくださいますか？」

文左衛門に縋るような目を向けたが、

「何かあったら、遣いをよこしましょう。わたしはこの店も、店の主人も気に入りましたが、ここへ来ると互いにお花のことを思い出してしまいます。二人で生前の姿を懐かしむ……。そんな間柄でもありませんからねえ」

文左衛門は頭を振った。

功助は肩を落したが、

「そうですねえ、旦那の言う通りだ。お会いできて嬉しゅうございました。お気をつけなさってくださいまし」

明るく応えて、深々と頭を下げた。

「お邪魔しました……」

文左衛門は力強く歩き出した。

表通りの角には安三がいて、駕籠を用意してあった。

文左衛門は、にこやかに会釈をすると、

――お花、お前のお蔭で助かっている人が何人もいるよ。お前は大した女《ひと》だねえ……。

天を見上げて、胸の内で呟いた。

(九)

〝はなのや〟の功助のように、歳を重ねる毎に仏と化す者もいれば、ますます情け知らずの凶賊となる者もいる。

件の人攫い、徹二郎がそうである。

この男は、かつて功助に襲われて、おぎんを奪われてしまった後も、懲りずに同じ手口で稼いでいた。

「おれは、金貸しに頼まれて、借金の取り立てをしているのさ。借りた金を返しゃあ、何も手荒なことはしねえや」

日頃からこのように嘯《うそぶ》いているのだが、

――だといって、まともに返されてもこっちの実入りは大したこともねえから困るんだがよう。

内心では、取り立て先が借金をもう少し待ってくれというのを期待しているのだ。

金を借りる者のほとんどは、大した額を借りているわけではない。

僅かな金に困って高利貸しに手を出して、利息に苦しむのだ。

金貸しも、端から高利と共に戻ってくるとは思っていない。

元金に、利息の半分でも戻ってくれば、好い儲けになるのである。

一両貸して、一両二分戻ってきたら、

「徹二郎さん、またよろしく頼みますよ」

と、金貸し共は喜ぶ。

だが、取り立ての折に、小娘の一人も攫えば、売りとばして十両にはなる。

徹二郎には八両二分が残るわけで、こんなに好い商売はないのだ。

とはいえ、それだけ危険も伴う。

中には捨て鉢になって、死ぬ気で攫われた子供を取り返しにくる者もいる。

それでこのところは、坂巻仁十郎《さかまきじんじゅうろう》という浪人者を絶えず侍らせていた。

この日も、方々廻った。

初めて取り立てに行った先では、

「借りた金は返すのが当り前だ。おれも手ぶらで帰ったらおまんまの食いあげだから、こいつはもう本当に困っちまうのさ」

まず諭すように言った上で、

「だが、お前さんの方にも、色々と返せねえ理由《わけ》があるんだろう。今日のところは帰って、おれから金貸しの旦那にかけ合っておこうよ。次に来た時は頼んだぜ」

などと、物わかりの好い、親切な男を装い、相手を油断させる。

その上で、取り立てる相手から押さえる借金の形を物色するのだ。

そうして、次に訪ねた時は鬼に豹変して、有り金をかっさらい、人であろうが物であろうがお構いなしに奪っていくのだ。

この日は五軒廻って、金貸しに渡してやらねばならない金は十二両。

攫えるのは、小僧が一人、小娘が一人、物と金を合わせると、二十五両くらいにはなりそうだ。

「そんなら旦那、明日に備えて力をつけますかい」

たてた皮算用にほくそ笑みながら、徹二郎は用心棒を伴って、本所回向院の門前で一杯やって、好い調子で寺の裏手の借家に帰らんとしていた。

「一度訊こうと思っていたのだが……」

仁十郎が言った。

「おぬしは、いつまで人攫いをするつもりなのだ？」

「人攫いなどとは、人聞きが悪うございますよ。あっしは借金の形を押さえて歩いているだけでしてね」

「だが、その借金の形は、動きもすれば口も利く。逃げた者もいたであろう」

「二人ほどいましたかねえ。まったく忌々しいや。あっしはねえ、暇があったら心当りを捜しておりやすよ」

「それはよいが、逃げた者がおぬしに仕返しをしてやろうと、付け狙っているかも知れぬな」

「ヘッ、そんな物好きがいたらお目にかかりてえや。というよりか、そんな奴を叩っ斬るために先生を高え銭を出して雇っているってわけで、頼みますよ」

「わかっておるわ。もう既に一人斬っておるではないか」

「ははは、あんな野郎、あっし一人でも返り討ちにしてやりましたぜ。先生、ひょっとして怯《お》じ気《け》づきやしたかい？」

「たわけたことを申すな。おぬしは金を取り立てるのが本分、おれはおぬしを守るのが本分。だがのう、おぬしの敵が増えれば、それだけおれは危ない橋を渡らないといけなくなる」

「なるほど、用心棒代を上げろと仰《おつしや》りたいので？」

「ふふふ、察しがよいのう」

「わかりましたよ。ちょいと色をつけさせていただきますよ」

「何人でも斬ってやるゆえ、けちるでないぞ」

「へい、わかりやしたよ」

二人は徹二郎の住処がある、裏通りへ歩みを進めた。

すると、いきなり二人の前に紫頭巾の女が現れて、

「徹二郎だね……」

と、不敵に声をかけた。

徹二郎はぽかんとして、

「何でぇお前は……？」

呆れた顔で女を見た。

「あたしかい？　あたしは案内人さ」

「案内人？」

「ああ、あんたを地獄へ連れて行く、案内人だよう」

「ははは、こいつは好いや。新手の商売女か。生憎だなあ。おれはそういう凝った趣向など好みじゃあねえんだよう」

「誰があんたなんかと遊ぶもんか。地獄へ送ってやろうと言っているんだ。早く仕度をしな」

「手前、死にてぇのか……」

徹二郎が薄ら笑いを浮かべると、その後ろで、仁十郎が脅してやろうと刀に手をかけた。

その刹那、傍らの路地から覆面の武士が現れて、仁十郎に迫った。

「何奴……！」

仁十郎は、素早く覆面の武士に向き直り、抜き打ちをくれんとした。

だが、武士は電光石火の早業で、太刀を鞘ごと腰から抜いて、その鐺《こじり》で仁十郎の鳩尾を見事についた。

「うッ……」

堪らず仁十郎が前のめりになるところへ、武士は鞘で足払いをかけ、仁十郎の代わりに彼の差料《さしりよう》を抜いたものだ。

徹二郎は、あっという間の出来事に、呆然と立ち竦んだが、我に返って眼前の女を押しのけて逃げんとした。

すると女は、さらりと体をかわし、武士から仁十郎の刀を受け取ると、徹二郎を背後からばっさり斬り捨てた。

徹二郎は声も無くその場に倒れ絶命した。

女はお竜、武士は井出勝之助である。

お竜は刀を勝之助に手渡すと、徹二郎の懐中から革財布を奪った。

そして、倒れている仁十郎の懐にそれを押し込み、

「早く行きな……」

と、囁いた。

「あ、あ……」

仁十郎は呻きながら駆け出した。

「忘れもんだ……」

勝之助がそれへ抜き身を投げつけた。

仁十郎は、まともに動けず、何とかその刀を拾い上げると、足をもつれさせながら夜道を逃げた。

彼はすっかりと慌てていたゆえに、血刀を引っ提げ、懐に徹二郎の重たい革財布を呑み、背中から一刀の下に斬られた骸《むくろ》から逃げ去らんとする姿が、傍目《はため》でどのように映るかに、気が廻らなかった。

「辻斬りだ！　人殺しだ！」

夜道によく通る声が響き渡った。

声の主《ぬし》は、お竜と勝之助の仕事を見届けた、文左衛門の従者・安三であった。

勝之助に打たれ、体の動きが思うに任せぬ坂巻仁十郎は、果してどこまで逃げられることや知れぬ。

その頃、既にお竜と井出勝之助は、地獄への案内人の元締・文左衛門から依頼された案内を終え、覆面を脱ぎ帰路についていた。

「仕立屋、おぬし、剣の腕も大したものじゃな」

勝之助は、剣客に語りかけるような口調で感じ入ってみせた。

「素人相手に背中からばっさり、誉められたものじゃあありませんよ」

「何を言うてんのや。剣術の果し合いやないのやで、案内人の術《わざ》は、いかに相手を素早くあの世へ送るのかが大事や」

「そうでした……」

「ご隠居は、前から〝はなのや〟のおやじが功助やと知っていたのやろなあ」

「あたしもそう思いますよ」

「どこかで折を見て、訪ねてやろうと思てたが、なかなかきっかけが摑まれへんかったというところかな」

「ちょいと出しゃばり過ぎましたかねえ」

「いや、浮世を極めたご隠居でも、人の後押しを受けんと一歩を踏み出せぬこともある。よい仕事をしたものや」

「勝さんが言うなら、そういうことにしておきますよ」

お竜は精一杯の笑顔を夜陰に浮かべた。

そこへ、背後から小走りにやって来る男が一人。

二人が油断なく振り返ると、安三の姿があった。

「船を用意しておりやすから、ご案内いたしましょう」

いつもながらに実直な物言いで小腰を折る安三を見て、

「それはありがたい。そやけどあんたは、いつもええところに出てきてくれるなあ……」

と、勝之助はしみじみと言った。

㈩

お竜は、その二日後に竜土町の居酒屋〝はなのや〟に行った。

五月晴れの空が、なかなか暮れようとはせぬ夏の夕べであった。

「おや、お竜さん、また来てくれたんですかい」

功助は大きな鼻を膨らませて歓迎してくれた。

先日会った時よりも、はるかに顔の色艶がよくなっていた。

「あれからちょいと野暮用が重なりましてね、やっとこれたってところです」

「そうでしたかい。今は店も暇だから、ゆっくりと、何ら気遣うことなく、一杯やっていっておくんなさい」

「そうさせてもらいましょう。この町での仕事もそろそろ片が付きそうで、しばらく来ることもなさそうなので……」

「そいつは名残惜《なごりお》しいねえ」

功助は、名物の豆腐汁に茄子の鴫焼《しぎやき》を添え、酒と共に出すと、にこやかに言った。

「だが、よくこんな店に来てくれたもんだ」

「〝こんな店〟なんて言うもんじゃあ、ありませんよ。ここの評判は世間に鳴り響いているのですよ」

「ははは、冗談言っちゃあいけねえや」

「本当ですよ。あたしにこの町での仕事を世話してくれたご隠居がいるのですがね。この店の噂をしたら、ああ、あすこは好い店だと……」

「ほう……。そのご隠居は？」

「文左衛門という、偉いお人ですよ」

「文左衛門……さん……」

功助の目が輝いた。

「そうか……。文左衛門さんがこの店のことを……」

「小父さんは、ご隠居とは長い付合いなのですか？」

「いや、長い付合いなどとは、おこがましいや。この店には一度だけ来てくださったよ。ほんに立派なお人だねえ」

「あい」

「何か言っていなさったかい？」

「そう言えばこんな話を……。徹二郎とかいう悪い男がいるそうですねえ」

「徹二郎……、性質《たち》の悪い人攫いだと聞いているよ。うちにも若い娘がいるから用心するように、などとね」

お竜は、徹二郎の話に身を乗り出す功助に空惚《そらとぼ》けて、

「それが二日ほど前に、殺されたとか」

「殺された……？」

「ええ、自分が雇った用心棒に斬られて、財布を奪われたそうですよ」

その用心棒も捕えられ、世間の人達は、

「天罰が下ったのだねえ」

「好い気味だ」

「まあ、遅かれ早かれ、ああなる定めだったのでしょうよ」

と噂している。そのように文左衛門が言っていたとお竜は告げた。

「そうでしたか……」

功助は神妙な表情となり、

「文左衛門さんは、前からこの店のことを知っていなさったのだろうねえ」

言葉を嚙み締めた。

「さて、どうなのでしょう。あたしに仕事の世話をしてくださった折には、あの辺りには安くてうまい店があるから、探してみればいいと仰っていましたが……」

お竜はどこまでも知らぬ顔を貫いた。

――そうだ、あの旦那は、おれがここにいることを前から知っていたのだ。

功助は、あの日、足抜けを企てて痛い目に遭わされていた若き日の文左衛門の姿を思い出した。

あの無分別な若旦那が、自分を律し、惚れた女を殺した男の今を確かめて、幸せになれるように祈ってくれた。

何と素晴らしい人としての成長ぶりであろうか。

そして、徹二郎に天罰が下ると言い当てたのは偶然であったのか。それとも、功助に振り下ろすべき鉄槌《てっつい》を、おけいのために徹二郎へ向けてくれたのか――。

功助は、しばし目を閉じて、もうここには現れることもない文左衛門に、心の内で手を合わせた。

自分は来ることもないだろうが、遣いの者をやると文左衛門は言った。その遣いがこの仕立屋のお竜なのに違いない。

「おけい……」

やがて目を開けると、功助はおけいを呼んだ。

元気よく出て来たおけいは、お竜の話が聞こえていたのであろう。

父の仇が殺されたと知ったからか、その顔には朱がさし、生き生きとしていた。

「これはわたしの親類の娘で、おけいと申します」

功助はもう、おけいを出し渋るのは止めたらしい。

「不調法者でね。お客の前に出すのはまだまだ早いと思っていたんだが、今日からは店へ出て、お運びも手伝ってもらうつもりなんですよう」

功助は、少し恥ずかしそうに言った。

おけいの表情が、さらに明るくなった。

「わたしはすっかり、遠いところへ行かされるものだと思っていたわ」

「そんなことも考えたが、お前が嫁に行くまでは、ここにいてもらいてえと思っているよ」

「本当に？」

「ああ、おれみてえな団子鼻の爺ィが一人で店ん中をうろうろしていちゃあ、みっともねえや。おけい、ちょいとこちらの姉さんの、お相手をしていてくんな」

功助は、おけいに言い置くと、板場の中へと入ってしまった。

大鼻のおやじは、きっと人知れず泣きたいのであろう。

徹二郎に見つかるのを恐れるあまり、功助は見慣れぬ男の客の前にはおけいを出さず、決して心を開かなかった。

それゆえ、井出勝之助は受け容れられず、すごすごと店をあとにしたのだ。

――勝さんに、今度は大丈夫だと伝えてあげよう。

お竜は頰笑みながら、おけいが注いでくれる酒を楽しんで、

「おけいちゃんか、好い名だねえ」

と、感じ入ってみせた。

「好い名と思いますか？」

おけいは、お竜に真っ直ぐな目を向けてきた。

お竜は、彼女がおぎんという名であったと文左衛門から聞いていた。

自分もまた、おしんという名であったのに、彼女と同じような不幸に見舞われて、お竜となった経緯がある。

て、功助を父と慕って生きていこうと決めているようだ。

　何よりもその名を誉めてやりたかったのだ。

「ああ、おけいというのは好い名だよ。恵みとか慶びとか、色んなおめでたい字があてはまるよ」

　お竜の口は滑らかに動いた。

　おしんの頃には考えられない能弁さである。

「けいという名でよかったね」

　お竜が念を押すと、おけいは嬉しそうに何度も頷いた。

　そして、悪戯っぽく頰笑むと、

「お姉さんは、この店の名がどうして〝はなのや〟になったと思います？」

　声を潜めた。

「さて……、ふふふ、小父さんの大きな鼻からきているのじゃあないのかい？」

　お竜が応えると、

「皆そう思っているから、小父さんも何も言えなくなったのだけど、本当はそうじゃあなくて、桜や梅のお花からとったそうよ」

「お花……」

「ええ、ああ見えてお花を見るのが好きでね。散っていく花を見ると哀しくなるそうなのよ」

おけいは、ころころと笑った。

――そうだったのか。

お竜は心の内で叫んだ。

鼻が売りの冴えないおやじゆえに、せめて店の名で洒落っ気をみせたのだと思ったが、〝はなのや〟の由来は〝鼻〟ではなくて〝花〟だったのだ。

〝はな〟は、文左衛門が命をかけて惚れ、功助が心ならずも死なせてしまったお花を偲んで付けたものなのに違いない。

――ご隠居は、このことにも気付いているのだろうか。

いや、自分から確かめてはいないはずだ。

これは文左衛門へのよい土産話になった。

お竜はそんなことへ想いを馳せながら、

「おけいちゃん、幸せになりなさい……」

自分が文左衛門から言われている言葉を、そのまま告げた。

三、寄り道

㈠

その武士を見た時、隠居の文左衛門《ぶんざえもん》は低く唸った。

細身だがしっかりと引き締まった体軀に似合わず、面長な顔には締まりがなく、口許は右に傾き卑しげな風情を醸している。

とにかく気に入らぬ男なのだ。

付いている小者も、狐のような目をした、いかにも奸悪《かんあく》の徒《と》と思われる。

この主従には見覚えがあった。

半年ほど前に、日光へ向かう道中に見かけたのだ。

その時、文左衛門の供を務めた安三《やすぞう》は、今も文左衛門の側にいる。

安三は、主人の目配せに大きく頷いてみせた。

彼の物言わぬ顔にも、件《くだん》の武士と小者に対する不快さが表れている。

半年前のやるせない思い出が、蘇ってきたのだ。

文左衛門と安三は、江戸橋を南へ渡ろうとしていたところで、武士と小者とすれ違ったものだが、

「旦那様……」

安三は文左衛門に低い声で一言許しを乞うと、

「頼んだよ」

文左衛門の言葉を得て、北へと渡る二人のあとをつけた。

その翌日。

新両替町二丁目にある呉服店〝鶴屋〟の裏手にひっそりと佇む、文左衛門の住まいに、お竜《りゅう》と井出《いで》勝之助《かつのすけ》は呼び出された。

もちろん、話は件の武士と小者についてである。

「安さんはその後、侍が薬研堀近くの剣術道場へ入ったのを見届けたわけですな」

勝之助が言った。

「はい。そこの門人のようです」

文左衛門が安三から受けた報せによると、武士は小者を連れて江戸橋を渡ると、

ったという。

そこは、神道無念流剣術指南・須川念道《すがわねんどう》という剣客が開いていて、門弟も百人からいる、なかなかに立派な稽古場であった。

武士は三十になるやならずの、剣客としては一番脂の乗った頃合。掛け声も勇ましく、師範代のように若い門人達を叱咤し、稽古をつけていたそうな。

「で、その剣術遣いが、どんな悪さをしたのです？」

お竜が問うた。

地獄への案内人の元締である文左衛門が気に入らぬ奴である。きっと極悪非道の男に違いないのだ。

「それが、確とはしないのです。だが、十中八九、あの侍がしたことに違いない……」

文左衛門が怒りを込めて語るには、

「草加の宿にさしかかったところで、侍と供の者を見かけたのです」

昨日、江戸橋ですれ違ったように、街道で北と南に別れたのだが、文左衛門も安三も、立居振舞《たちいふるまい》や話す言葉、二人の顔付きが何とも不快で、目に焼き付いたのだ。

すると、少し先へ行ったところから、女のすすり泣く声がした。

文左衛門は安三を連れて、声がする方の繁みへと向かった。

脇道から入ると、少し小高いところがあり、そこで百姓の若い女房が、膝を抱えて泣いていた。

その傍らには、女房の夫と思しき若い百姓がいて、

「おい、泣いていてはわからぬではないか」

と、困った顔をしていた。

文左衛門は穏やかな声で、

「通りすがりの者ですが、いかがなさいました？」

と、呼びかけたのだが、若女房は首を横に振るばかりであった。

若い百姓は、

「これはご親切に、ありがとうございます」

と、頭を下げて、

「大事ございませんので、どうぞお構いなく……」

少したどたどしい口調で言った。

他人への警戒と、哀切が言葉に籠っているように思えた。

文左衛門はその様子を見て、

「わたしは、あの侍がお百姓の嫁ごを、手込めにしたのに違いないと察しました」

という。

武士と小者が通り過ぎる時、

「山家育《やまが》ちのようだが、それにしては好い女であった」

「でも若様、後で面倒なことになりませんかねえ」

「二分をくれてやったのだ。文句は言わせぬ」

「ご相伴、おありがとうございます……」

そんな話をしていたのが、二人の卑しい顔付きと共に心に残り、それが若女房の難儀と重なったのだ。

若女房の着衣には乱れがあったような気がした。

夫の若者が見せた態度には、それと察した戸惑いと怒り、妻への思いやりが籠っていたのではなかったか。

女房も何者かに犯されたなどと、夫に言いたくはなかろう。

心の内が鎮まるまでは、ただ泣くしか他に何も出来ないのは無理もない。

文左衛門は、若い夫婦の気持ちを瞬時に汲んで、

「大事なきようで何よりでした……」

努めてにこやかに声をかけると、そそくさとその場を立ち去ったのである。

しかし、どうも不快さが残ってならなかった。

想像をするにつけ、腹が立つのだ。

あの武士は、小者と二人で若女房を手込めにした上で、二分の金を投げ置いてその場を立ち去ったのに違いない。

その日、草加の宿で泊まった文左衛門は、翌日、安三を近くの村へ遣って様子を窺わせた。

すると、村では葬儀が行われていて、あの百姓の若者が悲嘆にくれていた。

話を聞くと彼の女房が、首を縊《くく》って死んだという。

昨日、泣きじゃくっていたが、あの一件が因で気を病み、自ら命を絶ったとみえる。

安三がさらに探りを入れると、村人達がやるせなさをぶつけるようにして、

「何ということだ……。通りすがりの侍が……」

と、泣き叫ぶ声が耳に入ってきた。

それらの声を合わせて考えてみると、文左衛門の読み通り、昨日見かけた泣い

ていた若女房は、通りすがりの武士と小者に犯され、金を投げ与えられたようだ。武士は屈強で、武芸を修めているらしい。

訴え出たとて、武士はいずれかへ立ち去った後だし、彼女の亭主が駆けつけた時には、捕えようもなかった。

また、見つけたとしても、武士は己が非など認めないであろうし、下手をすれば首を打たれかねない。

若女房は、騒ぎになるのを恐れて、泣いてばかりで何も言わなかったが、身を汚されたのは自分の不注意であったと思い悩み、真実を打ち明けた後、首を縊ったらしい。

――あの武士の仕業であるのは、まぎれもあるまい。

文左衛門は怒りが込みあげた。

旅の道中のことである。反対の方へ向かう者にかかわってはいられなかったとはいえ、何も手を打てないまま見失ってしまったのは悔やまれた。

とはいえ、武士と小者は江戸へ向かっていたと思われる。

日光での所用をすまして江戸へ戻れば、必ず見つけ出して、罪を償わせてやる。

そう心に誓ったものの、広い江戸で容易く見つかるはずもない。武士が江戸にいるかどうかも確としない。

それ以来憤然とした想いを胸に秘めつつ、過ごしてきたのであった。

「とはいえ、その剣客が本当にお百姓の嫁ごを手込めにして、自害に追いやったかどうか、この目で見たわけではありません」

文左衛門は、声に力を込めた。

お竜と勝之助には、隠居の言いたいことはよくわかる。

「まず薬研堀の道場を当って、その剣客の人となりを見極めればよろしいのですね？」

勝之助が応えた。

「ご隠居の目に狂いはないと思います。ひどい奴なら、わたし達二人できっと地獄へ案内してやりますよ」

と、お竜が相槌を打った。

「お願いします。あのような男を生かしておくと、何人もの人が泣きをみるでしょう。それでも相手は腕の立つ剣客です。これは心してかかってください」

文左衛門は厳しい表情となって、二人の前にそれぞれ金包みを置いた。

中には小粒を合わせて二十五両の金が入っている。

（二）

それから五日が過ぎて、神道無念流・須川念道の剣術道場に、一人の入門者が現れた。

ここへ潜入せんとする、井出勝之助であった。

既にこの五日の内に、勝之助は密かにここの様子を窺い、同行した安三から、件の武士が誰かを報されていた。

隙なく機敏に動く安三ではあるが、相手が道場の師範代格となれば、安易に姓名などを訊ねて回らぬ方が身のためだ。

ここはまず、勝之助に任せて面体だけを告げんとしたのである。

「ああ、あいつか。いかにも悪そうな顔をしているやないか」

安三から伝えられた時、勝之助は文左衛門の気持ちがよくわかった。

確かに〝気に入らぬ顔〟をしている。

というよりか、勝之助と文左衛門の人の好みが似ているのかもしれない。

そして二人共に、人に害を与える者の姿には敏感なのだ。

〝鶴屋〟には、

「時には稽古をいたさねば腕が鈍《なま》るよってに稽古場へ通わせてくだされ」

と、表向きに断って、勝之助は須川念道に入門を願い出た。

〝鶴屋〟の主・孫兵衛《まごべえ》は、文左衛門と通じているゆえ、その意味合いはよく理解した上で、勝之助を送り出していた。

須川念道は四十過ぎだというが、髪には白いものが交じり、剣客というよりも勘定方の役人のような風貌で、物腰は柔らかい。

なかなかの世渡り上手で、それが道場をここまで大きくした感があった。

「入門をしたいとのことでござるが、何か思うところがあって参られたか」

念道は、門を叩いた勝之助に丁重に応対したが、どこか探るような目を向けたものだ。

――思うところか。

勝之助は心の内で失笑していた。

剣術道場に入門を乞うのだ。強くなりたいために決まっているではないか。

恐らく、この師範は門弟の数が増えるのはよいのだが、武芸一筋でどこまでも強くなりたいというような弟子をとるのは面倒だと思っているのではなかろうか。

何やらそのような気がしたので、

「思うところというほどの志は持ち合わせてはおりませぬが、わたしはさる呉服店に寄宿いたしておりまして、まず何かの折には、役に立てるだけの剣術は修めておかねば、恰好がつかぬと存じまして……」

と、武士の嗜みとして、改めて剣を学びたいのだと応えた。

実際、この道場への入門は、悪党退治のために潜入するためのもので、元よりしゃかりきになって稽古をするつもりではなかったのだ。

「なるほど、左様か……」

念道は、勝之助の言葉を聞いてほっとしたのであろうか。

たちまち剣術師範の威厳を押し出して、

「武士の嗜みを欠かさぬというのは、真《まこと》によい心がけでござるぞ。まずは気負わずに励まれよ」

ひとまず入門を認めたのであった。

その際、勝之助は吉岡流の名は出さず、香取神道流を大坂で少し稽古したくらいだと応えておいた。

「それでは本日はまず、稽古を拝見仕《つかまつ》りとうございます」

それからは稽古場の隅で、件の武士の登場を待ったのである。

——懐しいな。

勝之助は体をすぼめて緊張しているふりをしながら、剣術の稽古場風景を眺めて思い入れをした。

門人達が木太刀を振る姿、竹刀で打ち合う動き、汗と埃臭さに充ちた板張りの壁と床——。

若き頃に、血へどを吐きながら猛稽古に励んだ思い出が、次々に蘇ってきたのである。

一時は、名流である吉岡流を託される立場にあった自分は、その剣術で得た力を、〝地獄への案内人〟として遣っている。

生きていると人に害を及ぼす者しか斬らぬとはいえ、胸が締めつけられる心地がした。

決して今の自分の生き様を悔やんでいるわけではない。

しかし、己が剣を鍛え修練に励んだ日々を思うと、何やら落ち着かなくなるのである。

物思いに耽っていると、やがて件の〝気に入らぬ武士〟が道場に現れた。

たちまち門人達の間に緊張が漂った。

武士はまず、須川念道に一礼をすると、座礼をする門人達には目もくれず、控えの間に入って身繕いをして、木太刀を手に稽古場へ出てきた。

その際、彼はじろりと見慣れぬ顔の勝之助を見た。

念道は、武士には随分と気を遣っているようで、彼の様子を見てとると、勝之助に目配せをした。

勝之助は稽古場の隅から少し前へ出て、

「明日から稽古を付けていただくことになりました、井出勝之助でござる。何卒《なにとぞ》よしなに……」

恭《うやうや》しく頭を下げた。

「師範代の尾崎平太《おざきへいた》と申す。励むがよい……」

武士は、威丈高に名乗りをあげた。

それからは、勝之助には一瞥《いちべつ》もくれず、型稽古を始めた。

なかなかに鋭い太刀筋であった。

小半刻、門人達を相手に型を確かめ、体を馴らすと、そこからは防具を身に着け、立合稽古に励んだ。

こちらは、なかなかに荒っぽい。

かかっていく門人達を、一人一人叩き伏せ、時に蹴り倒し、足搦《あしがら》みにして、己が強さを見せつけた。

——腕は立つが、嫌な稽古のつけ方ではないか。

勝之助は見ていて不快であった。

明らかに自分より弱い者に厳しく対する者は、今までにも見てきた。

そのほとんどは、良家の出だったり、子供の頃から剣の腕を認められ、大事にされてきた者であった。

自分が理不尽な、苛め抜くような稽古をさせられた者ほど、下の者にはきっちりと礼節をわきまえた稽古をつけてやるものだ。

そして、尾崎平太のような者は、人の痛みなどわかっていないのである。

——こ奴は、これまで随分と甘やかされてきたのに違いない。

勝之助は、稽古を終えた門人を捉まえて、

「尾崎先生は、強いお方でございまするな。いったいどのような御身分なのでございまするか？」

心とは裏腹に、平太を誉めて、彼の身上を訊かんとした。

「尾崎先生は、旗本の御次男でしてね……」

門人は、少しやっかみを含んだような物言いで応えた。

勝之助は、巧みな話術でその門人を兄弟子と敬い、尾崎平太の出自などを聞き出した。

平太は、旗本の次男坊とはいえ、尾崎家は代々、新番頭《しんばんがしら》を務める二千石の大身であるそうな。

次男で、番方の息となれば、剣に生きるのがよかろうと、平太は稽古に励んだ。

親としても、子供の頃から粗暴な振舞いが多かった次男の先行きを危ぶんだのであろう。

幸い筋はよかった。

神道無念流・須川念道の道場へ入門したのは、〝撃剣館《げきけんかん》〟のような名剣士が競うところでは、彼の才が埋もれてしまい、かえってやる気を削ぐのではないかと思ったからであろう。

やる気が削がれると、周囲と揉めごとを起こし、非行に走る恐れがある。

須川念道は、世渡り上手であり、それなりに剣を遣う。

新番頭の息を預かれば、何かと道場経営には都合がよかろう。

念道は上手く平太の自尊心をくすぐりながら、彼の剣才をのびのびとした稽古で引き出した。

そしてすぐに師範代格にして、道場の顔にしたのである。

――つまるところ、奴は旗本が持てあました極道息子というわけや。

先ほど当道場への入門を乞うた折、須川念道が、

「何か思うところがあって参られたか」

と、勝之助に問いかけたのは、正しく尾崎平太への忖度《そんたく》であったのだ。

剣に秀でた剣士を弟子には持ちたいが、それが平太の機嫌を損ねることになれば、面倒だと考えたからに違いない。

平太は、半刻ばかりで稽古を終えて、小者を従え道場を出た。

この、狐のような目をした卑しい顔の男は、尾崎家の中間《ちゅうげん》で伴内《ばんない》という。

武芸優秀ということで、諸国武者修行が許されている平太に引っ付いて、かなり悪辣《あくらつ》なことをしているらしい。

(三)

「では、今日から道場で稽古を？」

「ああ、まず上手に取り入るか、端からそっと様子を窺うか……。その辺りは出たとこ勝負やな」

「勝さんしかできないことですからねえ。あたしはそっと控えていますよ」

「助《す》けてもらいたい時は、すぐに繋ぎをとるとしよう」

「いつでもどうぞ」

「その時は頼むわ」

「尾崎平太……。腕はかなり立つんですか？」

「残念ながら、なかなかの遣い手やな」

「勝さんよりも？」

「それは、斬り合うてみんとわからんが、おれには仕立屋がついているよってにな」

「相手にも強いのがついているかもしれませんよ」

「そこをじっくり調べてみるとしよう」

「お気をつけて……」

井出勝之助は、お竜と相談をすると、翌日から薬研堀の須川道場へ通った。

尾崎平太が稽古に来る頃合を見はからってのことゆえ、昼を過ぎたあたりに出向いたのだが、遠目に道場の木戸門が見えたところで、勝之助は思わず立ち止まった。

今しも中から出てきた一人の門人に、見覚えがあったからだ。

その門人は、昨日は見かけなかったのだが、

「まさか、奴がここの門人……？」

呟く勝之助を、門人もまた認めて、まじまじとこちらを見返してきた。

――間違いない。あれは、北原雄三郎《きたはらゆうざぶろう》や。

北原雄三郎は、かつて同じ道場に学んだ、勝之助の剣友であった。

歩み寄ると、向こうも驚いた様子で勝之助に歩み寄る。

二人はしばし顔を見合うと、何も言わずに頷き合った。

ありふれた再会の言葉などいらなかった。

互いの目を見れば、懐しさに含まれた喜びも哀しみも、それだけで心と体にすっと入ってくる。それが苦楽を共にした、友というものだ。

「少し話すか……」

雄三郎が言った。

「そうしよう……」

勝之助は、堀端へと歩みを進めた。

夏の盛りの薬研堀に漂う風は、生ぬるくじっとりとしていた。決して心地よいところではなかったが、ゆるりともしていられなかった。

「今は、須川先生の道場に？」

「ああ、一年前からな。江戸に出てからは、流行《はや》りの流儀も修めておかねばならぬと思うてな」

「左様か。江戸で剣名をあげんとして、励んでいるわけじゃな。うん、これはよい。雄さんならきっと世に出られるよ」

勝之助が笑顔を向けると、雄三郎は照れくさそうにして手を振ってみせ、

「世に出られるほど、おれは器用じゃあないさ」

溜息交じりに言った。

「勝さんこそ、須川先生の許で稽古をすることになったのだな」

「もう耳に入っていたか」

「井出勝之助という名が出れば、聞き逃しはせぬよ」

「まあ、おれの場合は、体が鈍らぬようにと、それくらいの想いやけどな」

勝之助は苦笑した。

探索のために入門したとは言えないが、雄三郎に今また剣術に励んでいると思

われると、面映《おもは》ゆかった。

「道場では、尾崎平太という師範代が幅を利かせているようじゃな」

決まりの悪さもあり、勝之助は話を平太に振った。

北原雄三郎の剣の腕前は生半《なまなか》なものではない。

須川念道は、雄三郎の剣才は認めているはずだが、自分より強い者が道場にいることを平太は認めようとはすまい。

そのようなところで、念道は苦労をしているのではなかろうか。

勝之助が入門を願い出た時の念道の態度には、それに対する屈託が含まれていたのではなかろうか。

雄三郎から平太の情報を聞き出す以前に、勝之助は雄三郎の日常が気になったのである。

「師範代……か」

雄三郎は、平太の名を口にすると、たちまち顔を曇らせた。

やはり、勝之助の推量は間違っていないらしい。

「雄さんとは馬が合わんようじゃな」

「おれは人の悪口を言うのは好かぬが、あの御仁は剣術に生きるのではのうて、剣術を己が欲得の道具にしているような。それゆえおれは敬うことなどできぬ」

雄三郎は、尾崎平太への不満を誰かに言いたかったのであろう。

そんな言葉が口をついた。

勝之助は剣友の気持ちがよくわかるが、この先、探索のために平太と接しないわけにはいかなくなろう。

ここで容易く雄三郎の話に合わせられぬ辛さがあった。

「雄さんの言うことは間違うてはおらぬ。だがな、江戸で剣に生きようというなら、そういう御仁ともよろしくやって、欲得のおこぼれに与《あずか》ることも大事なのではないか」

と、宥《なだ》めるように言った。

「なるほど……」

雄三郎は、しかつめらしい顔で頷いてみせたが、やや沈黙の後、

「勝さんも変わったなあ」

ふっと笑った。

「あかんか……」

「いや、大人になったと言いたかったのだよ。あいつは気に入らぬ、間違うてい

る……。そんな想いばかりを募らせていては世には出られぬ。世に出てこそ、己が剣の神髄を人に伝え、残すことが叶うのだ。おれよりわからず屋であった勝さんが、おれに世渡りを説く……。それがおもしろかったのだ」

「ふふふ、そう言われると一言もない。理屈はわかっていても、雄さんは、未だに世渡りはできぬか」

「大事だと思いながら、やはりできぬようだ」

「それでこそ北原雄三郎や。そんならこうしよう。おれはあれから色々あって、少しは世渡りの真似ごとができるようになった。そのおすそ分けを雄さんにするよ。おれが相手なら辛抱もできるだろう」

「うむ、それはありがたい」

雄三郎は頬笑んだ。

「勝さん、稽古へ行くところを邪魔してすまなかったな」

「いや、会えてよかった。それにしても、雄さんとまたしても同じ道場の門を叩くことになるとは、おれ達はよほど縁があるとみえる」

「ははは、おれもそれを考えていたところだよ」

「では、行って参ろう。今はどこに住んでいるのだ」

「久松町の〝まさご店《だな》〟……。栄橋の近くだよ。朝と夜はいるから、一度訪ねてくれ」

「わかった。その時にまたゆるりとな」

「どうせ稽古場で会うだろうがな」

「ははは、違いない。では……」

勝之助は、雄三郎と再会を約して別れた。

かつて共に剣を揮い、切磋琢磨した剣友との再会に、勝之助の心は揺れた。

別れ際に、雄三郎が何か言いたそうにしていたと思われ、それが気にかかった。

——こんなところで会うとはな。

須川道場に入ってからも気が重たかった。

若くして門人になった者達とは違い、これまでそれなりに剣術を修めてきたと認められた勝之助は、客分のような扱いを受けていた。

それゆえ、来られる時に来て稽古をすることを許されていた。

須川念道としては嗜み程度の稽古をしてくれて、それなりの束脩《そくしゅう》を納めてくれたら、これほどのものはないのである。

元締の文左衛門からは、たっぷりと案内料を渡されている。念道はいささか勝之助を訝《いぶか》しんでいたと思われたが、一両を包むとたちまち彼を好遇で迎えたのだ。

しかし、稽古をするとなっては困った。

適当に手加減などして、人の目を晦《くら》ませておこうと思っていたが、北原雄三郎と同門となれば、友の手前、無様な姿は見せられない。

案内人としての仕事であるとはいえ、譲れない男の意地もある。

――こうなれば、目立つことで尾崎平太と近付くか。

勝之助は考えを新たにしたのであった。

型稽古は以前に少しだけ、神道無念流を遣う剣客と旅で知り合い学んだことがあり、すんなりと覚えられた。

何気なく木太刀を振ると、やはり勝之助の剣技が冴えた。

念道は目を見開いた。

尾崎平太が、そろそろ顔を出す時分であったからだ。

勝之助の腕を見て、平太がどんな反応を示すか、それが気になったようだ。

弟子に下手さを願うというのは、まったく馬鹿げた話だが、それが須川念道の剣術なのであろう。

「ほう、よい太刀筋だな……」

いつしかその尾崎平太が道場にいて、勝之助の型を称えた。

「平太殿、見ていたか……」

念道は落ち着いた口調で言ったが、その目は泳いでいた。

平太は念道に一礼すると、

「おぬし、なかなかに遣うとみたぞ」

さらに声をかけた。

「これは畏れ入りまする。いやいや、まだまだでござる……」

勝之助は恐縮の体を繕った。

平太は、愛敬があり、控えめな態度をとる勝之助を気に入ったのか、口許を綻ばせると、

「そのように遜《へりくだ》ることはない。稽古場に出れば上も下もない。強い者が敬われるべきではないか」

と、語気を強めた。

位の上下、強いか弱いかを気にするのは、何よりも平太自身なのだが、こういう時は度量のある男を演じるらしい。

勝之助は何と応えてよいかわからず、ひたすら畏まってみせる。

すると平太は、

「型だけではわからぬ。立合うてみよ」

と、勧めてきた。

「とんでもないことにて……。某《それがし》はまだ入門させていただいたばかりで、御流儀について何もわかっておりませぬ」

勝之助は、やんわりと辞退したが、

「流儀にこだわらず、おぬしがこれまで修めてきた剣を見せてくれたらよいのだ」

平太はこれを許さず、門人の内からこれはという者を三名選んで、防具を着けての立合をさせた。

ここでも、自分が稽古をつけてやろうとは言わず、あくまでも勝之助の腕前を確かめてやろうというのだ。

「左様でござりまするか……。ならば是非もござらぬ。いざ……」

勝之助は、

――目にものを見せてやる。

と、腹を決めた。

防具を着け、竹刀を手に稽古場の中央に立ったものだ。

㈣

——久しぶりやなあ、こんな恰好をして立合うのは。

勝之助は面鉄《めんがね》の中で顔を綻ばせた。

剣士としての妙を取り戻したのだ。

「えいッ！」

体に力が漲《みなぎ》ってきた。

一人目の門人がかかってくるのを、勝之助は少しも体にかすらせず面と籠手《こて》の上から次々に鋭い技を打ち込んだ。

二人目は、かかってくる間合を読み、左右の胴を打ち据えた。

三人目は、返し技を封印して、徹底的に自分から攻め立て、相手を圧倒した。

須川念道は、鮮やかな勝之助の立合を見て何とも複雑な表情を浮かべた。

両雄は並びたたぬ。

勝之助の強さを見た平太は何と言いだすであろうと気が気でなく、この師範代の顔色を窺っているのだ。

平太は、いささか気を呑まれたようで、目に驚きの色を浮かべていた。

井出勝之助という贅六《ぜえろく》が、これほどまでの剣を遣うとは、思いもよらなかったに違いない。

勝之助は、己が強さを見せつけた後、平太の前で再び畏まって、

「拙《つたな》き術でござる……。どうかこの辺りでお許しを……」

静かに言った。

「ふふふ、殊勝な心がけじゃのう」

平太は平静を取り繕った後、

「須川先生、よい弟子をお取りなされましたな」

と、念道に声をかけた。

「ははは、真にもって……」

念道はただ笑うしかなかったが、

「某にとっては弟弟子、今宵は剣術談義と参ろうではないか」

平太が、勝之助を気に入った素振りを見せたので、

「おお、それはよろしい」

ひとまず安堵した。

「今宵、御師範代と剣術談義を……？　これは、ありがたき幸せにござりまする」

勝之助は低頭しつつ、

――なるほど、まずおれを取り込んでおこうというのやな。

ひとまずこれで敵の懐の内に入ることが出来たと、内心ほくそ笑み、

「どうかこの辺りでお許しを……」

と、言ったのである。

これで平太は、勝之助と立合わずにすむ。

彼は、勝之助のそういう心得た態度が気に入ったのであろう。

その日。

平太は早々に稽古を終えると、勝之助を誘って、人形町へ出かけた。

ここに行きつけの店があるらしい。

〝その〟という小体な料理屋で、料理人一人と小女《こおんな》一人を置いて、女将のおそのが切り盛りしている。

奥に座敷があり、そこが平太の定席になっているようだ。

麻暖簾を潜ると、おそのがとび出るように平太を迎え、奥の座敷へ勝之助を案内した。

席に着くと、小者の伴内が、

「井出先生、まずはいっぺえやっておくんなさいまし」

さっそく小女が運んできた酒を、平太の顔色を読んで甲斐甲斐しく注いだ。

「尾崎先生の前で、先生などと言うのはやめてくれ」

勝之助は、ここでも下手に出た。

「おぬしこそ、尾崎先生などと呼ばずともよい」

平太はなかなかに機嫌がよかった。

「とんでもないことでござる。御師範代を先生と呼ばねば、何といたします」

「平太と呼べばよい」

「では、平太殿とお呼びしても、ようござるか？」

「それでよい。おぬしのことは〝勝《かつ》〟と呼ぼう」

「何なりと」

おそのは、平太に酒を注ぎながら、このやり取りを目を細めて見ていた。

「珍しいですねえ。先生がここにお弟子さんを連れてくるのは。さぞかし、お強いのでしょうねえ」

「お前に剣のことなどわかるものか、どんどん酒と料理を運んでこい」

「はいはい、わかりましたよ」

おそのが終始にこやかに平太に対するのを、平太は邪険に扱う。

それでも、おそのはどこか楽しげだ。

男女の機微には敏い勝之助の目から見れば、この二人がわりない仲であるのは明らかであった。

——男選びを違《たが》えたな。

勝之助は、おそのを哀れに思った。

旗本の次男坊とはいえ、部屋住の身で遊ぶ金にも不自由する平太に、おそのはそれなりに貢いでいるのであろう。

身分が違うゆえ一緒になれないが、それでも道場では師範代を務め、剣に生きる平太に惚れて、

——あたしがこの男《ひと》を支えて、世に出してあげるのだ。

そんな想いに、自分自身が昂揚しているのに違いない。

かつて旅をしていた頃、勝之助にも尽くしてくれた女がいた。

——そやけど、おれは女のために命をかけて恩義を返した。

平太のように、お前ごときの女と一緒にいてやっているのだ、おれに尽くして

当り前だという態度を人前でとる男は許せなかった。ましてや、こんな悪人面をした男に、おそのはもったいない女ではないか。

――まあそれでも、男と女のことは放っておくしかない。

おそのがそれで幸せなら、他人がとやかく言うことはないのだ。

勝之助はそんなことを考えながら、平太の酒に付合った。

「おれも方々旅をして、色んな相手と立合った。無論、後れをとったことはないが……」

平太の話の大半は自慢話で、それによって勝之助を牽制しているのだろうが、おそのはいちいち相槌を打ち、目を丸くしてみせたりして、素直に聞き入っている。

それが何とも切なかった。

「勝、貴公は須川先生に学ぶまでもあるまい。流儀の型を覚えて、うちの門人共に稽古をつけてやってくれ」

そのうちに、師範代の仕事を手伝えと言い出した。

そうしておけば、自分の威信も示せるし、手強い勝之助相手に立合うこともないと判断したのであろう。

勝之助が見たところでは、平太となかなかの遣い手である。

それでも己が身の安泰を大事にして、強い武士とは出来るだけ立合わぬようにしているらしい。

そういうところを見ると、ただの荒くれではなく、意外と細心で用心深いのかもしれない。

「ところで勝、おぬしは北原雄三郎を見知っているのか」

一通り自慢話を終えると、平太は鋭い目を向けてきた。

——油断ならぬ奴じゃ。

道場に入る前に、ほんの一時《いっとき》言葉を交わしていたことを、平太は知っていたのだ。

二人の姿を見かけた門人が、注進したのであろうが、平太はそれだけ雄三郎を意識していて、腕の立つ勝之助が雄三郎と親しいとなれば、これは〝由々しきこと〟と捉えたのだ。

それもあって、勝之助を取り込んでおこうと思ったのに違いない。

「北原雄三郎とは以前に同じ道場に通うていた頃がござりまして」

「同じ道場にのう……」

「それがまた須川先生の道場で、ばったり会うたので、いこう驚きました」

「なるほど」

「雄三郎がどうかいたしましたか？　あ奴は某よりも尚、腕が立つ男でござりましょう」

勝之助は、努めて明るく応えたが、平太は苦々しい表情で、

「おれは奴が気に入らぬ」

「左様で……」

「確かになかなかの腕だが、何かというと賢《さか》しらな口を利くのが鼻につく」

「ただ、真面目な男だと思いますが……」

勝之助は、精一杯、かつての剣友を取りなさんとした。心の内では、

――なかなかの腕だが賢しらな口を利く？　それはお前のことだろう。

と、思いつつ……。

「真面目だと？」

平太は吐き捨てた。

「真面目な奴ほど性質《たち》が悪い。おぬしは知らぬであろうが、奴はそっと女をつけ廻しているそうな」

「女をつけ廻している？」

「そうだな、伴内……」

「へい」

伴内は姿勢を正して、

「浅草御門を渡った辺りに、手習い師匠をしている、年増の好い女がおりやして
ね……」

にやけた顔をした。

「その女を、奴はつけ廻しているのだな」

「そうなんでございますよ」

平太に念を押され、伴内は得意気に応えた。

――この小悪党め、雄三郎を探って、飼い主に媚《こび》を売るか。

勝之助は気分が悪かったが、

「その手習い師匠の名は？」

伴内に訊ねずにはいられなかった。

「へへへ、ちゃあんと調べてありますよ。留以《るい》というそうで……」

「留以……」

勝之助はその名を聞いて、心に動揺をきたした。

それでも、〃知っているのか〃と、平太に問われると面倒なので、

「ほう、雄三郎が手習い師匠に懸想《けそう》を……」

信じられないという表情を繕った。

平太はここぞとばかり、

「危ない、危ない。ああいう野暮な男は、思いつめると何をしでかすかわからぬぞ。あげくの果ては袖にされて刃傷沙汰。道場の面汚し。勝、おぬしはおれと同じで、遊び心を持ち合わせているような。男はそうでなければならぬ。ゆめゆめ、北原雄三郎の過ちに巻き込まれぬようにのう」

さんざんに雄三郎をこき下ろすと、横で相槌を打つおそのに酒を注がせて悦に入っている。

伴内は相変わらずお追従《ついしょう》を言っている。

しかし、そんな胸くその悪い座敷の内で、勝之助の心の内は千々に乱れ、想いは彼方にとんでいたのである。

(五)

浅草御門を北へ渡ったところの平右衛門町の表長屋に、その寺子屋はあった。

かつては筆、墨、硯を扱う店であったらしい。

それゆえ佇いが、学問の場にはちょうどよい。

手習い子は五十人くらいいて、なかなか賑っている。

手習い師匠は留以という。

齢《よわい》二十五で、十歳になる宗一郎《そういちろう》という息子がいるそうな。

凜《りん》とした留以の立居振舞、物言いを見ると、彼女は母として申し分のない落ち着きを備えている。

しかし、歳から見ると宗一郎は、生《な》さぬ仲と思われる。

留以は後家であるというから、亡夫から託された子を立派に育てているのであろう。

宗一郎は既に、母の寺子屋を出て、下谷の儒者の許で学問に励み、成績優秀であるというから、留以の頑張りは素晴らしい。

夕方になると家に戻ってくる宗一郎と母子で夕餉をとる一時《ひととき》が、何よりの幸せであるという、真に頬笑ましい、よく出来た女《ひと》なのである。

「宗一郎、学問の方は進んでいますか？」

その夕も、留以は心のこもった手料理で息子を迎えると、手習い師匠ゆえに学問のことが気になるらしく、あれこれと問う。

「はい。先生にはいつもお誉めいただいております」

宗一郎は、義母の情をありがたく受け止め、いつもはきはきと応え、留以を喜ばせる。

「帰りには、皆で遊んだりするのですか」

「わかりますか？」

「手や足に、よくすり傷ができていますからね」

「ははは、皆で相撲を取ったりするのです。わたしは力がないので困ります」

「武芸の稽古も始めねばなりませんねえ」

「はい、今は学問に精一杯ですが、そのうちに……」

「力をつけねばなりませんね」

留以はにこやかに給仕をしてやり、口許に付いたご飯粒を取って自分の口へ運ぶ。

相撲を取るのはよいが、顔に怪我などすると、学問所で叱られたりはしないだろうか。

心の中では、息子への心配はつきないが、宗一郎はしっかりした男子である。

あれこれ言って、それがかえって宗一郎の迷いとなってはいけないと、逸《はや》る気持ちを抑える。

それがまた、留以にとっては楽しいのであろう。

手習い子の姿もなく、母子だけとなった家の外に、編笠の武士がいた。

井出勝之助である。

彼は、留以と宗一郎の事情を一通り調べ終え、彼女の姿をそっと窺い、

「留以殿……。江戸に出ていたのか……。変わりなく何よりじゃ……」

笠の下で呟くと、その場から去ろうとしたのだが、ふと立ち止まって、

「仕立屋、こんなところにまでついてくる奴があるかい」

振り向きながら言った。

いつしか背後にお竜の姿があるのを認めたのだ。

「いつから気がついていたんですか？」

お竜は悪びれず、勝之助の傍へと寄って、共に歩き出した。

「たった今や……」

「あたしの隠術《しのび》の腕が上がったのか、それだけ勝さんの気持ちが乱れていたのか
……」

「両方やな」

「道場の方はどうかと思えば、勝さんが手習い師匠の様子を窺っているようで、ちょいと気になりましてねえ」

「ははは、無理もない。とんだ寄り道やさかいなあ」

勝之助は注意深く辺りを見廻すと、柳原《やなぎわら》通りにある料理屋にお竜を誘った。

そこは静かなところで、二階に小座敷があるのを覚えていたのだ。

勝之助は、ここで思いもかけぬ北原雄三郎との再会と、尾崎平太の懐に入った様子をお竜に伝えた上で、

「その中で、懐しい名が出てきてなあ、じいっとしてられへんかったのや」

と、留以の名を告げた。

「その留以さんは、北原雄三郎という勝さんの昔馴染の、好い人だったのですか？」

お竜が問うと、勝之助は恥ずかしそうに俯いて、

「おれにとってもな……。ははは、何とも子供じみた話やが、仕立屋には話しておこう。笑わんといてや……」

勝之助は、たて続けに盃の酒を三杯飲み干すと、

「おれが京を追い出されて、大坂へ出た時のことや……」

そこでの北原雄三郎と留以にまつわる思い出を語り始めた。

㈥

京都の名流・吉岡流剣術に抜群の才を発揮した井出勝之助は、吉岡家の縁者でもあり、流儀を後世に伝える役割を若くして託されていた。

ところが遊び好き、女好きが高じて遊里に入り浸り、若さゆえの正義感を随所で爆発させて、不良浪人や破落戸《ごろつき》達と喧嘩に及び、遂には町にいられなくなったのである。

まだ歳も二十二の時で、血気盛んとはいえ、叱られると素直に自省もした。

京都を追い出されたのは、自分の将来を思ってくれての処置であったのであろう——。

そう考え直して、三十石船で一晩かけて大坂へ出て、もう一度剣の修行に励まんとした。

ここには以前、吉岡道場で何度か稽古を共にしたことのある、北原雄三郎がいると知っていたからだ。

雄三郎はそもそも、大和《やまと》の十津川《とつがわ》郷士の息子で、剣術修行のために京大坂の剣術道場を巡り歩いた。

その流れで、一時吉岡道場の門を叩いたのだ。

勝之助とは同年で、彼とは正反対の生真面目な男ではあったが、曲がったことが大嫌い、理不尽には体を張って立ち向かう気性は同じで、馬が合った。

二人で酒を酌み交わしては、

「いつか真の剣を身につけ、それをもって、共に世に出ようではないか」

と、熱く語り、剣の腕を競い合ったものだ。

やがて吉岡道場での修行を終え、雄三郎は大坂へ出たのだが、時折は勝之助に便りを寄こした。

それによると、近頃では大坂天満《てんま》の香取神道流の道場に通っているとのこと。

師範は山下無楽斎《やましたむらくさい》という剣客で、

「しばらくは、ここに腰を落ち着けてみたい」

と、文には認《したた》められていた。

熱血漢の雄三郎がそう言うのだ。学び甲斐のある道場に違いない。

勝之助はそのように確信して、

——おれも山下先生の許で、一からやり直そう。

と、思い立ったのだ。

そうして行ってみると、無楽斎は豪快さと上方の人間独特のおかしみを備えた四十過ぎの武士で、勝之助はたちまち彼を信奉し、その弟子となったのだ。

雄三郎は、吉岡流を継ぐべき勝之助が入門したことに驚き、

「今からでも、頭を下げて京へ戻った方がよいのではないか……」

と、諫《いさ》めたが、

「いや、何か手土産がないと、京へは帰れぬわ」

と、勝之助が決意を語ると、

「なるほど、そうじゃな。うむ、ならばまた共に学ぼうではないか。おぬしには負けぬぞ」

「ここでは雄さんはおれの兄弟子やが、すぐに追い抜いてやるよってにな」

「それは楽しみだ」

大いに歓迎してくれたのだ。

大坂は武士の数は江戸に比べるとはるかに少ない。

大坂城勤番の武士、町奉行所の与力、同心の他は、算盤《そろばん》に長けた大名家の蔵侍

がほとんどだ。

しかし、将軍家の御膝下ではないゆえに、万事につけ自由闊達で、剣術道楽の町人達もいて、山下無楽斎の口利きで、時に出稽古に赴き小遣い稼ぎが出来た。

それによって修行中の身の方便《たっき》が随分と助かった。

無楽斎は口先だけの調子の好い師範ではなく、自らの剣の腕も弟子達が及ばぬところにあり、勝之助と雄三郎はますます腕を高め、暮らしに少し余裕も出来たので、心安らかに修行が出来た。

ところが、半年も経たぬうちに、勝之助に難敵が現れた。

それが留以であった。

留以は無楽斎の姪で、早くに二親《ふたおや》と死別し、道場に引き取られて、独り身である叔父の手伝いをしていた。

勝之助と雄三郎より、三つ歳下であったが、姉のようにしっかりとしていて、やさしかった。

聡明で目鼻立ちの整った縹緻《きりよう》よしで、誰からも好かれていた。

勝之助にとって、留以は師の娘のような存在ゆえに、会釈を交わす程度の付合いであったのだが、毎日顔を合わすうちに、やがて好意を持つようになった。

これまでは粋筋の女との恋ばかりであった勝之助は、留以の清楚な魅力にたちまち領ぜられた。

とはいえ、そこはやはり手は出せないし、己が想いを告げることさえ憚られた。

留以はというと、生来の天真爛漫さで、勝之助を兄のように慕い、世話を焼いてくれた。

それでも勝之助は、留以に自分の想いを伝えられずにいた。

師への配慮に加えて、理由がもうひとつ。

「雄三郎も、留以殿に惚れていたから……」

で、あった。

雄三郎は黙っていたし、留以と親しげに喋ったとて、自分の気持ちはおくびにも出さなかった。

だが、勝之助には友の気持ちが手にとるようにわかった。

彼の目からは、明らかに雄三郎は留以に惚れているように見えた。

それと共に、雄三郎もまた勝之助の留以への想いを察しているとわかった。

雄三郎はそれゆえに、留以への想いを伝えられずにいるのだと——。

結局、勝之助が選んだ道は、

「大坂を離れることやった……」

友である雄三郎が好きであるからこそ、勝之助は彼に留以を譲り、山下無楽斎の許を離れたのであった。

ところが、雄三郎は勝之助が道場を出たのは自分の留以への気持ちを察してのことだと思うと胸が痛くて堪らず、

「あいつもまた、山下先生の許を離れて、廻国修行へ出かけたのやなあ」

勝之助はお竜に苦笑してみせた。

「それからおれは、武者修行の旅へ出たものの、うまくはいかずに、方々で女の世話になりながら、その女のために戦い、騒ぎを起こし町を出る……。そんな暮らしが続いてしもうて、気がついたらこの様《ざま》や」

お竜は切なくなって、

「この様ってことはないでしょうよ。勝さんは立派に暮らしているじゃあないですか」

と励ましたが、

「いや、吉岡流を後の世に伝えていく役目を負いながら、とどのつまりは京へは戻らず、剣を捨ててしもうたのや。立派とは言えんわい……」

勝之助は珍しく、うかぬ顔をした。

「だが、その剣は悪党退治に役立っている。それで好いんですよ」

「まあ、そういうことにしておくか……」

「そうしておきなさいな」

「仕立屋に慰められるとは思わなんだな」

勝之助の顔に笑みが戻った。

お竜はそれを見て、

「気になるのは、その北原の旦那が、留以さんをそっと見守っているのには、どういう理由があるか、じゃあないですか」

と、問いかけた。

勝之助同様に、留以を思い切り、廻国修行を続けた末に江戸へ出た北原雄三郎は、偶然にも、留以の姿を見かけたのであろう。

しかし、尾崎平太が気付くほどに、時折寺子屋の様子を窺っているのが解《げ》せない。

今どうしているか、元気でいるかがわかれば、それを胸の内に押し込んで、日々の修行を続けるのが雄三郎らしい処し方ではなかろうか。

それが、再三に渡って留以の様子を窺うのは、現在において留以が何らかの困苦を抱えていると、雄三郎が知ったからではなかったのか――。

思い出話にいささか感傷的になっていた勝之助は、鋭い目を取り戻した。

「確かに、そこが気になるところや。そのことをそっと雄三郎に訊ねてみようと思うのやが、どうやろうな？」

「是非そうしておあげなさい。勝さんにとっても、一度は惚れた相手なんですからねえ」

「そう言われると照れくさいが、これは文左衛門の元締から頼まれている話やない。おれの用事や。えらい寄り道をすることになるが、見逃してくれるか？」

「勝さんは、おかしなところで律儀ですねえ。薬研堀の道場に潜り込んだからこそわかった話でしょう。寄り道をしたって好いんですよう」

「うむ。これも悪党退治のひとつやな」

「ええ。人の難儀には何か裏がありますからね」

「そうやな。うむ、そしたらそうさせてもらおう。仕立屋、ええところに出てきてくれたな。何やしらん、気持ちが楽になった。おおきにありがとう……」

勝之助はいつもの調子を取り戻し、それからは、お竜相手に大坂での思い出をおもしろおかしく語り出した。

こうなると、お竜はただ聞くだけになる。

しかし、心の内では、

――あたしには、男の気持ちがわからないねえ。

勝之助と雄三郎が、惚れた女が同じであったがために譲り合い、そのあげくに二人共、山下無楽斎の道場を出てしまったことが、理解出来ずにいた。

――男二人は、友を思い合う己が心意気に酔っているのか知らないが、とどのつまりは、留以さん一人が取り残されたんだ。

男の友情を重んじるのはよいが、留以は二人のいずれからでも妻に望まれたら考えたであろう。

悪い奴ばかりが女を不幸にするわけではない。

お竜は、この世の不思議をひとつ覚えたような気がしていた。

（七）

井出勝之助は、お竜と別れると、さっそく日本橋久松町の〝まさご店〟に北原雄三郎を訪ねた。

「おお、来たな……」

雄三郎は、白湯《さゆ》を飲みながら書見をしているところであったが、勝之助を迎え入れると、彼が来るのを見こしてのことであろう。用意してあった酒徳利を目の前に置いた。

部屋は九尺二間《くしやくにけん》の棟割り長屋だが、雄三郎らしくよく片付いていて、彼がそこにいるだけで、清貧を楽しむ求道者の妙が感じられる。

「相変わらず、この暑い時でも白湯を飲んでいるのか？」

そういえば、これが体に好いのだと雄三郎が言っていたのを思い出したのだ。

「ああ、暑い時だからこそ、熱い物を体に入れるのだよ」

雄三郎はニヤリと笑った。

「飯はどうしている？」

「独り身が下手に炊飯をすると無駄が多くなるゆえ、近くの一膳飯屋ですましている」

「なるほど、それが何よりやな。何とか方便は立っているのか？」

「何とか立っている。江戸にも香取神道流の看板をあげている道場がいくつもあるのでな」

「そこへ出教授か」

「そんなところだ」

「剣客らしい暮らしやな。大したものじゃ」

「おぬしはどうしている？」

「呉服店に住み込んでいるよ。そこで用心棒と、手習い師匠をして、食わせてもらっているわけや」

「その暮らしにも慣れたゆえ、この辺りで神道無念流を修めて、江戸で世に出ようというのだな」

「ははは、二人で世に出ようと誓うたことがあったな……。残念ながら、体が鈍らぬようにと、稽古に通い始めたというところじゃな」

「だが、既に師範代に目をかけられ、代稽古を任されるほどの勢いだとか？」

「聞き及んだか」

「ああ、嬉しかったよ」

「雄さんは、あの男と馬が合わぬゆえ、稽古場で顔を合わさぬようにしているのやな。それはあの商売上手な須川先生の指図か」

「相変わらず、勝さんはそういうところの見分けが鋭いな」

「おれの見たところでは、雄さんはまず神道無念流がどんなものかを知るために、あの道場を選んだのやろ」

「勝さんには敵わない……」

雄三郎は頭を掻いた。勝之助に図星を突かれたからだ。

勝之助は、ほっとした表情となった。

尾崎平太が、腕の立つ雄三郎を道場の隅に追いやり、剣友は理不尽な想いをしているのかと心配したが、雄三郎は平太を相手にしていなかった。

この先、須川道場の門人として世に出るつもりなどなかったのだ。

雄三郎は流儀のあらましを体得した上で、江戸で名高き〝撃剣館〟の門を叩き、改めて神道無念流の高みを目指すつもりなのであろう。

また、場合によっては他流の直心影流《じきしんかげりゅう》、鏡新明智流《きょうしんめいちりゅう》といった流派に学び、新たな剣の道を模索するのかもしれない。

いずれにせよ、雄三郎と平太の軋轢《あつれき》など気にするのは取り越し苦労となった。

今の問題は、留以のことであった。

〝地獄への案内人〟としては、まったく横道にそれてしまったかもしれなかったが、平太の悪事を確かめる以前に、雄三郎が平太と絡んでいなかったのは幸いであった。

「言うておくが、おれも須川道場などどうでもよいのや。あのあほの師範代と付合うているのは、雄さんのことが気にかかったのと、嫌な奴でも付合うていると、江戸の剣術の流れが、ちょっとはわかるかも知れんと思て、持ち上げているだけのことや」

勝之助は、そのように断った上で、

「ただ、そこで気になる話を耳にしてなあ」

と、本題に入った。

「気になる話とは？」

「留以殿のことや」

「知っていたのか……」

たちまち雄三郎は神妙な表情となった。

勝之助は、平太と伴内から聞いた話をかいつまんですると、自分も今しがた、そっと留以の様子を見てきたのだと告げた。

「そうだったのか……。あんな伴内ごときに気付かれたのは不覚であった……」

雄三郎は口惜しさを滲ませた。

「仕方がないよ。留以殿のことになると、気がどこかへ行ってしまう……。おれも同じやったよ」

それを口惜しがるよりも、留以の身に何か起こったのか、それが気になるのだと、勝之助が続けると、

「気になるのは、留以殿よりも、あの、宗一郎という息子のことなのだ」

雄三郎は、低い声で応えた。

「あの息子は、嫁いだ相手の連れ子だな」

「そのようだ」

勝之助と雄三郎が去った後の留以の心境は知る由もない。

二人が惚れていたことを察していたのかどうかは、確かめていないのでわからぬ。察していたとて、留以の方には二人への恋情などなかったかもしれなかった。

いずれにせよ留以は、しばらくどこへも嫁がなかったが、山下無楽斎が急死した後、竹田某という儒者の妻となったそうな。

留以より随分と歳が上で、竹田には宗一郎という息子がいた。

つまり後添《のちぞい》となったわけだが、親しくしていた二人がいなくなった後、父親代わりの無楽斎にまで死なれ、留以は気を病んだのかもしれない。

歳が上で知性があり、一緒にいると気が安まる、そんな竹田に心惹かれたようにも思える。

勝之助が忘れんとして暮らしたのとは違って、雄三郎は山下道場を去ってからも、留以については近況を確かめていたようだ。

しかし、留以が宗一郎を連れて江戸へ出ていたのは知らず、このところは消息がわからなかったのだが、奇しくも町で見かけた。

元気そうで何よりだと思いながらも、

――何か困っていることはないだろうか。

と気にかかり、そっと見守らんとした。

すると、留以は手習い師匠を務め、立派に息子を育て、息子もまた学問所で成績優秀で、何も言うことはなかった。

「ほっとしていると、宗一郎が酷い目に遭うているのがわかってな」

眉をひそめる雄三郎を見て、

「酷い目に？」

勝之助も表情を曇らせた。

「学問所に通う相弟子から、妬みを受けているのだ」

「それで苛められているというのか」

「ああ。帰り道で、相撲を取ろうと持ちかけて、皆でいたぶるのだ」

「その場を見たのか」

「見た……」

「助けたのか？」

「子供の喧嘩に大人が出るわけにはいくまい」

「雄さんの言う通り。人間は誰でも大なり小なり苦難を抱えている。男やったら自分で切り抜けんとなあ」

「おれもそう思う。だが宗一郎は立派だ。少々痛い目に遭わされようが、泣きごとは言わず、留以殿にも黙っているようだ」

「言えば、辛い想いをさせると思うているのやろなあ」

「苛めているのは、旗本の倅でな。子供なりに相手が悪いと思って、ますます言えぬのであろう」

「健気《けなげ》やないか……」

乾分共を引き連れて宗一郎を苛めるのは、本橋仲太郎《もとはしなかたろう》。

本橋家は三百石。家格はよいものの今は無役で、仲太郎に期待をかけているのだが、学問所においては、宗一郎に後れをとっている。

この先は優秀な門人だけが進める、大人相手の学問所があるらしいが、仲太郎は宗一郎がいるので、師からの推挙がままならぬのではないかと、気を揉んでいるらしい。

それが宗一郎への嫌がらせになっているのだが、先日は仲太郎に付き従う中間が、宗一郎苛めに加わったのを見かけ、

「その時ばかりは許せずに、通りすがりの者を装って出てしもうた」

雄三郎は、中間の襟上《えりがみ》を摑むと投げとばして、

「多勢で一人にかかり、主を諫めるべき大人までもこれに加わるとは恥を知れ！」

と連中を追い払い、

「負けるでないぞ」

宗一郎を励まし、名も告げずに立ち去ったのだという。

「うむ、よくしてやったな」

勝之助は膝を打った。

「だが、このままではすまぬようだ……」

雄三郎は、追い払った中間が仲太郎に付き添って屋敷へ帰るところを見届けたが、屋敷内から本橋家の主が中間を叱責する声が聞こえてきたという。

「苛めたことを叱ったのではないのか？」

「いや、不様《ぶざま》に逃げ帰ったのが気に入らなかったようだ」

「子がたわけなら親もあほやな」

「次は本腰を入れてくるぞ」

「どうあっても宗一郎を、学問所から追い出したいようやな」

「その時は、おれも黙ってはおらぬ」

「雄さん、旗本相手に喧嘩をするとでも？」

「父親のいない子供が、旗本の親子によって理不尽な目に遭わされるなど、断じて許し難い」

「そやけど、留以殿に害が及ぶかもしれんで」

「確かに……、戦った後がどうなるか……」

三百石とはいえ、旗本相手に雄三郎が勝手に戦ったとなると、かえって留以は母子して江戸にいられなくなるかもしれない。

長い物には巻かれるしかないのだ。

「そやけど、腹が立つなあ……」

「そうだろう。おれはこのところ、気分が悪くて堪らぬのだ」

道場にも学問所にもくだらぬ奴はいるものだと、雄三郎は溜息をついた。

「よい折に、おれと出会うたな」

勝之助は、憤慨する雄三郎を見て頬笑んだ。

こういうところは、以前とまるで変わっていないのが嬉しかったのだ。

「ああ、勝さんと会えたのは天恵だ。話を聞いてもらえただけでも、胸の痞《つか》えが取れた気がするよ」

強い男でも、他人のことで気を揉むのは疲れるものだ。

しかし、こんな時に智恵と腕力で乗り切る者が近くにいてくれると元気が出る。

雄三郎にとって、かつては勝之助がそういう存在であった。

「そないにしゃかりきになりな。酒を飲んで智恵を出し合えば、好い悪戯《いたずら》を思いつくはずや」

勝之助は不敵に笑った。

「悪戯をな……」

雄三郎は身を乗り出した。

こんな時の勝之助はとにかく頼りになるのだ。

「それにしても雄さん、留以殿はあの日と変わらず美しいな」

「ああ、そして清らかで芯が強いのも、あの日のままだ」

「悲しませてはならぬ」

「うむ、何としても守ってあげねばならぬのだ」

かつての剣友同士は、互いに留以への想いを憚らず、彼女のために〝悪戯〟を考えた。

「雄さん、こういう悪戯はなあ、後で思い出したら大笑いできるものでないとあかんのや。それでいて、ふざけていては上手くいかん。力の限り己が腕前を見せつけて、相手を恐がらせるのがよいな。今のおれにはなあ、悪戯を手伝うてもらうには、ちょうどええ強い女がいるのやで……」

勝之助が熱く語るにつれ、一間に涼やかな風が吹き抜ける気配がした。

(八)

「ここはどこじゃ。いったい何が起こったのじゃ。ええい！　無礼者め、直参旗本・本橋幹之助《みきのすけ》と知っての狼藉《ろうぜき》か！　おのれ、このままですむと思うなよ……！」

旗本・本橋幹之助は、薄暗い一間で叫んでいた。

そこは蔵の内の一間のようで、中央に立つ柱に、彼は括り付けられている。

まったく夢の中にいる心地であった。

この日は、支配のところへ顔を出した後、いつもの店で、馴染の女中相手に一杯やって、後はお楽しみといくはずであった。

すると店の近くにさしかかったところで、見慣れぬ女中が中から出てきて、

「旦那様、今日はあいにく店の内が混み合っておりまして、ほんの少しだけ、近くの船宿でお待ちいただけませんか」

と言う。

話の中には馴染の女中の名も出てきたが、それも間違っていなかったし、以前にも同じようなことがあった。

他所《よそ》の料理茶屋で待っていると、馴染の女中がいそいそとやってきて、そこで一杯やるうちに、いつもと違う趣向に何やら興がのり、そのまま女中を抱いたものだ。

見慣れぬ女中は、

「前に旦那様は、場を変えたのがまた一興であったと仰せで、たまにはそれもよ

いのではと……」

そんな思わせぶりなことを言った。

幹之助は、微行で遊ぶ時は〝旦那様〟で通っている。女中の言葉を信じた幹之助は、話すうちに浮かれてきた。

三百石取りでも無役となれば、大して遊ぶこともままならぬのだが、祖父、父と二代に渡って蓄財に長けていたので、時には料理屋の女中に祝儀を勢《はず》み、懇《ねんご》ろになるくらいの小遣いは持ち合わせている。

女好きで酒好き。文武は何《いず》れも大したことがないときている。

これではいくら家格がよくとも、御役に就けまい。

ならばと、なかなかに頭のよい倅にしっかりと学問をさせ、これを世に出せば、己が不遇もこの先切り抜けられるのではないか――。

そんな自分勝手な望みを抱いているのが、本橋幹之助という男であった。

今の楽しみは、たまにこっそりとありつく酒と女であるから、彼は女中に案内されるがままに、供の者を他所にやり、船宿へと向かったのだ。

馴染が来るまではと、その女中が繋ぎで酌をした。

――今日はこの女でも悪くはない。

それくらい気分がよかったのだが、そこからの記憶が途絶えてしまった。

そして気がつけば、この場にいたのである。

酒に眠り薬でも入っていたのか。

あの見慣れぬ女中と出会ったことさえ、夢であったのかという心地がした。

しかし、身は柱に括りつけられている。

初めは、何かの余興かと思ったが、そうではない。彼の体は見事に縛《いまし》められて、身動きとれずにいたのだ。

彼は動転して、直参旗本に何たる無礼かと吠えたてたのだが、その声は空《むな》しく蔵の内に吸い込まれていくばかりである。

生き様に覚悟のない幹之助には堪らなく不気味で、恐怖が募ってきた。

威勢よく叫んだものの、今の自分には直参旗本の威厳も力も、何の値打ちもないのだ。

そんな気の迷いを見定めたかのように、二人の武士が目の前に現れた。

二人共に、黒い覆面を被っていて、目だけしか見えない。

これが、いきなり頭ごなしに、

「たわけ者めが！」

と、怒鳴りつけた。

直参旗本が、かく叱責を受けるとは――。幹之助はたじたじとなった。

いったい何者なのか。

「おのれは、倅を学問所に通わせているのう」

「しかも、宗一郎様を、旗本の威光を笠に着て、徒《いたず》らにいたぶったな」

黒覆面の正体は、井出勝之助と北原雄三郎であった。

となれば、本橋幹之助を船宿に案内し、眠り薬で昏睡させてしまったのは、お竜ということになる。

幹之助は言葉を失った。

こんな大がかりな〝悪戯〟をされたことなどなく、

「宗一郎様……」

と、黒覆面が、小癪《こしやく》な手習い師匠の倅を呼ぶのが不気味で、

――おれは何かをしでかしたのであろうか。

そう思わずにはいられなかったのだ。

「宗一郎様だと？　あの小倅がどうした……」

やっとのことで訊き返すと、

「無礼者めが……！」

雄三郎が叱責した。

「あの御方に構うではない。お前なんぞとは、御血筋が違うのだ」

勝之助が続けた。

「たわけたことを申すな。あの小倅が誰かの御落胤《ごらくいん》だとでも言うのか？」

その言葉が終らぬうちに、幹之助の顔前に、雄三郎が抜き放った白刃が、ぴたりと突きつけられた。

「もう一度そのつれを申すと、お前の首は胴についてはおらぬぞ」

剣術など真面目に稽古をしてこなかった幹之助にとっては見たこともない剣技で、底知れぬ恐怖に見舞われた。

「い、いずれの御落胤で……」

物言いも思わず改まった。

勝之助はいたぶるように、

「知りたいか？」

「いや、それは……」

「知れば、お前の命はないが」

「ならばこの後は、宗一郎様のことは忘れてしまえ」

「我ら二人は、いつでもどこでも御君《おんきみ》の御側近くにいて、おのれらを見張っていると心得よ。これまでは子供の喧嘩にしゃしゃり出るのを控えたが、次はお前の倅とて容赦はいたさぬ」

「我らとことを構えんとするならば、いつでも相手になってやろう」

「だが、手強《てごわ》いぞ……」

勝之助と雄三郎は、脅すだけ脅すと、互いに抜刀して、幹之助の前で香取神道流秘伝の組太刀を始めた。

幹之助は、わなわなと震えた。

――こ、こ奴らは人と思えぬ。

二人が真剣で立合う姿は鬼気迫っていて、少し間違えばどちらかが命を落とすほどの壮絶な演武であった。

これほどの二人がそっと付き添っている宗一郎は、きっと何れかの貴人の落胤に違いない。

旗本の自分に、このような仕打ちをして警告を与えるのだ。よほどのことに違いない。

もしやこのままここで首を刎《は》ねられるのではないか——。

そんな恐怖が全身を襲った時。

黒覆面二人はぴたりと動きを止めて、

「どうする御同役。これだけの忠告を与えても、こ奴はまた御君に害を為すかもしれぬぞ」

「御直参と思えばこそ、そっと諭さんと思うたが、ここは後腐れなきようにすべきか」

「うむ、ばらばらに刻んで……」

「鱶《ふか》の餌に……」

じろりと、鋭い目を向けた。

「い、いや、決してこのことは他言いたしませぬ！　また、宗一郎様に指一本触れるものではござりませぬ。何卒ここは御料簡のほどを……」

幹之助は堪らず命乞いをしたが、二人はその首筋に左右から白刃を叩きつけた。

そのまま放心した幹之助は、気がつけば深川十万坪の荒野に建つ、朽ちかけた小屋にいた。

「た、助かった！」

彼は、この日起こった出来事をすべて胸の内に呑み込むと、生の悦びを嚙み締めながらひたすら駆けた。

そして屋敷へ戻ると、それまでの態度を一変させて、

「よいか！　同門の竹田宗一郎殿をいたぶるような真似をするではない！　男として、武士として恥ずべきことと心得よ！」

と、息子・仲太郎と、彼に従う奉公人達を一喝したのである。

(九)

井出勝之助が北原雄三郎と〝悪戯〟をした三日後。

夕方になって、勝之助は木挽町五丁目にある鰻屋〝きくかわ〟にお竜を誘い、この度の〝悪戯〟への礼とその後の報告をした。

勝之助が〝悪戯〟をするに当って、元締の文左衛門に断りと協力を申し出たのは言うまでもない。隠れ場所はすべて文左衛門がお膳立てをしてくれた。

それゆえことはすんなりと済み、井出先生、好いことをなさいましたねえ。引き続き頼みましたよ」

「寄り道大いによろしい。井出先生、好いことをなさいましたねえ。引き続き頼みましたよ」
話を聞いて、文左衛門も大いに喜んでくれたのであった。

しかし、お竜はこの三日の間の勝之助と雄三郎の動きを聞かされて、首を傾げてばかりいた。

「それで、北原雄三郎という旦那は、また旅に出ちまったんですか？」

「ああ、ついさっき別れてきたよ」

勝之助と雄三郎は、編笠を目深《まぶか》に被り、そっと留以、宗一郎母子の様子を窺った。

「宗一郎、このところ相撲は取らないのですか？」

家に帰ってきた宗一郎を見て、留以はにこやかに言った。

「はい。誰もわたしに取ろうと言ってこないのです」

応える宗一郎の顔は晴れやかで、腕や手に生傷はない。

「あなたの強さを皆が認めたのでしょうね」

「義母上《ははうえ》……。知っていたのですか……」

宗一郎は上目遣いで留以を見た。

「はい……」

留以の目が潤んだ。

彼女は息子が、優秀ゆえに疎まれて、同門の子供達から辛く当られていることに気付いていた。

しかし、気丈に対処して泣きごとを言わぬ宗一郎にあれこれ問えば、かえって彼を苦しめることになるかもしれないと思い、心を鬼にして何も問わなかったのだ。

「いつかあなたの挫けぬ強さに、周りの人達も心を打たれて考えを改める日がくると、わたしは信じていましたよ。さぞ辛かったでしょう。あなたは立派ですよ」

留以は、ここ三日の間、宗一郎の様子が違うので、彼が難儀を乗り越えたのだと確信し喜んでいたのだ。

宗一郎は、留以に誉められるのが何よりも嬉しかったが、本橋仲太郎の態度が一変し、

「宗一郎殿、これまで色々と申し訳ないことをいたしました……」

と、詫びてきたのには驚いた。仲太郎の態度が変われば、周りの学友達の態度も変わる。

宗一郎は、さらに学問に打ち込むことが出来る。それが、何よりも嬉しかった。

「一度だけ、助けてくださった方がいました」

宗一郎は、雄三郎のことを話したが、名も告げられていないと残念がった。留以は話を聞いて、

「その御方に戒められて、目が覚めたのかもしれませんねえ。いつかお見かけしたら、わたしに教えてください。お礼を申し上げます」

深く感じ入ったのだ。

「その様子を、勝さんも一緒に見ていたのでしょう？」

お竜は苛々した。

「そんなら、この機に留以さんに会いに行くよう勧めてあげればいいじゃあないですか」

「おれも雄三郎には、名乗り出るように勧めたよ……」

未だ独り身の雄三郎の心は、留以にあるのはわかりきっている。

留以も後家の身である。

「すぐに一緒にならんでもええがな。宗一郎に雄さんが剣術を教えてやるなりして、留以殿の傍で暮らしたらどないやねん」

勝之助はそのように言ったのだが、

「生さぬ仲の息子を、ここまで育ててきたのだぞ。留以殿の心は今でも、宗一郎の亡き父親にあるはずだ」

と、雄三郎は頭《かぶり》を振った。

「それを雄さんが忘れさせたらええのやないか」

「いや、おれは剣に生きる身だ。そこまでの情を女にかけるだけの余裕はないよ」

雄三郎は、ちょうど須川道場にも嫌気がさしていたところであるから、ちょうどよい。

大坂には恩師・山下無楽斎亡き後、香取神道流を伝える者がおらぬような状況であるから、もう一度大坂で剣を鍛えたいと告げて、その意志を曲げず、

「勝さん、後はよろしく頼んだよ」

そう言い置いて旅発ったという。

「そうなんですか……。そんなら勝さんが、傍にいてあげたらどうなんですよう」

二人で手習い師匠をして、勝之助が宗一郎に剣の手ほどきをする――。

そうなったら、文左衛門も祝ってくれるはずだとお竜は思うのだ。

「あほな。宗一郎はこれから世に出ていく身やで。おれみたいな人殺しが傍にい

てられるかい」

「だから、案内人などやめちまえば好いんですよう」

「そんなわけにはいくかいな。おれがおらなんだら、仕立屋、お前が困るがな」

「あたしのことなら心配要りませんよ」

「お前、それはつれなかろう」

「で、勝さんがこの先、そっとあの母子を？」

「見守ることになるねんやろなあ」

勝之助は、話し込んで手つかずになっていた鰻の蒲焼を頬張ると、うっとりとした表情となって、酒で腹の中へ流し込んだ。

「まあ、好きなようにしたら好いですけどねえ……」

あたしにはまったく、男の気持ちがわからないと、お竜もまた蒲焼を頬張った。

「かわいそうになあ、仕立屋、お前はろくでもない男ばかり見てきたから、本物の男のよさがわからんのやなあ。まあひとつこれで学んだやろ。ふふふ、結構、結構……」

この日もまた、勝之助の能弁ぶりは、ますます冴え渡ったのである。

四、悲愁

(一)

剣友・北原雄三郎《きたはらゆうざぶろう》が江戸を去った後も、井出勝之助《いでかつのすけ》の須川《すがわ》道場通いは続いていた。

――もっとあれこれと、雄さんに尾崎平太《おざきへいた》のことを訊いておけばよかった。

今となって勝之助はそれを悔やんだ。

思わぬ再会に喜び、さらにかつて想いを寄せていた留以《るい》が江戸にいると知り、二人で彼女の難儀をそっと助けた。

その間に仕掛けた〝悪戯〟では、憎き本橋仲太郎《もとはしなかたろう》の父・幹之助《みきのすけ》の前で、真剣による組太刀によって、互いの剣の腕を久しぶりに確かめ合った。

そんな夢のような一時を過ごすと、雄三郎に下衆《げす》な尾崎平太について訊ねる気にもならなかったのだ。

しかし、やがて剣を交えねばならぬ相手となれば、雄三郎のような練達の士の目から見た平太の腕のほどを、もっと詳しく訊いておくべきであった。

その後、勝之助は上手く平太の懐の内に入って、須川道場では思うがままに振舞えるようになったとはいえ、

「おぬしも門人達に稽古をつけてやってくれ」

と言われ、師範代の手伝いをさせられてばかりでは、平太と立合うことも叶わず、彼の手の内を、体感出来ずにいた。

他の門人にそれとなく話を聞くと、雄三郎が平太と立合ったのは一度きりであったそうな。

その折は、平太が雄三郎に力の誇示をせんと、持ち前の荒っぽい技で叩き伏せようと仕掛けたが、雄三郎は柔よく剛を制し、これを巧みにかわしたという。

そして、隙を衝いて自らも攻め、時に平太の動きを封じたので、平太は苛々として、

「これは稽古だぞ。もっと勢いよう打ち込んでこぬか。おぬしと立合うてもおもしろうない」

すぐに立合を止めてしまったのであった。

しかし、両者の立合は、

「真に見事で、見ていた某《それがし》は感服いたしました……」

と、門人達が口々に言うほどの出来であったのは確かなようだ。

それから考えると、平太の腕前は、雄三郎と同格か、少しばかり劣るくらいであろうか。

となれば、勝之助がまともに斬り合っても、後れはとるまい。

地獄へ案内する時は、果し合いではなく、確実に相手の息の根を止める、暗殺剣を駆使するのだ。

仕留められぬことはない。

――だが、何が起こるかわからない。念には念を入れて、相手を知らねばならぬ。

案内人は、斬り合って武士らしい最期を遂げるなど許されない。どんな手を使ってでも、極悪人を屠《ほふ》らねばならないのだ。

勝之助は、平太が立合う様子をもっと見たいのだが、自分も門人達に稽古をつけていると、それも難しい。

さらに、平太の腕を知る以前に、彼が半年ほど前に草加の宿にさしかかった辺りで、土地の百姓の女房を手込めにし、自害に追い込んだという確証を得ねばならなかった。

相変わらず稽古が終ると、勝之助は平太の酒の付合いもさせられていた。

そこで上手く話を盛り上げ、事実を探らんとするのだが、そのような話に水を向けるのはなかなかに難しかった。

少しずつ平太の心をほぐし、

「おぬしゆえに話すが……」

という言葉を引き出さねばならないわけだが、飲みたくもない相手の宴に付合い、顔を見るだけで不快になる〝おべっか使い〟の伴内《ばんない》の与太話を聞くのも疲れてきた。

元締の文左衛門《ぶんざえもん》は、十中八九、尾崎平太と伴内の仕業と断定しているし、勝之助もこの二人を見ていると、

――こ奴らに違いない。

ますますそう思える。

仕立屋のお竜《りゅう》とは、緊密に繫ぎをとっているが、

「もうあかん。何でもええから、あの二人を殺してしまいたい……」

会う度に、そんな嘆きを洩らしていた。

「勝さんでも、そんな言葉が口をつくこともあるんですねえ……」

お竜はかける言葉が見つからず、苦笑するばかりであったが、

「あたしは、尾崎平太の情婦《いろ》を当っておきますよ」

〝その〟という料理屋の女将・おそのに近付いておくと告げたのであった。

「ああ、そうしてくれると助かる」

勝之助は、おそのが気にかかっていた。

何がどうなって、あのような不良旗本の次男坊と引っ付いてしまったのかしれないが、

「何やしらん、哀れな女やで……」

と、おそのを見ていると、切なくなってくるのだ。

〝その〟で一杯やると、二人の男に心の内でむかつき、一人の女に胸が痛む——。

それもまた、勝之助の苛々を募らせているのだが、この日の夕べ、これからの動きを左右するような話が、平太の口からとび出したのであった。

㈡

尾崎平太は、道場に入った時から上機嫌であった。

珍らしくも門人達にはやさしい声をかけて、師の須川念道《ねんどう》にも丁重に接し、

「先生、ちとお耳に入れておきたき儀がござりまする」

と、しばし控えの間に二人で入り、何やら話し込んだ後、晴れ晴れとした顔で稽古場に出てきた。

念道の表情も実に明るい。

何やらよいことがあったようだ。

勝之助は内心ほくそ笑んだ。

こういう時こそ、さらに平太の懐の奥深くへ入り込むことが出来よう。

それでも勝之助は、いつもと同じ態度で接した。

「何かよいことがあったようで……」

などとは言わない。

その方が、平太が勝之助に話したがるだろうと思ったからだ。

黙々と師範代の手助けをして、控え目に立ち振舞い、稽古を終えると、

「勝、ちょっと付合え……」

思った通り、〝その〟での酒に誘われたものだ。

この日ばかりは、女将のおそのにもやさしい言葉のひとつもかけてやるのではないかと、勝之助は安堵した。

おそのは惚れた弱みであろうか、甲斐甲斐しく立ち働き、入れ込みの客への応対もこなしつつ、平太を迎えている。

それなのに平太はいつも邪険におそのを扱って、何かというと、

「お前にはわからぬ話だ。黙って酒を持ってこい」

などと、叱りつけるように命じてばかりなのだ。

平太が飲み代を払ったのを見たことはない。

おそのは、貢いだ上にきつく当られているわけだが、

――あの人は、どこまでもわたしに甘えているのだ。

男の横暴を、そんな風に捉えているらしい。

生きていくため、食べていくために、男に忍従する女は多い。

しかし、おそのは部屋住の次男坊に貢いでやっている身なのだ。

――おれが女なら、こんな男は願い下げやな。

つくづくと勝之助は思う。

平太に愛想尽かしをすればよい。

平太が旗本の息子である権威をもって脅すなら、

――尾崎平太より偉い男の情婦になってやればええのや。

おそのはなかなかに好い女なのだ。その気になればいくらでも上等な男を摑まえることが出来るはずだ。

肉置《しし》き豊かで気立もよい。

勝之助が、おそのを哀れみ、切なさに胸が痛むのは、このような想いにつき動かされるからであった。

どうやら平太の身に、何か幸運が舞い込んだように思える。

「おその、お前にも少しは好い目を見せてやれそうだ……」

今日は、それくらいの言葉が出てもよいだろう。

どうせ、おそのが惚れ抜いている平太は、そのうち勝之助が地獄へ案内してやることになりそうだ。

それはおそのためになるはずだが、それまでに少しは、惚れた男から労《いたわ》られる気分を味わわせてやりたいものだ。

そんな気持ちを胸に、勝之助は〝その〟での酒に付合ったのだが、平太は酒が入るとますます上機嫌となり、

「勝、おぬしの望みは何だ？」

と、訊ねてきた。

望みがあるなら、おれが叶えてやらぬわけでもない――。

そのような得意気な響きが、声に含まれていた。

ここはよい応えを選ばねばなるまい。

「さて、望みといえば限りがござらぬが、町の者の世話にならずとも、方便《たつき》が立つ暮らしをいたしとうござる」

ひとまずそう言った。

「ふふふ、用心棒暮らしなど、しとうはないか」

平太はこれにいたく反応した。

「いかにも……。御師範代の思し召しをもって、武士らしい生き方をしとうござりまする」

勝之助がここぞとばかり言うと、

「ならば、考えてもやろう」

平太は鼻をふくらませた。

「おれにも少しばかり、つきが廻ってきたようだ」

やはり平太に、何かしらの望みが生まれたのだ。

「御師範代……。それは真《まこと》でござりまするか」

勝之助は威儀を正してみせた。

「まあ、おぬしがこの先も、おれのために働いてくれたらの話だがな」

得意満面で笑う平太は、言いたくてうずうずしている。

「御師範代が某を引き上げてやろうと仰せならば、この井出勝之助、どんなことでもいたしましょう」

勝之助は言葉に力を込めて、

「何か御出世の糸口をお摑みになられた由、これは気になりまするな」

窺うような目を向けた。

「皆、他言は無用じゃ」

平太はニヤリと笑って、勝之助、伴内、そして酒を持ってきたおそのを見廻した。

三人は畏まってこれを聞く。

すると平太は、

「まだ詳しゅうは言えぬが、部屋住のおれに世に出る機会が巡ってきたのだ」

もったいをつけた。

伴内は身を乗り出して、

「そんなら若様、しかるべき御家から、婿養子の口が……」

と、問いかけた。

「ふふふ、まずそんなところだ。まとまれば無駄飯食いの身が、役高千五百石の殿様だ」

「何ですって、千五百石……？　そいつは大したもんだ。いやいや、これはおめでとうございます」

伴内は大仰に驚いてみせた。

勝之助は、ただただ驚いて声も出ないという風を装って目を丸くしたが、

――何も、己が女の前で言わずともよいものを。

同じく一緒にその話を聞いている、おそのが気にかかって仕方がなかった。

武士が町の料理屋の女将と一緒になれるはずもない。

旗本の次男が出世を望むならば、文武の才で新たに道を切り拓く他は、他家へ養子に入るしか道はない。

おそのとて、それはわかっているし、まさか平太と夫婦《ふうふ》になれるとは、端《はな》から

思ってもいないはずだ。

平太の出世を喜び、

「先生、ご精進なさいました甲斐がありましたねえ」

おそのは酒を注ぎながらしみじみと祝ったものだ。

「うむ……」

平太は頷いてみせたが、おそのにはまるで気遣う様子がない。

旗本の次男坊の遊びに付合ってやっただけだと、おそのは割り切っているのかもしれない。

しかし、養子といっても婿養子の口らしい。

平太は妻《めと》を娶るわけであるから、おそのの胸中は複雑であるに違いない。

たかが町の料理屋の女将である。懇ろになったからといって、好い気になるなとても平太は考えているのであろうか。

これを告げるなら、せめて二人きりの時に、

「おその、おれにやっと巡ってきた出世の機会だ。料簡してくれぬか。この先もお前を粗略にはいたさぬゆえ……」

それくらいの言葉をかけてやるべきである。

近頃取り巻きにしている剣客と、いつも悪巧みをしている小者がいる前で、調子よく話すとは何たる情のなさであろうか。

勝之助が必死で怒りを抑え込む前で、

「勝、おれが役付きの千五百石ともなれば、今の師範代の座は、おぬしに譲ってやろう。その上で方々に引き廻してやるゆえ、あれこれ道も拓けようて……」

悦に入っていた。

役高千五百石となれば、先手《さきて》組頭あたりであろうか。

幕府番方としては、出世に繋がる願ってもない地位だ。そこの婿養子になるのが決まったとすれば、平太は天にも昇る心地であろう。

「ほんによろしゅうございました……」

相変わらずおそのは、一緒になって喜んでいる。

しかし、彼女の目の奥には明らかな動揺と憂いがあるのを、勝之助は見抜いていた。

――いくらでも喜ぶがよい。そのうちにお前の悪事を暴いて、おれが地獄に案内してやる。女将、それがあんたの幸せや。早いとこそれに気付きや。

勝之助は心の内で、めらめらと闘志の炎を燃やしていたのである。

(三)

「お武家と一緒になるなんて、端から思っちゃあいないよ……」

おそのは自分にそう言い聞かせていた。

旗本の次男坊で、

「おれは武家に生まれたことを恨む時もあるんだよう」

それが口癖の尾崎平太を何とかしてやろうと思い、いつしか自分の生き甲斐となっていた。

平太は尾崎家の世継ぎである兄とは、二歳違いである。

たった二年、生まれるのが遅かっただけで、武家とはこれほどまでに、生きる意味が違ってくるものか。

兄は自分よりも剣術の腕は随分と劣る。

学問の出来も変わらないときている。

しかし、総領の甚六でも二千石の殿様となる。

自分は何のために生まれてきたかというと、兄が早世した時の予備である。

その兄は、大事に育てられたゆえに健康で、既に妻帯し世継ぎも儲けている。
そうなると次男坊はまったくの冷や飯食いとなり、何かで己が道を切り拓くしかない。
平太はそのために剣術の稽古に精を出し、神道無念流の遣い手となった。
それでも同じ流派内には、平太以上の腕の持ち主はごろごろといる。
新番頭を父に持つ権威を笠に、町道場を開くことくらいは出来よう。
——だが、ただそれだけだ。
絶望に自棄《やけ》になる平太を何とかしてやりたいと、おそのは思った。
酒食を提供し、小遣い銭を与え、いつの日か、
「お前のお蔭で、おれも世に出ることができたよ」
そんな一言をかけてくれたら、それが女の本懐ではないか。
おそのは心に誓って生きてきた。
いつか自分から離れていったとしても、
——ちょいと手がかかる犬や猫を飼って、それを楽しんでいたと思えば好いのさ。
という信念を持っていた。

そして、平太に出世の望みが生まれた。

――これでよかったのさ。

惚れた男をきっぱりと思い切り、送り出してやるつもりであった。

ところが、心とは裏腹におそのは言いようのない空しさに襲われていた。

武士の妻になれるとは思っていなかった。

とはいえ、尾崎平太が町の道場主に納まるのならば、

――もしかして。

というかすかな期待も一方ではあった。

町の剣客であれば、妻を娶るのも、禄を食《は》む武士よりは融通が利く。

たとえば、形だけでもおそのを同じ剣客の養女にして、その上で夫婦になることも出来るかもしれない。

そんな淡い夢を、心のどこかで見ていたのである。

ところが、平太は何れかの旗本の大家の入り婿となるらしい。

端から時がくれば、当り前のようにおそのを捨て去るつもりでいたらしい。

須川道場の井出勝之助と、小者の伴内の前で、いきなり婚儀について知らされた時は、平太の心の底が見えたようで、胸が締めつけられた。

――いや、あの折はわたしに言い出し辛くて、お気に入りの二人の前で告げたのかもしれない。

それでも、おそのの想いはそちらにとんでしまう。

いつかよい折を見つけて、

「おその、この前はあんなところで知らせてすまなかったな」

と言ってくれるのに違いない。

平太が、自分勝手な酷い男だと知りながらも、

――わたしだけには、やさしい気持ちを持っているはずだ。

と、信じてしまう。

やさしさを見せてくれたことなどほとんどないが、

「おその、すまぬな」

「苦労をかけたな」

「今宵はゆるりとかわいがってやるぞ」

などと、言ってくれた時もある。

「好いた、惚れたと口にするような、安い男ではないぞ」

尾崎平太は、そのように考えておそのと向き合ってきたのだ。

――この、そのとて、これくらいのことで取り乱すような女ではない。千々に乱れる心を静めて、おそのはいつものように料理屋の女将を続けるのであった。

そもそもおそのは、下谷広小路の水茶屋に茶立て女として出ていた。二親とは早くに死に別れたが、貧しさに身を売ったわけではなかった。売色のために客を取ったこともない。

時に客と恋に落ちたが、相手はどれも所帯を持つ身で、夫婦になるまでにはいたらなかった。

だが男達は皆、それなりの分限者《ぶげんしゃ》で、おそのに金を落してくれた。

「おそのは水茶屋で上手に立廻ったものだねえ」

やっかみから、周りの者達はそのように揶揄《やゆ》したが、

「惚れた男と一緒になれなかっただけのこと。ですが、どれも精一杯の恋でしたよう」

自分が得心しているのだ。誰に何の文句も言われる筋合はないと、泰然自若の体《てい》を貫いてきた。

そうして、金が貯まるとあっさり水茶屋を出て、ただ一人で居酒屋を始め、や

がて今の料理屋へと大きくした。

色んな男が自分をこのように育ててくれたのだ。これからは、そのお蔭で出来た金で、なかなか世に出られぬ男に肩入れをしてやろう。

そう思ったところに出会ったのが、尾崎平太であったのだ。

この男に、おそのなりの執着があったとて無理はない。

㈣

「まだ好いですかねえ……」

その客は、いつも客が引けた頃にやって来た。

どこかの酌婦らしく、

「手前の銭で一杯やってから帰らないと、どうも眠れませんでねえ」

少しはにかんでみせ、酒を頼むのである。

客がどういう女かに、おそのは興をそそられた。

仕事抜きで飲む酒が、彼女の心を和ませるのであろう。

酔客相手に酒を飲ませ、世辞もひとつならず言いながら過ごす夜は随分と気持ちが疲れるものだ。

気怠《けだる》い表情で一、二杯やるうちに、客の顔に朱がさしてくる。

その色は、仕事で飲んだ時の赤みとは違う。

おそのにはそれがわかるのだ。

「この辺りのお人で……？」

あまり立ち入った話は訊かぬ方がよかろう。

おそのは何も言わずにおくべきかとも思ったが、声をかけずにいられなくなった。

「あたしですか……」

女の客は訊かれて満更でもない様子で、

「あたしは米河岸《こめがし》辺りで、酔っ払い相手にお酒を注いで廻っている者でしてねえ」

目に笑みを湛えながら応えた。

「米河岸というと……」

「江戸橋の北っかわですよ」

「そんなら、ここからそれほど近くはありませんね」

「近くで一杯やると、知った顔に会ったりしますから」

「なるほど、そこで飲んでも気が休まりませんものねえ」

「そうなんですよ」

「それじゃあ、わざわざここへ来てくれた姉さんに、わたしがお注ぎいたしましょう」

「こいつはありがたい。人に注いでばかりで、どう盃を受けてよいか、とまどってしまいますよ」

「ふふふ、ただ差し出すだけでよろしゅうございますよう」

おそのは、初めて言葉のやり取りをする、この酌婦に好感を持った。

瓜実顔に、切れ長の目の瞳は黒々と冴えている。

「姉さんなら男が言い寄ってきて大変でしょう」

おそのの口から思わずそんな言葉がとび出した。

「嬉しいことを言ってくれますがねえ、寄ってきてくれたって、あたしはいつもろくでもないのをつかんでしまって、ふふふ、痛い目に遭ってばかりで困ります……」

いっそ誰も寄ってこないように、近頃では伝法に振舞っているのだと、客は笑ってみせた。

「姉さんほどの好い女が、痛い目に……」

尾崎平太のことがあるだけに、おそのはこの酌婦の話を聞きたくなった。

「惚れた弱みというのですかねえ。頼りない職人を好きになって、周りの人達ときっちりとした付合いができるようにと、あたしは随分と、貢いでやったのでございますよ」

女は溜息をついて、注がれた酒を飲み干した。

おそのは身につまされて、

「それで、その職人さんは……」

「頼りないが腕は好い……。あんたはいつか周りの人に認めてもらえるよ。そう言って励ましていたら、親方の娘に見染められちまったんですよう」

「とどのつまり、その人は親方の婿養子になったのですか」

「あたしを捨ててね……」

「そうでしたか」

おそのは胸が痛かったが、

「姉さんは、その職人さんと夫婦になりたかったんですか？」

と訊ねた。

「そんなことは思っちゃあいませんでしたよ。あたしはしがない酒場の女ですからねえ。いずれは先のある男を世に出して、自分は身を引いて、元の暮らしに戻る……。そう思っていましたから」

「辛いですねえ……」

「なんの、辛いものですか。あんなのとずっと一緒にいたって、何の得にもなりませんからね」

「せいせいしましたか？」

「はい。でもねえ、少しばかり頭にくるから、こうして仕事の後に一杯やりたくなるってところです」

「そうですか……。姉さんは、強い人ですねえ。わたしも見習わないと」

おそのは、今の自分の心境と同じこの客と話すうちに、心が落ち着いてきた。

さる大家の婿養子に入ることになる尾崎平太は、その話をしてから、おそのに会いに来ていない。

あれこれ忙しいのだろうが、捨てられた気がして心が揺れていただけに、客の心意気に胸を打たれたのだ。

こんな時に、同じような想いの女が客としてくるなんて――。

おそのは客商売のおもしろさを覚えたものだが、この客は既におそのが置かれている状況を知っている。

客の正体は、お竜であった。

井出勝之助から、平太の一件を報されて、

「哀れな女やで、ここで未練を残して、ややこしいことにならんように、女将の気持ちをほぐしてやってくれ」

と頼まれてのことであった。

――勝さんは、女にやさしい。

お竜はいささか呆れながらも、殺しの的になるであろう男の情婦であるから、近付いて様子を見ておくのもよいと思った。

下手をすると、殺しの場におそのを巻き込んでしまうかもしれないのだ。

おそのがきっぱりと平太を思い切り、あの男の傍から離れていてくれる方が、仕事はし易くなる。

お竜としても、勝之助ばかりに任せておけないので、客を装っておそのに近付いているというわけだ。

そして、お竜もまたおそのという女に興をそそられていた。

心がけも気風《きっぷ》も好い、なかなかの縹緻《きりょう》よしの女将が、どうしてくだらぬ剣客に肩入れするようになったのか。同じ女として、そこが知りたかった。

この日はよい折である。

「女将さんはどうなんです？　好い男《ひと》の一人や二人、いや、五人や六人はいるんじゃあないんですか？」

勝之助仕込みの冗談交じりの物言いで、水を向けた。

おそのはからからと笑って、

「好い男と言っていいのかどうか、わかりませんがねえ」

珍しく、己が色恋の話に応えた。

「心の支えにしてきた人はいましたよ……」

「心の支えに……。好い言葉ですねえ……」

お竜は言葉を選んだ。

おそのの相手が旗本の次男坊で、やがて大家の婿養子にならんとしているのはわかっている。

下手な訊き方をすれば、おそのは口を閉ざしてしまうであろう。

「どうして、その男《ひと》に惚れちまったのです？」

「強かったからですよう」

おそのは話に食いついてくれた。

「強かった……。なるほど、強い男か……」

「一度、おかしな客に絡まれましてねえ」

「店を開いていると大変ですから」

「あれこれ難癖をつけて、いくらかにしようという手合でした」

「相手は、二人ってところですか？」

「はい」

「するとそこへ、強いお人が店の前を通りかかって……」

「はい」

「追い払ってくれたわけですか」

お竜はまっすぐにおそのを見た。

その通りすがりの男が、尾崎平太であったのは言うを俟《ま》たない。

悪い奴でも、時に人のためになることをする。

と言ってもそれは、

「自分が悪さをするのは好いが、人がしているのは腹が立つ」

そのような理屈で、結果的に人を助けているだけなのがほとんどであるが……。

それでも、おそのにしてみれば破落戸二人を手もなく叩き伏せてくれた尾崎平太は、律々《りり》しく映ったのであろう。

平太は苛々としていて、どこかで暴れてやろうと思っていたところに、ちょうどよい獲物を見つけたのであろうが、ちょっと好い女の料理屋の女将に礼を言われ、

「どうぞ一杯飲んでいってくださいまし」

などと言われると気分もよかったのであろう。

「あれから、おかしな奴は来なんだか？」

その後、恰好をつけて〝その〟に顔を出したのに違いない。

「そんなことをされると、女は参っちまいますねえ」

お竜は神妙な面持ちとなった。

自分もそれで、とんでもない男に惚れてしまった過去があった。

悪質な高利貸を痛めつけ、追い払ってくれたのが、かつての亭主である。

その男に惚れてしまったがために困苦を強いられ、一生消えぬ内股の竜の彫物を入れられてしまったのだ。

その男は林助《りんすけ》といって、お竜は自らの手で地獄へ案内してやったが、思い出がすっかり消え去るわけではない。

おそのが平太に惚れたのは、どうせそんな理由だろうと思ってはいたものの、改めて話を聞くと己が魂を揺さぶられた。

「わたしは今まで、物持ちの男《ひと》とは出会ったことがあったものの、力持ちとは出会わなかったので、すっかりと参ってしまったのですよ……」

おそのは恥ずかしそうに言った。

「あたしにも同じようなことがありましたよ。でもねえ、腕っ節の強い男が、やさしい男だとは限らない。ご用心を……」

お竜は悪戯っぽく笑うと、それ以上は何も言わずに、その日は店を出た。

しかし彼女の心中もまた、井出勝之助と同じで、尾崎平太とそれにおもねる伴内への怒りを募らせていたのである。

㈤

尾崎平太が婿養子の話を告げてから、さすがに稽古後の酒宴は控えるであろうと、井出勝之助は見ていたが、調子に乗る平太は、独り身でいる間は楽しまねば損であるとばかりに、連日出歩いていた。

但し、人形町の〝その〟には、まるで寄ろうとしなかった。

どうやら、飲む店もそれなりのところへ行くようにと、尾崎家からお達しが出ているようなのだ。

それと共に、幾ばくかの小遣いが祝いとして彼に下されたのであろう。

剣客としての威厳をさらに保たねばならないので、勝之助を伴うのも常態化していた。

これまでは町場では随分と暴れ廻っていたが、今はそれも控えねばならない。

いざという時は、腕の立つ勝之助を前に出しておけばよいと思っているのに違いない。

それでも、勝之助にとっては、平太の内実を知るにはさらに好都合となった。

「もう平太殿とか、御師範代などとは申せませぬ。殿様とお呼び申し上げるようになるまでは、先生でよろしゅうございますな」

勝之助はそう言って平太を得意にさせて、

「先生、この後は何卒、一層のお引き立てを願いまする……」

と、追従を言った。

「わかっておるわ。おれの推挙があれば、おぬしの腕なら、方々で出稽古の口がかかろう。そのうちいずれかの大名から、指南役として招かれるかもしれぬのう」

平太の受け応えも、堂に入ってきた。

このまま、おそのとも疎遠になり、平太は自分に尽くしてくれた女のことも忘れてしまうのであろう。

その方がおそののためだと思いつつ、女にやさしい勝之助は、せめておそのの気持ちをほぐしてやりたくて、

「先生、〝その〟の女将をこのままにしておかぬ方がよろしいかと……」

と、進言した。

「もうあの女に用はない。いちいち相手をしていられるか」

平太は吐き捨てたが、

「女とは上手に別れておかぬと、後腐れが残れば面倒なことになりましょう」

勝之助は宥めるように言った。

「面倒なこと……？」

「左様。好い気持ちにさせておかぬと、どこで恨みがましいことを言うか知れませぬ。そういったものがおかしな風聞を生むものなのでござる……」

「なるほど、それはおぬしの言う通りだな」

平太は相槌を打った。

今は大事な時である。

「あの旦那は、わたしに散々たかっておいて、好い縁談が舞い込んだと思ったら知らぬ顔ですよ。あんな男が、人の上に立てるものですか」

おそのがそんな噂を流すと、それを真に受けて、そこからあれこれ粗探しをされる恐れもあろう。

「先生にお縋りするわたしとしては、それが気になります」

勝之助の言葉には、伴内などとは比べようもない滋味がある。

主におもねるだけの馬鹿な従者ばかりを連れていると、当り前の言葉が心に沁み入るらしい。

「どうすればよい？」

平太は真顔で言った。

「容易《たやす》いことでござりまする。女将に会うて、〝お前のことは忘れぬぞ〟などと言って、好い心地にさせておけばよいのです。別れても尚、先生を慕うように持っていけば、あの女将はなかなかできた女ゆえ、先生の悪い噂など決して言ったりはいたしませせぬ」

勝之助は言葉に力を込めた。

おそのであれば、

「あのお方は、薬研堀の道場に通われている頃から立派な先生で、この店にもよくお越し下さいました」

などと、客を摑まえては話すであろうというのだ。

「立つ鳥跡を濁さず、だな」

平太は、しかつめらしい顔で勝之助を見た。

「左様にござりまする。さすがは先生……」

勝之助は馬鹿馬鹿しくなってきたが、おそのの心が安らかになるようにしてやりたかったのだ。

「よし、おそのに会うておこう」

平太は頷いた。

「それが何よりと存じまする」

勝之助は畏まってみせると、

「とは申せ、この先は廻国修行にかこつけた気儘《きまま》な旅もできませぬな」

すかさず話を本筋に向けた。

このところの付合いで、平太の口から、

「伴内を供にして、廻国修行に出かけたが、旅もまたよしだ」

と、話を引き出していたのだ。

「うむ、役付きとなれば、そうなろうな……」

平太は苦笑いを浮かべた。

「実は某、ふと思い出しまして……」

「何をだ？」

「半年ほど前に、草加の宿を過ぎた辺りで、先生をお見かけしたような気が……」

「何だと……」

「確か……、土地の百姓に好い女がいて、それに二分をくれてやって、好い想いをした……。などとお話しになっておりませなんだか？」

「おお、そういえば……」

「すれ違いざまにそんな言葉が耳に入って参りまして、これは羨ましい限りだと、思うたものでございました」

勝之助がさも思い出したように言うと、平太は笑い出して、

「あった、あった、確かにそのようなことがあったぞ。伴内、お前も覚えていよう」

「はい。あの折はあっしもご相伴に与りました」

伴内も大笑いした。

「このようなこともあるのだな。草加の宿でまさか、勝とすれ違うていたとはのう」

勝之助は、いささか強引な持っていき方であったかと、内心冷や冷やとしていたが、

――やはりこ奴らであったか。

確証を得てひとまずほっとした。

「やはり左様でございましたか！　これは先生とはよほどの御縁があったと思われます」

そして感じ入ってみせると、

「あの折は、なかなかおもしろかった……」

平太は草加での一件を楽しそうに語り出した。

「脇道に入って休息をしていると、百姓女が道端で胸もとを広げて汗を拭いておった。これがなかなか好い女でのう。見ていると堪らなくなった……」

女は平太と伴内が見ているとは知らずに汗を拭いていたのだが、それが二人の

悪党の欲情を煽ってしまった。

「それで、女を呼び止めて、二分をやるから抱かせてくれと言ったのだが、女は怯えた顔をして、逃げようとした。だがこっちはますます抱きたくなってのう」

「その女を押し倒したのですね」

「金をくれてやったのだ。通りすがりの旅の男なら、ちょっとばかり遊んだつもりで目を瞑っていればよい。黙っていれば二分が手に入るのだぞ」

「女は抗いませんでしたか？」

「それはもう暴れよったわ。だが、そこは伴内と二人で取り押さえた」

「左様で……」

「後で知ったことだが、その女は百姓の女房で、二分をもらったのが辛くなり、首を縊《くく》って死んだそうな」

平太は憎々しげに言った。

伴内はこれに追従して、

「まったく馬鹿な女でございますねえ」

「胸くその悪い話よ。こっちは情けをかけてやったというのに、恨まれる覚えはないわ。勝手に死にくさって……」

「左様でございましたか。そのようなことがあったとは……」

「いずれにせよ、婿養子に入れば、気易く旅にも出られぬ。それがおもしろうないのう」

平太は嘆息しつつ、

「いや、勝、おぬしとはよほど縁があるというものじゃ」

無邪気に笑ってみせる。

「畏れ入りまする……」

勝之助は、ひたすら畏まってみせ、人を人とも思わぬ尾崎平太と伴内への怒りを抑えていた。

そうと知れた上は、この場で斬ってやりたかったが、今は葭町にある料理屋の座敷にいる。ここでことを起こすわけにもいかぬ。

策を練らねばならぬと、勝之助の気持ちは落ち着かなかった。

おそのに、惚れた男からの気遣いを受けさせてやりたいと思ったものの、そんなやさしさは、かえって仇になるかもしれない。勝之助は要らぬことを言ったかもしれぬと、悔やみ始めていた。

㈥

尾崎平太は、井出勝之助の進言を受け容れて、翌夕〝その〟に出かけた。

おそのが大喜びしたのは言うまでもない。

「先生、わたしをお忘れではなかったのですね。嬉しい……」

一間に請じ入れて寄り添うと、

「お前をこのまま捨て置くわけにもいくまい。何か望みはないか、訊ねておこうと、な」

平太はいつものぶっきらぼうな口調で言った。

おそのにとっては、その突き放したような物言いが懐かしく、

――この人の心は変わっていない。

と捉えてしまう。

だが、儀式さえすませておけばそれでよいと考える平太には、おそのへの情など既になかった。

抱きたくなったら抱き、小遣いに困れば金をせびる――。

真に都合のよい女であるゆえ、

「そのうち、おれはきっと世に出てみせるぞ。おその頼むぞ……」

時折はそんな言葉をかけていたが、ただそれだけでおそのは喜んでいたので、他に何も気遣いはしなかった。

次男坊で苦労をしているようでも、そこは二千石の旗本の息子である。世間というものを知らない。

町の女などそんなものだと考えていた。

しかし、尾崎家からは、

「身の周りをきれいにしておけ」

という厳命が下り、そこへ勝之助の進言があったゆえに、平太はおそのに会っておこうと思ったに過ぎない。

勝之助は、女を好い心地にさせておけばよいと言っていたが、

「お前のことは忘れぬ」

などというような甘ったるい言葉などかけられるものではない。

もう自分は、役高千五百石の殿様になるのである。

まだ周りの者達には、はっきり告げていないが、養家は代々先手弓頭を務めて

いる家柄だ。

番方の中でも申し分がない。

加役では、火付盗賊改《ひつけとうぞくあらため》を兼務することもあろう。その時には与力、同心の先頭に立って、己が剣を存分に揮ってやる。

町場で喧嘩をすると、咎められるが、御役となれば好きなように暴れられるのだ。

見廻りと称して、それなりに遊ぶことも出来よう。

そんな夢を見ていると、町場の料理屋の女将に甘口は言いたくない。

おそのはおとないを喜び、ただ黙って酌をしていたが、今日は何を告げられるかと、そわそわとしていた。

「おその、何か望みがあれば言ってみろ」

とどのつまり、平太の口から出たのはこの言葉であった。

おそのは言葉に窮した。

望みと言われても、物も金も要らない。

さらなる上客とて、今の店においては不要だ。

店には常連の客も付き、これ以上大きな構えにしたとて疲れるだけだ。

きっぱりと平太を思い切り、また誰か、世に出んとして足踏みをしている男に寄り添い、世に出る手助けをしてやり、そこに女の幸せを求める――。

今のおそのには、それだけの気概はなかった。

「望み……？　わたしには何も……」

口ごもるおそのに、

「何もないと言うのか」

それでは話にならないと、平太は渋い表情となった。

おそのは、何か言わねばならないといささか気が焦って、

「これから先も、こうして時折会ってくだされば幸せでございます……」

本音を吐き出した。

正しくそれがおそのの望みであった。

月に一度、いや二月に一度でも好い。

会ってあれこれと今の活躍ぶりを、ほんの一刻聞けたら……。

女の切なる気持ちであった。

「このまま別れていくのは嫌か」

平太は、おそのの言葉をまともに受けて問い返した。

おそのは彼の言葉に望みを持った。

「嫌でございます……」

そして甘えるように言った。

「先生のご出世ぶりをお聞かせいただきとうございます」

「何があっても離れとうはないか？」

「はい。会えぬまま死んでいきとうはございません」

おそのは、平太が自分の望みを受け止めてくれたと思った。

「なるほどのう……」

平太はしばし沈黙した後、

「ならば、又、会うとしよう」

「本当でございますか？」

ぱっと喜色に頬を染めるおそのを見つめて、

「近いうちに遣いを寄こすゆえに、どこか外で会おうぞ。このような折じゃ。誰にも言うなよ」

「口が裂けても言いません」

「うむ、ならばまだ用があるゆえ、これで帰るとしよう」

平太はすぐに店を出た。

「今日は嬉しゅうございました……。これから先もまた、どのようなことでもお申し付けくださいまし、殿様……」

おそのは縋るような目を向けると、平太を表まで送り出した。

この日は外の掛茶屋で主人を待っていた伴内が、慌てて駆け寄り、主従は歩き出した。

「先生、お早いお帰りでございますねえ」

伴内は、平太の顔色を窺った。

「長居は無用だ……」

平太は仏頂面で言った。

「勝が言っていたことを聞いてよかったぞ」

「と、仰いますと？」

「後腐れよ」

「先生と離れたくはないと言っているのですか？」

「ああ、おれの出世ぶりを聞きたいとぬかしおった」

「放っておけばよろしいでしょう。先生はそのうち立派な殿様にお成りになるんですぜ。この先、あの女将は近付きたくても、傍へ寄れやせんよ」

「確かにそうだが、おれは婿養子に入ってこその殿様だ。親父の話では、まだ先方の品定めは終っておらぬそうな」

「え？　そんならお話がひっくり返ることもあるってわけで？」

「そうだ。まあ、親父がおれを戒めようとして言っているのだろうが、入り婿を狙っている旗本の次男坊は、おれだけでないのは確かだ」

「先生に会いたい一心で、うろうろされたら困りますねえ」

「おそのの店には、なかなかの上客がついている。中には町奉行所に出入りしている商人もいるらしい」

「腹いせに何か言い触らすってことも考えられますねえ」

「さて、どうしたものか……」

夜道を辿りながら、不埒《ふらち》な主従はこんな話をしていた。

おそのが、いくら平太の不実に腹を立てたとて、これまで尽くしてきた男の出世の邪魔をするとは思えぬ。

だが、人の情を解さぬ平太には、ただただ煩しさと、婿養子の口の妨げになるのではないかという疑念が湧いてくるのだ。

「今日を限り、わたしはきっぱりと先生を思い切り、ご出世なさる様子を、そっと陰で見て喜んでおります……」

平太は、おそのの口からこの言葉が出ると期待していたのだ。

それが、

「会えぬまま死んでいきとうはございません」

と、おそのは言う。

「たわけたことをぬかすな！」

平太は叱りつけたかったが、それでおそのを刺激してはなるまい。

今は、そうかそうかと頷いておくべきだと、彼なりに分別したのであった。

「こいつは面倒なことになりましたねえ」

元より伴内に妙案などない。

平太の考えることに、いちいち頷くしか能はないのだ。

「上手くおそのに引導を渡す術《すべ》はないか。考えねばならぬぞ……」

平太はそう言って思い入れをした。

剣の腕が立ち、それなりに修行を積んできた尾崎平太であるが、こういう考えごとがあると、すっかり五感の働きが鈍るらしい。

伴内相手に話す言葉を、何者かに聞かれているとは、まるで気付いていなかったのである。

〝その〟に入ってからの平太の様子を、ずっと窺っている女がいた。

お竜である。

井出勝之助からの繫ぎを受けて見張っていたのだ。

人形町から、尾崎邸がある薬研堀西側の武家屋敷街へと、お竜は平太と伴内のやり取りを探りつつ、傍に張りついていた。

酔って千鳥足の酌婦を演じていたのだが、平太はまったく気付く様子がない。

既に、元締の文左衛門からの指令はひとつ勝之助がこなしていた。

草加の百姓女房を自害に追いやった張本人は、平太と伴内と知れた。

平太がおそのと会い、おそのの平太への想いが好いままで終ることを勝之助は祈っていた。

それゆえの平太への進言であったのだが、彼の女へのやさしさは裏目に出たようだ。

誰もが勝之助のような感情を女に抱いていたのなら、もう少し世の中は女にとって住み易かろう。

お竜は、おそのよりも尚無力で、酷い男に虐げられた過去があるだけにそれがよくわかるのだ。

そのお竜から遠く離れて、同じく平太と伴内を勝之助もつけていた。

二人の罪状が知れた上は、隙あらばこ奴らを地獄へ案内してやろうと考えてのことであるが、尾崎邸までの道のりは繁華なところが続き、手は出せない。

向こうの辻の角にいる勝之助は、お竜を見て手を上げた。

お竜は、今日の襲撃は無理だと判断して、二人のあとをつけるのを止めて、勝之助の方へと歩き出した。

(七)

「おれは女のことになると甘うなる……。困ったことやな……」

勝之助はお竜と落ち合うと、彼女から様子を聞いて肩を落とした。

尾崎平太を仕留める前に、少しでも哀れなおそのの心を癒してやりたい。

そのように気遣ったことは、まったく裏目に出た。

結局、おそのは平太への未練を残し、それを訴え、平太はおそのの想いが煩わしく、邪魔と捉えた。

このままでは、お竜と勝之助が平太を殺す機会を窺う間に、平太がおそのを殺してしまう恐れも出てきた。

おそのは、平太に誘われたらどこにでもついていくであろう。

お竜達が平太を狙うより、平太の方がはるかにおそのを狙い易いのだ。

おそのの命を守りつつ、平太を狙うよい策はないか。

考えた末に勝之助は、すぐに平太を捉まえ、さらなる進言をした。

「先生、お話を伺う限りでは、あの女将はこのまま放っておくと、御出世の足かせとなりましょう」

平太からおそのとの経緯を聞いた上で、彼の不安を言い当て、

「かくなる上は、後腐れのないよう、女将を始末する他に道はござりますまい」

思い詰めた口調で言った。

さすがに平太も伴内も緊張の色を浮かべた。

「勝、おぬしの言う通りかもしれぬが、人知れず始末をするとなれば、容易くはいかぬ。心してかからねばな」

それでも平太は、おそのを殺そうと言う勝之助の策にはすぐに耳を傾けた。

それに対して勝之助は、眠り薬を調達するゆえ、これを上手く使えば、事故に

見せかけ川に沈めることが出来ると告げたのだ。

この眠り薬は、文左衛門が手に入れてくれたもので、過日、勝之助が慕う留以の息子・宗一郎《そういちろう》の難儀を救うために使用した。

宗一郎を苛める仲太郎という子供の父・本橋幹之助を、お竜が巧みに酔わせて、誘拐した上で、〝落《おと》し胤《だね》〟話をでっちあげ、勝之助と北原雄三郎が脅した時の薬であった。

勝之助はこれを平太に見せ、

「女将を連れ出し、そこでこれを飲ませて眠ったところで川へ……」

低い声で言った。

「その薬は効くのか……」

平太は、じっと粉薬を見て訊ねた。

「試してみますか。二刻くらいは眠りこけますよ……」

「それを飲ませて川へ落せば、おそのは誤って溺れ死んだことになるか……」

「いかにも……」

「勝、おぬしは恐ろしい奴じゃのう」

平太はごくりと唾を飲んだ。

——やっていることは、お前の方が恐ろしいわい。

勝之助は心の内で平太を詰《なじ》りつつ、

「何ごとも先生の御為でござる。それは某の幸せでもあり、ひいては尾崎様の御家のため、須川道場のため……」

と説き、そのためならば鬼にでもなるつもりだと、勝之助は畏まってみせた。

「おぬしの言う通りだな」

尾崎家、須川道場まで持ち出されると、平太の中では、

「これも大義である」

と、納得出来たようだ。

存外に小心な奴だと胸の内で嘲笑《あざわら》いつつ、勝之助は平太を計略に巻き込んでいった。

「先生、某はここまでのことをするのですからね。この後はよろしくお願いしますよ」

已が立身を平太に託したいと取り引きをし、計略を熱く語り終えた時、

「よし。これならうまくいきそうだ。勝、しっかりとな」

平太は傍らで卑しげに笑う伴内と共に、すっかりと悪党面になっていた。

しかし、言葉巧みに平太のおそのへの殺意を引き出し、殺しを決意させる勝之助の悪巧みも相当なものである。

――おそのさん、おれが余計なことをしたよってに、あんたを巻き込んでしもうた。堪忍してや、そやけどこれがあんたにとっては何よりのことや。

勝之助は、いずれにせよ平太は伴内を遣って、おそのを始末したであろうと、自分に言い聞かせていたのである。

その翌夕。

尾崎平太は、思案橋袂《たもと》の料理屋へ、おそのを呼び出した。

ここには店の船着き場がある。

一杯やってから、井出勝之助と伴内に供をさせて、船遊びをしようというのだ。

哀れ、おそのは、尽くした男に殺されるとも知らずに、

「船遊びにわたしを……？」

大喜びして、使いに行った伴内に心付けまでたっぷりと握らせて、指定の料理屋へいそいそと出かけたのであった。

「こんなに早く会えるとは、思ってもみませんでした……」

微行姿の尾崎平太と差し向かいで、鮎の塩焼を肴に酒を飲む。

おそのは幸せに包まれて、涙ぐんでさえいた。

しかし、喜べば喜ぶほど、平太はこの先もこんな調子で慕い続けられては面倒だと、おそのへの気持ちが冷めていく。

それでも、船に乗せるまでは、おそのを好い気分にさせておくのが策となれば仕方がない。

「たまには人形町を出るのもよかろう」

作り笑顔で、おそのの気持ちをほぐすのであった。

そうして、よき頃合いで、店の裏手の船着き場に出る。

そこには伴内が控えていて、やがて船が着く。

船頭を務めているのは井出勝之助であった。

「何と、井出先生が……」

(八)

おそのが目を丸くするのを見て、平太は小さく笑って、

「これもまた一興よ。勝は船を操る腕も立つ。これほど頼りになる船頭はおるまい」

おそのに囁いた。

「ほんにそうですねえ……。ごめんくださいまし」

おそのは楽しそうに船に乗り込むと、伴内が酒肴を船に積んで、船遊びが始まった。

勝之助は、船が大川へ出ると伴内と船頭を交代し、おそのに酒を注いでやった。

「井出先生にまで注いでいただけるなんて……」

おそのは恐縮することしきりであったが、勝之助は巧みに場を盛り上げて、おそのに眠り薬入りの酒を飲ませた。

効果はすぐにあらわれた。

「わたしとしたことが、あんまり楽しいので酔ってしまいましたよ……」

夏の終わりの川風が、四人が乗る屋根船を吹き抜け、おそのは実に心地よさそうに、やがて船縁《ふなべり》にもたれるようにして、眠りこけたのであった。

それを見て、

「勝、頼んだぞ」

平太はしっかりと頷いた。

「ならば、この先は某にお任せくださりませ」

勝之助は、巧みに艪《ろ》と棹《さお》を捌き、船を御厩河岸《おんまやがし》の対岸に位置する人気《ひとけ》の無い岸に寄せた。

ここで平太と伴内は船を降り、そこから両国橋に向かう段取りになっている。

勝之助は眠りこけているおそのを、よきところで船から川へと落し、そのまま逃げ去るのだ。

「船遊びをして、その後別れたのだが、まさか川へ落ちるとはのう……」

平太はそのように嘯《うそぶ》くつもりであった。

この先、先手弓頭になる男である。

そもそも町の料理屋の女将が事故死を遂げたとて、何かを問われることもあるまい。

だが、井出勝之助は、

「念には念を入れませぬとな……」

何かはっきりとした言い逃れの口実があれば、さらによいのだと言う。

――あ奴は役に立つ。

この先は養家に引き入れ、己が懐刀にしてもよかろうとさえ、平太は思っていたのである。

船は岸に着いた。

そこは切り立った土手の隙間で、土手に立つ柳の枝が、平太と伴内の姿を消してくれるであろう。

まず、伴内が船を降りて平太に手を差し出した。

その時であった。

船から降りりんとして一歩踏み出した平太が、勝之助がわざと揺らした船の上で体勢を崩した。

「申し訳ござりませぬ！」

勝之助は自らも船の上で屈み、足下に敷いてあった筵《むしろ》をめくっておそのの体を隠すと、そこに置いてあった打刀《うちがたな》で抜き打ちに平太を斬った。

「お、おのれ……」

平太は腰の刀に手をかけたが、勝之助はさらに白刃を平太の腹へ突き入れた。

一瞬の出来事が呑み込めず、手を差し出したまま呆然とする伴内は、平太が水

しぶきをあげて川へ落ちたのを見て、

「ひ、ひえ――ッ！」

声にもならぬ悲鳴をあげて、一目散に逃げ出した。

だが、いきなり土手の陰から現れた黒い影が伴内にぶつかり、そのまま川辺へ押し戻した。

黒い影はお竜である。

ぶつかった刹那、彼女は手にした小刀で、伴内の心の臓をひと突きにしていた。

体の力を失った伴内の体を、お竜はさらに蹴りとばした。

水しぶきと共に、伴内の体もまた川へ落ちた。

お竜はそのまま船にとび乗り、勝之助は何ごともなかったように、再び船頭となって船を夜の川へと進めたのである。

(九)

尾崎平太と伴内の骸《むくろ》は、川面に仲よく浮かんだ後、沈んでいった。

筵の下で、おそのは未だ眠りこけている。

「剣客同士の斬り合いにしちゃあ、あっけなかったですねえ」

お竜は勝之助に、ニヤリと笑って囁いた。

「ふふふ、まともに斬り合うあほがいるかいな……」

してやったりの勝之助は、力いっぱいに艪を漕いで、柳橋の袂にある料理茶屋へ船を着けた。

そこもまた、隠居の文左衛門の息のかかった店である。

船着き場には、〝駕籠政〟の駕籠が待っていた。

「勝さん、あとはよろしく……」

お竜は船を降りると、夜の闇に消えて行った。

勝之助は素早く船を舫《もや》うと、おそのを抱き上げて、

「駕籠の衆、この姉さんが飲み過ぎてしもうてな。そっと家まで運んでやっておくれ」

駕籠に乗せると、自らが先に立って、人形町の〝その〟まで、おそのを送り届けた。

駕籠を舁《か》く二人は、〝駕籠政〟でも乗り心地のよさで知られる腕利きだ。

――よく効く眠り薬でよかった。

駕籠の内からは、おそののかすかな寝息が聞こえる。

殺されるところであったとは知らず、おそのは夢を見ているのであろうか。

人形町の家に着いた時。

勝之助の願い通り、おそのはまだ駕籠の中で眠っていた。

「すまぬな。助かったよ」

勝之助は駕籠舁き二人に駕籠代と酒手を弾んだ。

〝駕籠政〟は、文左衛門御用達の駕籠屋だけのことはある。

柳橋の料理屋の船着き場に随分待たされたが、そのことについては一切口にせず、

「こいつは豪儀だ」

「ありがとうございました……」

二人は素直にこれらを受け取り、勝之助を手伝って、おそのを家へ運ぶと、

「またご贔屓《ひいき》に願います」

まったくいつもと変わらぬ様子で、空駕籠を担いで走り去った。

要らぬことには首を突っ込まず、親方の政五郎《まさごろう》に言われたことだけを一心にこなす――。

彼らもまた〝地獄への案内人〟の役目を担っているのである。

勝之助は、おそのの帯を緩めて座敷へ寝かしつけ、掛布団をかけてやった。

おそのは、これまでにもない安らかな顔をして眠っていた。

「あんたは、惚れる男を選び損うたな。そやけど、これで疫病神はこの世から消えてしもたのや。この先は幸せにな」

勝之助は呟きながら、そっとおそのの家から退散しようとしたのだが、

「先生……」

おそのの声にぎくりとして立ち止まった。

「先生……」

おそのはまだ眠っていた。

どんな夢を見ているのかは知らないが、寝言を言っているのだ。

「先生……、嬉しゅうございました……。わたしのために……」

夢うつつに、おそのは尾崎平太を慕って呟いている。

「ゆるりと休め……」

勝之助は、咄嗟に平太の口調を真似て声をかけると、逃げるように家を出た。

今さらながら、この手で始末した尾崎平太が憎かった。

疑うことなく一人の男への想いを貫いた女の、何と健気なことか。

馬鹿な女と笑うのは易い。

だが何よりも馬鹿なのは、こんなに自分に惚れ抜いてくれた女の情も値打ちもわからぬまま、邪険にした男の方であろう。

――それにしても、もっと他に尾崎平太と伴内の悪事を確かめ、地獄へ案内する方法はなかったのか。

勝之助はそればかりが気になっていたのであった。


その翌日も、勝之助は怪しまれぬよう須川道場へ通った。

尾崎平太と伴内の失踪は、当然騒ぎとなっていた。

勝之助にも聴取の手が及んだが、〝駕籠政〟で頼んだ駕籠で、酒に酔い潰れたおそのを家まで送る役目を負わされたと、困惑の色を浮かべて応えると、その後は何も問われなかった。

勝之助に船頭をさせておいて、

「あとは任せたぞ……」

と、船遊びを取り止め、伴内を連れて千鳥足で出かけた平太の姿を目撃した者が何人もいた。

おそのへの聴取も辻褄が合っていたし、〝駕籠政〟の話も符合していた。

平太の姿を目撃した者は、どれも文左衛門の息のかかった者達であったが、呉服店〝鶴屋〟に寄宿している勝之助には信用があった。

主の孫兵衛は、日頃から奉行所の廻り方同心に対しては、細やかな気遣いを忘れない。

平太の素行の悪さは、役人達にも知られている。

心機一転、剣術道場に通い出したというのに、このようなことに巻き込まれて、

「気の毒でござったな」

勝之助は役人達から、むしろ労《ねぎら》いを受けたのであった。

ことは思うがままに運んだ。

それでも勝之助の心は晴れなかった。

案内の仕事を終えた数日後。彼はお竜相手に飲んだくれて、珍しく愚痴を言ったものだ。

場所は先日、かつての想い人であった留以について語った、柳原通りの料理屋の小座敷であった。

「今度ばかりはすまぬ。先だっては己がことで、とんだ寄り道をしてしもた上に、あの女将には妙な思い入れをして、かえって話をややこしゅうしてしもた。まったくおれは、案内人としては半人前や……」

勝之助はつくづくとお竜に詫びた。

「そんなに悩むこともありませんよう……。あたしもなかなかに楽しませてもらいましたし、元締も満足してくれたから、これでよかったんじゃあないですかねえ」

お竜はこともなげに言った。

「そうかなあ……」

勝之助は幾分、救われたという顔をしたが、すぐに頭を掻いて、

「で、あれから〝その〟へは、顔を出してくれたのか？」

やはり、おそののことが気になるようで、恐る恐る訊ねたものだ。

役人に問われ、平太が行方知れずになっていると、彼女は知ったはずだ。

おそのを巻き込む方が、平太と伴内を首尾よく仕留められると考えた。

惚れた男と船遊びをした。

その思い出を残してやり、尚かつ、やがて平太の魔手が忍び寄るであろう彼女

を、危機から救ってやる妙策と思ったが、

「いたずらに酒に酔って眠りこけて、家までおれに送り届けられたと後で知ったら、さぞ胸がいたかろう」

と、勝之助の行き過ぎた思い入れが、後になって自分自身を責めたてたのだ。

「あれから〝その〟へ？」

お竜は、小首を傾げてみせた。実のところ、一度だけ店へは入らずそっと中を覗いていた。

おそのは、五、六人の客を相手にてきぱきと立ち働いていた。

何度か言葉を交わしたお竜には、おそののてきぱきの裏に、屈託を忘れんとする〝強がり〟があると見てとれた。

だが、男も女も、誰もが与えられた運命の中で必死にもがいているのだ。

おそのだけが辛い想いをしているのではない。

「あれから〝その〟へは……」

お竜は、ふっと笑って、

「一度も行ってませんねえ」

と、勝之助に応えた。

「行ってないか……」

勝之助は意外そうな表情を浮かべたが、

「うん、そうやなあ、行く謂《いわ》れはないわなあ……」

何度も頷いた。

地獄への案内は終ったのだ。

お竜がおそのと親しくなる理由も、消滅しなければならないのだ。

勝之助もこの時は既に須川道場を去っていた。

自分の生き方を確立した者は、何かがあっても、それが済めばまた元の暮らしに戻り、日々懸命に生きていけばよいのだ。

「勝さん……」

「何や仕立屋」

「女を見縊《みくび》っちゃあいけませんよ」

「おれが女を見縊ったか？」

「ええ、哀れな女と見られるのは、おそのさんにしたって傍《かたわ》ら痛いですよう」

「そうかな」

「はい。少々のことがあっても、おそのさんはそれを乗り越えて、きっとまた新しい生き甲斐を見つけるでしょうよ」

「なるほど、あの女将ならな……」

「はい、あの女将なら」

「心地のええような、悪いような……。そんな夢を見たというところやな」

「勝さんが心配することはありませんよう」

「ははは、そうやな。おれは女には甘うていかん」

「だけど、そこが勝さんの好いところなんですよ」

「仕立屋……」

「あい」

「おれに惚れるなよ」

「あいにく好みじゃあないんでね……」

「えらいすんまへん」

勝之助の顔に笑みが戻った。

「ふふふ……」

お竜は失笑しつつ、命をかけての悪人退治をまたひとつ終えて、相棒がこの男でよかったと、心の内でつくづくと思っていたのである。

文春文庫

悲《ひ》愁《しゅう》の花《はな》
仕立屋《したてや》お竜《りゅう》

定価はカバーに表示してあります

2022年7月10日　第1刷
2022年7月25日　第2刷

著　者　岡本《おかもと》さとる
発行者　花田朋子
発行所　株式会社　文藝春秋

東京都千代田区紀尾井町3-23　〒102-8008
TEL　03・3265・1211㈹
文藝春秋ホームページ　http://www.bunshun.co.jp

落丁、乱丁本は、お手数ですが小社製作部宛お送り下さい。送料小社負担でお取替致します。

印刷・凸版印刷　製本・加藤製本

Printed in Japan
ISBN978-4-16-791903-0

文春文庫

耳袋秘帖

南町奉行と犬神の家

風野真知雄

文藝春秋

耳袋秘帖　南町奉行と犬神の家●目次

耳袋秘帖　南町奉行と犬神の家

序章 恩知らずの犬

一

「ここらはのんびりしていいねえ」

と、江戸でただ一人の女岡っ引きであるしめは、小高い丘から景色を眺めながら言った。見えているのは、中渋谷《なかしぶや》村の田園風景である。

見渡す限り、濃い緑に染まった田畑で、吹き渡る風までが緑色をしている。

梅雨が明け、いよいよ夏が燃え上がろうとしている頃合いだが、まだ風は爽やかさを残している。それはたぶん、坂下を流れる渋谷川の清くて冷たい水のおかげもあるだろう。川の周囲では、色とりどりの花が咲き乱れ、蝶が舞っている。

「でも、親分、あっしらが活躍できそうな事件などは、まず起こりませんよ。せいぜい三年にいっぺん、誰かが犬に嚙まれるくらいじゃないですか」

しめの唯一の子分である雨傘屋の英次《えいじ》が言った。

「いいじゃないか。なにも起きないのがいちばんなんだよ。なにもないからって、十手《じって》を取り上げられるわけでもないしね」

「そりゃそうですが」

雨傘屋としては、目立つ手柄を立てて、一人前の岡っ引きとして十手を預かりたいのは山々である。

二人がなぜ、こんな江戸の端《はし》っこの渋谷くんだりまで来てるのかというと——。

「たまには江戸の端っこを回るか」

という、単なるしめの思いつきだった。

それで、朝から目黒界隈を回り、渋谷広尾町をのぞいて、この中渋谷村へとやって来たのである。

昼飯は、広尾町のそば屋で、黒いうどんのようなそばを食べたのだが、まずいわりに腹持ちも悪く、もう腹が減ってきた。

「宮益町《みやます》で、団子でも食べようか」

「いいですね」

しめといっしょにいていいことは、休憩の多いことである。しかも、休憩には必ず、甘いものがつく。

このときも、茶店の縁台に腰かけて、みたらし団子を頰張り始めると、

「とめ婆さんの犬は見つかったのかい？」

「いや、まだだ。どこぞに逃げちまったんだろうが」

「せっかくもどったばかりでか？」

「飼い主嚙むようじゃ、顔も忘れていたんだろう」

「それもそうか」

といった店主とここらの住人らしい話が耳に入ってきた。

「親分。三年にいっぺんの大事件が起きたみたいですね」

雨傘屋が笑いながら言った。

「馬鹿、笑ってる場合じゃないよ」

と、しめは雨傘屋をたしなめると、

「ねえ、あんた、その犬ってえのは、どっちに逃げたんだい？」

店主に訊いた。

「ああ、あっちに逃げたって話だよ」

店主が指差したのは、東である。東には江戸の中心がある。

「まずいね」

口の端についた蜜を舐《な》めながら、しめは言った。

「犬なんざ、逃がしたって、たいした悪さはしないでしょ」

雨傘屋はゆっくりと団子を嚙んでいる。

「馬鹿だね、お前は。飼い主を嚙んだんだろう。犬わずらい（狂犬病）かもしれないだろうが」

「あ、そりゃあまずい」

雨傘屋は慌てて団子を飲み込んだ。

店主はしめが帯に差した十手を見て、女がなんで十手を？　というように怪訝《けげん》そうにしながらも、

「じつは、あっしらもそうじゃなきゃいいがと言ってたんだよ」

と、気まずそうに言った。

「嚙まれた婆さんてのは、生きてるのかい？」

「どうなのかね。嚙まれたのは三、四日前らしいけど」

「ここらで犬わずらいは？」

「去年のいまごろ、一匹出て、殺して焼いたけどね」

「出てたのかい」

と、しめは顔をしかめ、

「犬わずらいが広まると大変だ。すぐにお奉行《ぶぎよう》さまに報《しら》せたほうがいいね。あんた、

頼むよ。あたしは、ここらの人に気をつけるよう言っとくから」

「わかりました」

「愚図愚図できないよ。舟を拾いな。御用だからって、舟代は値切るんだよ」

「まかしてください」

雨傘屋は渋谷川で、ちょうどいた船頭を脅すようにして舟を出させ、渋谷川を海まで下り、さらに汐留《しおどめ》川からお濠《ほり》に入り、南町奉行所前の数寄屋橋《すきやばし》のたもとに着けさせた。

直接、奉行の根岸肥前守鎮衛《ねぎしひぜんのかみやすもり》に話を通してもらうと、すぐに根岸家の家来である宮尾玄四郎《みやおげんしろう》と、定町回り《じょうまちまわり》同心の椀田豪蔵《わんだごうぞう》が、現場へ向かうことになった。

雨傘屋が乗って来た舟に乗り込み、麻布《あざぶ》の一之橋まで来ると、この先は舟では遅くなるというので、そこからは徒歩で渋谷宮益町へもどって来た。

しめは宮益町の番屋で待っていたが、

「あら、宮尾さまや椀田さままで？」

と、二人が来たのに驚いた。

「うむ。御前が、犬わずらいは怖い、ぜったいに広めてはならんとおっしゃったのでな」

宮尾が言った。

「さすがにお奉行さま」

「それで、嚙まれたというのは？」

椀田が訊いた。

「向こうに住むとめという中婆《ちゅうばあ》さんです。出歩こうとしてたので、家にいるように叱りつけておきました」

「うん。それはいい」

「逃げた犬は白犬で、名前はシロ。そんなに大きい犬ではなかったそうです。次の報せも出しておきました」

しめのすることは、なかなか抜かりがない。

「よし、まずは婆さんのところに行ってみよう」

四人は、とめ婆さんの家に向かった。後から、番太郎や町役人もぞろぞろ付いてきた。

家は宮益町の坂の途中で、表通りからすぐ裏に入ったところの、意外に洒落た造りの一軒家だった。

「ここです」

宮尾と椀田が、戸を開けてなかに入った。

婆さんは、入ってすぐの部屋で、手枕で横になっていたが、

「南町奉行所の者だ」

と、椀田が十手を示したので、慌てて飛び起きた。しめは、「中婆さん」と言ったが、器量はともかく、見た目はしめよりも若そうである。もちろん、そんなことは、しめには言えない。

「どうだ、具合は？」

椀田が訊いた。

「ええ。とくには」

顔色も、日焼けはしているが、別段、赤くも青くもなっていない。

「嚙まれたところはどこだ？」

「ここなんですけどね」

と、手の甲を見せた。

牙《きば》の跡らしきものはあるが、血は止まって、わずかな傷程度になっている。

「風邪を引いたみたいな気はしないか？」

「してませんけど」

「水は飲めるか？」

「水ですか？　はあ、飲めますが」

「飲んでみろ」

「はあ」

とめ婆さんは、茶碗に汲んでおいたらしい水を、ごくごくと飲んでみせた。

「風に当たるのは嫌ではないか？」

椀田はさらに訊いた。

「風ですか？」

「窓のところに行ってみろ」

「はあ」

とめ婆さんは、窓際に立った。ここは風がよく通り、ぱさぱさに乾いたとめ婆さんの髪も、風にもわもわとなびいた。

「大丈夫みたいだな」

椀田は宮尾に言った。

犬わずらいになると、水や風を怖がるというのが、特有の不思議な症状なのだ。

「嚙まれたのはいつだ？」

宮尾が訊いた。

「ええと、五日前ですか」

「それだとまだわからないな」

犬わずらいは、嚙まれてからひと月以上経ってから、急に症状が出たりする。一年後に出たという話もあるらしい。そうなると、もう、どうやっても助からない。必ず死んでしまうという恐ろしい病なのだ。

「とりあえず、あと五、六日は、出歩いてはいかん」

と、椀田は命じた。

「はあ」

「飯の世話を頼める者はいるのか？」

「表の炭屋は、娘夫婦がやってますから」

「じゃあ、大丈夫だな」

「それにしても、あんなに世話をしてやったのに、あたしを噛むなんて、なんて恩知らずな馬鹿犬なんだか」

とめは、息巻いた。

すると、入口のすぐ外にいた町役人が、

「あれはたぶん、犬神《いぬがみ》の家のせいだよ」

と、言った。

「犬神の家？」

宮尾が振り向いて訊いた。

「そっちにある、お旗本のお屋敷なんですが、あそこに迷い込んだ犬は、出て来なかったり、頭がおかしくなっちまってるみたいなんです」

町役人は、怯えた顔で言った。

「それは、ほんとの話か？」

「おおっぴらには言えませんが」

と、町役人はうなずいた。

「気になるね」

宮尾は椀田に言った。

「ああ。見に行ってみるか」

町役人に案内され、宮尾、椀田、しめ、雨傘屋は、その〈犬神の家〉とやらに向かった。

「あそこです」

宮益町の通りからは、横に外れて二町（約二一八メートル）ほど行ったあたりである。

土塀に囲われた、武家屋敷があった。母屋は門からだいぶ入ったところにあるらしく、ここからはようすが窺えない。

だが、敷地のなかを渋谷川が流れ、さらにその向こうの丘にまで、屋敷の森は広がっているらしい。

「広いな」

と、椀田は言った。

「ええ。どうも向こうの村の庄屋だか、豪農だかと縁戚関係になったらしく、屋敷は三倍の大きさになったらしいです」

「ほう」

椀田は呆れたように、屋敷を眺めた。

すると、宮尾が、

「おい、これはなんでえ？」

と、声を上げた。

門の脇に、高さ五尺（約一・五メートル）ほどの、わりと大きな犬の像が置かれてある。片側にもう一つあり、こっちの口は閉じているが、向こうは開いている。

阿吽《あうん》というやつか。

「狛犬じゃないよな」

と、椀田が言った。

「違うよ。狛犬は犬と呼ぶけど犬じゃない。獅子に似た架空の生きものなんだ。これは、どう見ても、犬だろうよ」

「ほんとだ」

犬神の家は、門番も見当たらない。しばらく開閉すらされていないのか、わきのつる草が門の一部にからまっている。

向こう正面は西の空で、夕陽が落ちて行こうとしている。屋敷の森も真っ赤に染まり始めた。いつの間にか、カラスが何十羽と、真上の空を鳴きながら飛び回っている。

「やだねえ。気味が悪いよ」

しめが言った。

すると、屋敷のなかから、数十匹はいると思われる犬の遠吠えが聞こえてきた。

二

同じころ——。

根岸は夕飯のため、奉行所から、すぐ裏手の私邸のほうへもどっていた。

渋谷に行った宮尾と椀田は、まだもどっていない。

犬わずらいのことが気がかりだった。

根岸は、若いときの友だちを一人、犬わずらいで亡くしている。盟友である五郎《ごろ》蔵《ぞう》とも親しかった、魚の棒手振りをしていた安治《やすじ》という気のいい男だった。

犬が好きで、刺身にしたあとの魚の残りやアラなどを、よく近所の野良犬に与えていた。そのうちの一匹が犬わずらいに罹患していて、知らないで嚙まれてしまった。

それでもしばらくは元気で、ひと月以上、

「ちっと風邪ひいたみたいだ」

と言いながらも、根岸たちといっしょに遊んでいた。

ところが、次第に言うことがおかしくなり、寝ついてからは、水が飲めず、風に当たることを怯えるようになった。

「ああ、怖いよ、怖いよ。根岸、助けてくれ」

と、子どものようにしがみついてきたりもした。

安治は寝床でうなされ、最後は気が変になったみたいになり、亡くなってしまった。そのときは、犬わずらいとはわからず、熱病とか祟りだとか言う者もいた。うつるからと、看病を嫌がった者もいたが、根岸と五郎蔵は最後まで世話をしてやった。

「怖いよ、根岸。犬がずっと追いかけて来るんだ。目が真っ赤な、涎《よだれ》を垂らした犬だ。ああ、怖い。追い払ってくれ」

根岸はそう言っていた安治の顔が、忘れられない。

その後、町内で犬に嚙まれた者が何人か亡くなり、やはりあれは犬わずらいだということになったのだった。

——犬好きが、犬に嚙まれて死ぬ……。

それはひどく理不尽なことのように思えた。

犬わずらいは、江戸のあちこちで、数年に一度は流行する。この数年は、幸い、あまり話を聞かなかったが、また流行り出しているかもしれない。

犬わずらいは、犬好きとともに、子どもの犠牲者が多い。

流行は、なんとしても防がなければならない。

——ん？

気がつくと、私邸の庭で飼っている犬が、遠吠えをしている。あんなふうに鳴くのは、きわめて珍しい。

「どうした、小鬼《こおに》」

根岸は縁側に出て声をかけた。小鬼とは、根岸は名付けた覚えがないのだが、女中たちは皆、そう呼んでいる。

「うぉおお、うぉおお」

どこか、哀しみを感じさせる鳴きっぷりである。

「どうした、小鬼。大丈夫だ。そんなに鳴くでない」

ほかに鳴く犬はいるのかと、耳を澄ますが、鳴いているのは、根岸の愛犬だけだった。

第一章　狛犬変化

一

もうじき夜が明けるというころ、夜回り同心こと土久呂《どくろ》凶四郎《きようしろう》と相棒の源次《げんじ》は、芝の神明《しんめい》町の通りを歩いていた。初夏の明け方は、空気がしっとりしている。じめじめではない。程のよい、朝露のような湿りけである。

ここらは海風も吹いている。町が静かなので、かすかに波の音も聞こえる。

凶四郎と源次は、道端の犬に注意している。犬わずらいが出ていないかを見ているのだ。

何日か前に、渋谷で、飼い主を嚙んだ犬がいて、江戸の中心部に逃げたのだという。しめからの報告で、現場には、宮尾と椀田も向かった。夜回りに出る際、お奉行から、くれぐれも気をつけるように言われた。

病んだ犬は、ほぼ見た目でわかる。足元がふらふらし、涎《よだれ》を垂らし、いかにも狂暴そうな顔になっている。

それらしい犬がいれば、即座に斬って捨てるつもりである。可哀そうだが、子どもに噛みつくようなことがあったら大変である。

薄明るくなってきた東の空を見て、

「いまのところは大丈夫みたいですね」

と、源次が言った。

「まあな」

しかし、まだ、わからない。根岸は報告を受け、すぐに江戸中の番屋に通達を出した。夜じゅうかけて、赤坂、青山、麻布、飯倉、芝と、番屋に声をかけてきたが、どこもそれらしい犬は見ていないという。

——ん？

すたすたと、急ぎ足の足音がする。

浜松町のほうから男が駆けて来ていた。近づくにつれ、男の顔に見覚えがある。

「あ、土久呂さま」

「おめえは……」

「宮益町《みやますちょう》の番屋の番太郎です」

そうだった。あのあたりは滅多に回らないが、愛想のいい笑顔が記憶にあった。

ただ、今日は笑顔ではない。

「どうした？」

「人が殺されました。しかも、殺したのは犬かもしれません。首に噛まれた跡がありました」

「なんだって」

飼い主を噛んだ犬も、宮益町の犬だった。

「よし。おれたちはとりあえず、現場に向かう。あんたは、奉行所に伝えてくれ」

「わかりました」

凶四郎と源次は、渋谷宮益町へ急いだ。

夜が明けてきた。道々、どんどん夜が明けてくる。今日は、暑い日になりそうである。

宮益町の番屋の前には人だかりがあった。

凶四郎と源次の姿を見ると、

「もうお見えですか」

と、驚いた。

「芝で番太郎と会ったんだ。番太郎は奉行所まで報せに行ったよ」

「ご足労、恐れ入ります」

「遺体は？」

「そっちの八幡神社の境内なんです」

町役人が案内した。

宮益町の坂は、富士見《ふじみ》坂と宮益坂の二つの坂がつづくが、富士見坂を下りきったあたりを右に曲がってしばらく行くと、すでに野次馬が集まっているのが見えた。
三、四十人はいるだろう。
「こんな朝早くから、物見高いことだな」

凶四郎は皮肉っぽい口調で言った。

「なんせ、人殺しなんて、滅多にない町ですので」

町役人は恐縮して言った。

「ほら、どいた、どいた」

源次が野次馬を追い払うようにした。だが、わずかに避けただけで、誰も帰ろうとはしない。

江戸の端っこにある神社にしては、本殿はきれいだし、五十坪ほどの境内《けいだい》一面に白い玉砂利が敷かれて、なかなか立派なものである。

遺体はその境内の入り口にある狛犬の近くに倒れていた。

筵《むしろ》がかけられている。

凶四郎はしゃがみ、筵の端《はし》をゆっくり持ち上げた。

「ふうむ」

町人である。若くはない。四十は越えているだろう。

着物は乱れているが、もともとだらしなく着ていたのかもしれない。

「遺体を見つけたのは？」

凶四郎は、町役人に訊いた。

「あの女です」

町役人は嫌な顔で顎をしゃくった。

白い着物を着た女がいた。若くはない。三十半ばくらいか。手に藁人形と金槌《かなづち》、それと五徳《ごとく》も持っている。

「丑《うし》の刻《こく》参りをするところだったのかい？」

凶四郎は苦笑しながら訊いた。

「はい」

女は気まずそうにうなずいた。

「それで死体を見つけたんだ？」

「そうです」

「よく逃げなかったな」

ふつうは、そういうときは逃げてしらばくれる。

「そういうことをすると、神さまが願いを聞き届けてくれなくなるので」

「神さまは、人を呪い殺すなんて願いも、聞き届けてくれねえと思うぞ」

凶四郎がそう言うと、女は横のほうを見て、誰かを睨みつけた。

「なんだよ。恨むなんて筋違いだろうよ」

野次馬の一人が言った。色の生っ白い、まつ毛のくっきりした、なかなかの二枚目である。女が死んで欲しいと思っているのは、この男らしい。

凶四郎は、そうした男女のもめごとには干渉せず、

「ここへ来たのは丑《うし》の刻（午前二時）ごろか？」

と、訊いた。

「ええ」

「そのとき、この男はもう倒れていたんだな？」

「はい」

「なにか見かけなかったか？　人でも、犬でも？」

「いえ、誰も」

女は首を横に振った。

「それより旦那、ここを見てください」

町役人が、そんなことはいいからというように、遺体の首を横にしようとした。

「触るんじゃない！」

凶四郎は厳しい口調で言った。

「え？」

「犬わずらいだったら、傷に触っただけでうつるかもしれねえぞ」

それが本当かどうかはわからない。だが、いまは念には念を入れたほうがいいはずである。

「げっ」

町役人が、後ろに尻もちをつき、大勢の野次馬たちが、いっせいに後ろに下がった。

「源次。気をつけてな」

「へい」

源次が手ぬぐいをあてがうようにして、遺体の首をそっと持ち上げ、横に向けた。

「あーっ」

という野次馬の声が満ちた。

二

遺体の首に、がっぷりと嚙まれた跡があった。

人間の歯型ではない。深々と食い込まれている。だが、血はさほど噴き出していない。

「血が少ないですね」

と、源次が言った。

「そうだな」

「致命傷じゃなかったのでしょうか？」

「どうかな。牙《きば》が大事な筋でも断ち切ったのかもしれねえし」

「ははあ」

「あるいは、死因は別で、嚙み跡はあとでつけたのかもしれねえ」

「なるほど」

「ほら、ここ」

凶四郎は、遺体の後頭部を指し示した。

殴られたか、あるいはぶつけたかして、少し凹《へこ》んでいる。

「こっちが致命傷だったのかもな」

「殴られたんですね」

「まだ、わからねえけどな」

それから、懐のあたりをざっと触り、

「持ち物はなにもないな」

と、つぶやいて、

「誰か、昨夜、ここらで怪しい者を見かけたり、争うような声を聞いたりした者はいねえのかい？」

野次馬を見回して訊いた。

「……」

返事がない。

誰も見ていないのかと思ったとき、

「人は見かけませんでしたが、変なものは見ました」

若い、体格のいい男が言った。

「変なもの？」

「あっしは、子《ね》の刻（午前零時）近くになって、ここを通ったのですが、狛犬がふつうの犬の像に変わっていたんです」

「狛犬が犬の像に？」

「へえ」

「その狛犬がか?」

立ち上がって、両脇の狛犬を見た。

「いまはふつうの狛犬だがな」

「そうなんです。でも、たしかに見たんですよ」

すると、反対側にいた野次馬のなかからも、

「おれも見たよ」

という声がした。

髭だらけの、樵《きこり》のような風体の男である。

「子の刻にはなってなかったけど、山菜採りの帰りで遅くなって、ここを通ったとき、狛犬が犬になってたんだ。薄気味悪くて、走って逃げたけどね」

男は照れたように言った。

凶四郎は、狛犬がどうなっているか、押したりしてみた。台座の上に、十寸(約三〇センチ)くらいの狛犬の像が載っている。持ち上げようと思えば、できなくはない。が、代わりの犬の像など見当たらない。

「ふうむ」

妙な話である。

が、いまはそれよりも確かめたいことがある。

「この遺体を知ってる者はいるか？」

凶四郎は、もう一度、野次馬を見回した。

来たときより、十人くらい増えている。

「そいつは、たぶん、道玄坂町《どうげんざか》の坂の先のほうで、ももんじ屋をしてる常吉《つねきち》って男だと思いますよ」

五十過ぎの、天秤棒を持った男が言った。

ももんじ屋というのは、薬食《くすりぐ》いと称して、禁忌《きんき》とされている猪などの獣肉を食べさせる店である。東両国の〈ももんじや〉が有名だが、江戸近郊にはいくつもある。

すると、何人かが、

「ああ、そうだ」

「うん。あいつだ」

と、声を上げた。

道玄坂町というのは、宮益坂を降り切って、渋谷川を渡り、一町（約一〇九メートル）ほど行ったあたりの町並みである。

「家族はいるのか？」

いればすぐに報せてやるべきである。

「いや、独り者です」

天秤棒の男が言った。

すると、

「バチだな」

と、言った男がいた。

「バチ？　なんのバチだ？」

凶四郎は訊いた。

「いえね。こいつのところの肉は、猪の肉に、犬の肉が混じっているという噂があったんですよ」

いかにも、ももんじ屋に通っていそうな、若い男が言った。

「犬の肉が？」

「だから、バチが当たったんですよ」

若い男が自信ありげに言うと、

「そうだな。犬神さまに殺されたんじゃ」

と、天秤棒の男が言った。

「犬神さま？」

「そういう神さまがいると、子どものころから教えられたものですよ」

天秤棒の男の言葉に、野次馬の何人もがいっせいにうなずいたり、

「そうそう」

と、言ったりした。

「ほんとに、常吉は、犬の肉を食わせていたのか？」

凶四郎は、天秤棒の男に訊いた。

「あっしは、獣の肉なんか食いませんからわかりませんが、噂はありましたね」

「犬が捌《さば》かれるのを見たやつはいるのか？」

誰も答えない。

「ふうむ」

なんともけったいな、薄気味悪い話だった。

三

「ここは神主はいるよな？」

凶四郎は町役人に訊いた。

「ええ。呼びに行ってますが、まだ来ませんね。ま、ちっと、頼りないお人ですのでね」

町役人は、困ったような顔で言った。

「じゃあ、先にそのもんじ屋に行ってみるか？」

「そうですね」

凶四郎の言葉に源次がうなずいたとき、

「おう、土久呂、すまんな」

椀田豪蔵の大声がした。

宮尾玄四郎もいっしょである。

明け方、芝で出会った番太郎もいっしょだった。

「土久呂。ここはもういい。あんたは帰って寝たらいい。お奉行からも、おれたちに替わるよう言われてきた」

「そうか」

じっさい凶四郎は、疲れも出てきたし、眠けもやってきている。いつも夜回りばかりで、この時刻に起きていることは滅多にない。

「舟を使って帰って来いと、お奉行もおっしゃってたよ」

「そうか」

なんともありがたい申し出ではないか。舟でうとうとするのは、さぞかし気持ちいいことだろう。

それでも、いままでわかったことを、二人に丁寧に伝えた。

首の傷のこと。血が少ないこと。後頭部の凹みのこと。

持ち物はなかったこと。目撃者はいないこと。

「ただ、犬わずらいの疑いはあるから、くれぐれも気をつけてな」

と、凶四郎は二人に言った。

さらに、狛犬と犬の像のこと。

そして、遺体の身元と、犬の肉の噂について。

「神主はまだ来てないし、ももんじ屋には行こうとしていたところだった」

「よくわかった。あとは、まかせてくれ」

椀田はねぎらうように、凶四郎の肩を軽く叩いた。

「ああ、頼んだぜ」

凶四郎と源次は、もどりのための舟を探すのに、渋谷川のほうに降りて行った。

二人を見送って、

「さて、こうも野次馬にぞろぞろ来られては、足跡はすっかり消えちまっただろうしな」

椀田は、野次馬たちを見回しながら、大声で言った。
・巨漢《きょかん》同心の登場に、野次馬たちは恐れをなしたように、ぽつりぽつりと帰り始めた。

宮尾は、足跡に気をつけながら、玉砂利が敷かれた境内を見て回っていたが、

「争ったような跡はなさそうだな」

と、言った。

「うん」

「あ、旦那。神主が来ました」

向こうから、番太郎に連れられて、顔色の悪い五十くらいの男がやって来た。足取りはだいぶ覚束《おぼつか》ない。

「酔っ払ってるのか？」

「どうなんでしょう。酔ってても、酔ってなくても、ここんとこ、いつも、あんな感じなんですよ」

町役人が言った。

「住まいは？」

「広尾町に浅間神社がありましてね。そこと兼務してるんですよ。ただ、そっちでもあの神主を見つけるのを苦労してるみたいでしてね」

「なるほどな」

神主が近づいて来て、筵をかけられた遺体を見て、

「不浄《ふじょう》の者だ。早く片付けてくれ」

と、呂律《ろれつ》の回らない口調で言った。目が赤く、淀《よど》んでいる。

「おっと、まだ、調べることがあるんだ。このままにしといてくれ」

椀田が言った。

「あんたは？」

「南町奉行所の者だ」

「ここは寺社方《じしゃがた》の管轄だぞ」

急に偉そうになって言った。

「いいんだ。境内に入ってすぐのところは、町方が扱ってもかまわねえんだ」

椀田は適当なことを言った。どうせ、寺社方は手が足りないので、こんな江戸の端の神社の遺体は、町方に扱ってもらったほうが助かるのだ。

「遺体を見てくれ」

椀田が言った。

「わしは坊主じゃないので、こういうのはあまり見ないようにしてるんだ」

「氏子かもしれねえぞ」

「まったく、はた迷惑なやつだ」

神主は、嫌々というように、遺体をのぞき込むと、

「常吉じゃないか」

すぐにそう言った。

「知ってたのか？」

「ああ。道玄坂の上のほうで、ももんじ屋をやってる。獣の肉なんか食わせてるから、こういう死に方をするんだろうが」

神主は、顔をしかめて言った。

四

椀田と宮尾に少し遅れて、渋谷宮益町にやって来たのは、しめと雨傘屋だった。

今朝、早めに奉行所に行くとすぐ、根岸から、

「宮益町で、誰かが死んで、首に犬に嚙まれた跡があったらしいのだ」

と、伝えられた。

「宮益町でですか」

しめも、これには驚いた。

「土久呂が先に現場に行き、あとから椀田と宮尾を向かわせた。だが、人手が要りそうなので、しめさんと雨傘屋も助けてやってくれ」

「わかりました。やっぱり、犬わずらいでしょうか？」

「まだ、わからぬが、わしはいろいろ気がかりなことがあってな。しめさんも見て

きたという犬神の家のこともあるしな」

「はあ」

「死体のことは、椀田と宮尾がやるだろうが、しめさんたちには宮益町あたりの水面下で起きていることを探ってもらいたいな」

「水面下で起きていることといいますと？」

「この半年、一年のあいだで、なにか変わったことがあるやもしれぬ。町の連中の率直なところは、しめさんじゃないと探れないだろうからな」

「そりゃあもう」

なんだか、根岸にうまく乗せられたように、宮益町に来てしまった。

だが、根岸からも、

「犬わずらいには、くれぐれも気をつけてな」

とは言われている。

そこで、来る途中、麻布の雨傘屋の家に寄って、万全の防御をほどこしてきた。

ちょうど、なめした牛皮が何枚かあったので、これを二人の両脚の脛《すね》のところと左腕に巻きつけ、布でぐるぐる巻きに補強した。

「これなら、噛まれてもぜったい大丈夫ですよ」

と、雨傘屋は自信のほどを示したが、しかし、見映えが悪いうえに、歩きづらい。

なんだか、歩けるかかしみたいで、二人はその恰好を互いに笑い合った。

「これは、やりすぎじゃないかい？」

「しょうがないですよ。ちっとでも噛まれたら、あの世行きなんですから」

「土のなかに埋まっていれば、毒は抜けると聞いたがね」

「それはフグのときにも言いますが、迷信ですよ、親分」

案の定、宮益町の住人たちも、しめたちを見ると、露骨に噴き出す者もいる。

だが、犬わずらいを警戒していることは、すでにお触れが回っているので、わかっているのだ。そのため、棒を持ち歩いている男もいる。

「なにから探ります、親分？」

「まずは、とめ婆さんのようすを見ておこうか。今日になって、熱が出てきたりしてるかもしれないしね」

「わかりました」

二人は、とめ婆さんの家に向かった。

戸を開けると、いい匂いがする。

とめ婆さんは、うなぎの丼をうまそうに食っているところだった。

「おや、ずいぶんうまそうなのを食ってるじゃないの」

しめは、羨ましそうに言った。

「だって、犬わずらいでいつ死ぬかもわからないしね。食いたいものを食っておこうと思ってさ」

「ふうん」

「それに、うちの婿はケチで意地悪で、あたしに飯を届けてくれようとしないんだよ」

「そうなの」

だが、まるで元気そうで、飯の支度くらいは、充分、自分でできそうである。噛まれた跡も、ほとんどわからないくらいになっている。

「あの後、シロはもどって来てないかい？」

と、しめは訊いた。

「来てないね。あれも、もう、あたしのところに顔は出せないだろうしね」

「じゃあ、万が一、具合が悪くなってきたら、すぐに娘に言うんだよ。いいね」

しめは念押しして、表の炭屋のほうへ顔を出した。

炭屋も夏場はわりと暇に思えるが、二人は真っ黒になってたどんをつくっているところだった。

「おっかさんの具合はなんともなさそうだね」

しめが声をかけると、

「ありがとうございます」

と、婿は頭を下げたが、娘のほうは、

「あんなの大丈夫ですよ」

鼻で笑った。

「でも、犬わずらいは馬鹿にできないよ」

「どうなんですかね」

娘は、なにか思うところがあるらしい。

「もうちょっと、心配してやんなよ。あんたのおっかさんだろ?」

「いちおう」

「いちおうなの?」

「あんまり訊かないでください。おっかさんの悪口は言いたくないんで」

「ああ、わかったよ」

しめは引き下がることにした。それでも、なにか気になる。

外に出ると、

「喧嘩でもしたんですかね?」

雨傘屋が言った。

「そんなもんじゃないね。もっと根が深そうだよ」

「まぁ、じつの親子だから、皆が仲がいいとは限らないからね」

しめは、人生で学んだことを復習するように言った。しめの場合は、娘とは良好だが、息子とはなんじゃらかんじゃらとある。

「そりゃまあ、そうでしょうが」

「こういうことは他人に訊いたほうがよくわかるもんだよ」

そう言って、しめは通りを見やった。

炭屋の親子関係のことをよく知っていそうな人は誰か？　もし、あの娘がここらの生まれなら、同じ歳くらいの気の合う女友だちが知っている。

三軒先に、飯屋があり、女が暇そうに通りを眺めていた。

「あんたはここでしばらく待っておくれ」

と、雨傘屋に言って、しめは飯屋に近づいた。

「まったく弱っちまった」

しめは笑いながら、十手で肩を叩きながら、女に近づいた。

「それ、本物なんですか？」

女は目を瞠《みは》って訊いた。

「もちろんだよ。贋物《にせもの》の十手なんか持ち歩いていたら、たちまちお縄だよ」

「そうですよね」

「あたしはこう見えて、江戸でただ一人の女の岡っ引きなんだよ」

しめがそう言うと、女は憧れの表情を露わにした。

「凄い」

「凄いってよく言われるんだけど、苦労は多いんだよ」

「そうですよね。悪党と渡り合うんですもの」

「それも大変なんだけど、それよりも人の話を聞き出すってのが、なかなか大変なのさ」

「そうなんですね」

「こっちは、当人のため、町のためにやってても、人は自分の秘密を守るほうが大事みたいでさ」

しめはそう言って、いかにも疲れたふうにため息をつき、

「なんか、食欲はないけど、軽く食えるものってあるのかい?」

「だったら、ぶっかけ飯にします? しじみ汁をかけて」

「あ、いいね。持って来ておくれ」

しめは、いったん食べ始めたら、たまらなく美味に感じて、音を立ててすすりながら、

「ああ、お松《ま》っちゃん」

「うん。お松っちゃんは、なんでおっかさんと仲悪いんだろうね」

訊ねるような口調ではない。別に、たいして聞きたくもないんだけど、あんたが話したいなら聞いてやるよと、そういう口調である。

「だって、あそこのおっかさんは、わがままが過ぎるんですよ。婿苛めもひどいし」

「あら、そうなの」

「婿の竹蔵《たけぞう》さんは、お松っちゃんの亡くなったおとっつぁんだって気に入って婿にしたのに、おっかさんは、一度、旅役者とねんごろになりそうになったのを、竹蔵さんにたしなめられたら、それを根に持っちゃって、ひどいんですよ。ああして、隠居したみたいに裏で暮らしてるけど、店のお金はほとんど握ってて」

「そうなんだ」

しめも、こういう話になると、仕事ということを忘れ、本気で耳を傾ける。それは、話すほうにも気分がいいから、たいがいの相手は、知っていることは洗いざらい話してくれる。

まさに、しめ流の聞き込み術である。

炭屋はけっこう繁盛しているが、夫婦がいくら稼いでも、すべてあの母親のふと

ころに入ってしまう。それは、掛け取りに回るのは、とめ婆さんの役目だからとい
う。

そうした炭屋一家の経済について、あらかた話したあと、

「あれじゃあ、親子の仲も悪くなりますよね」

と、飯屋の女将はしみじみと言った。

「じゃあ、シロに嚙まれたのもバチが当たったのかね」

「そうに決まってますよ。だいたい、嚙んだシロだって、あのとめ婆さんは、ちっとも可愛がってなんかいなかったんですよ」

「そうなの？」

「番犬で飼ってたんだけど、それは竹蔵さんが、夜中に店の金を盗みに来るかもしれないからだって」

「ひどいね」

「ひどいですよ。それで、シロにだって、ろくろく餌もやらずに、叱ってばかりいて。可哀そうだから、あたしはずいぶん残飯あげたりしてましたよ」

「だったら、嚙まれたのも？」

「たぶん、逃げたのがまた、もどって来ちゃって、それで逃げたことを叱ったりしたんじゃないですか。だから、シロだって、つい嚙んでしまったんだと思います

よ」

「そうだったの」

「まるで、シロが犬わずらいみたいに言ってますが、あたしはそんなことはないと思いますよ」

「犬神の家のせいってことは？」

「あ、それはあるかもしれませんね」

飯屋の女将は、ふいに仕事を思い出したように、奥へと駆け込んで行った。

五

椀田と宮尾は、死んだ常吉がやっていたという道玄坂町のももんじ屋にやって来た。

坂を上り切ったこのあたりは、だいぶ町外れになって、家もまばらにしかない。

ももんじ屋は、ちょっと見には茶店のようで、屋根の上に、ぼろぼろになった〈山くじら〉という旗が掲げられている。

板戸は閉じられたままである。

こじあける前に、椀田は、斜め向かいにある、草鞋《わらじ》やろうそくを売る店に声をかけた。

「南町奉行所の者だがな」

「南町奉行所？」

「そこの常吉が死んだのは知っているか？」

「え？　常が？」

六十くらいのおやじが、奥からびっくりして飛び出して来た。

「宮益町の八幡神社の境内で倒れていた。首に犬に嚙まれたような跡があったが、それで死んだかどうかはわからない。もしかしたら、殺されたかもしれないし、あのへんには、バチが当たったと言う者もいる」

「そりゃあ、たまげた。大変だ。ちっと、近所に報せてきますんで」

おやじは、近所の家数軒に、常吉が死んだことを伝えてもどって来た。

「それで、ももんじ屋のなかを改めたいのでな」

「はい。そこの戸なんざ、カギもありませんよ」

椀田は、戸に手をかけると、かんたんに外してしまった。

「なるほどな」

と、椀田はつぶやいた。

いかにもももんじ屋らしい、簡素なつくりである。

八畳ほどの土間の真ん中に、囲炉裏があり、自在鉤《じざいかぎ》が下がっている。ここで、ぐつぐつ肉を煮て、周りの客に取り分けるのだろう。

調理場もかんたんなもので、水桶と、大きなまな板のほか、調理道具もいくつか置いてある。包丁というよりはナタのようなもので、ドスみたいな刃物もある。

「宮尾。そこの壺をのぞいてくれ」

椀田は、棚の上の、甕《かめ》といったほうがよさそうな壺を指差した。

「嫌だよ。あんたがのぞいてくれよ」

「別に、変なものは入ってないよ」

「梅干しじゃないのは確かだけどな」

「味噌だよ、味噌」

「味噌はそっちだろうよ」

と、宮尾は地面に置いてある樽を指差した。

「じゃあ、いいや」

「そうだよ」

とは言ったが、やはり気になる。

そこへ近所の連中が四人ほど集まって来た。

「なにか、わかりましたか？」

さっきのおやじが訊いた。

「そこの壺に、なにが入ってるのか、知ってるかい？」

椀田が訊いた。

「ああ。それは猪の肉の塩漬けですよ。新しいのが入らない日は、それを出すんです」

「だってさ、宮尾」

椀田も、のぞかずに済んで、ホッとしたらしい。

「宮益町じゃ、常吉は犬の肉を食わせてたから、犬神にバチを当てられたんだと言ってるのもいるんだよ」

「犬の肉？」

「ほんとに出してたかい？」

椀田が訊くと、

「いやあ、常吉は犬は可愛がっていましたよ。野良犬に、余った臓物なんかやったりしてましたから」

そう言ったのは、百姓らしき男である。

「犬じゃなく、猫じゃないですか。猫を食わせてたんですよ、きっと。だから、化け猫にやられたんでしょう」

遊び人ふうの男が言った。

「でも、首の嚙み跡は、犬の牙みたいだったぞ」

「化け猫はそれくらいのことはできるんですよ」

「猫を食わせていたのは見たのか？」

「いや、それは見てませんが」

いい加減な話である。

「でも、変なものは食わしていたかもしれませんね」

と、斜向かいの店のおやじが言った。

「なんで、そう思う？」

「向こうで鍛冶屋をしてる、又蔵と勝蔵って兄弟が、おやじがここで酒飲んでいるうち、変に惚けてきたって。ぜってえ変なものを食わしてるんだと怒ってましたよ」

「又蔵と勝蔵がな」

椀田は宮尾とうなずき合った。初めて、常吉を恨んでいそうな者の名前が出た。

むろん、後で訪ねてみるつもりである。

「それと、死体があった八幡神社の神主が、すぐに常吉だとわかったんだが、面識はあったのかな？」

「ああ、あそこの神主はたまにここに来てましたから」

と、斜向かいの店のおやじは言った。

「神主が、ここに？　薬食いに？」

「いやあ、さすがに神主は肉、食わねえでしょう」

「そうだよな」

「だが、知り合いだったみてえで、ちびちび酒は飲んでいましたよ」

「ふうむ」

それも変な話である。

つづいて、道玄坂を下り、通り沿いにある鍛冶屋を訪ねた。

「南町奉行所の者だがな」

と、椀田は十手を見せて、声をかけた。

鍛冶屋の兄弟は、刀を叩いていたが、その手を止め、一瞬、兄弟で顔を見合わせた。

「ここは刀も打つのかい？」

椀田が訊いた。

「いや、刃こぼれの修理を頼まれたんです。たいした刀じゃねえんで、あっしらに頼んだんでしょう」

「そうか。ところで、ももんじ屋の常吉のことを訊きてえんだがな」

「亡くなったそうですね」

と、兄貴らしいほうが言った。これは又蔵だろう。

「ほう、知ってたかい？」

「さっき宮益町に鍋を届けに行って聞いたんです。八幡神社で、犬に嚙まれて死んでたって」

「犬に嚙まれて死んだかどうかはわからねえんだ」

「じゃあ、犬神さまの祟りですね」

「それもわからねえ。ところで、あんたたちは、常吉を恨んでたって聞いたんだがな」

「恨んでたというのは大袈裟ですよ。ただ、うちのおやじに変な肉を食わさねえでくれって頼んだだけですよ」

弟の勝蔵が、慌てたように言った。

「おやじは、変になったんだって？」

「そうなんです」

「いま、いるのかい？」

「ええ」

庭でぼーっとしているというので、庭に回った。

なるほど、おやじはなにをするでもなく、木の根に腰をかけて、田んぼを眺めていた。まだ髪は黒く、量も多く、惚けるには早そうである。

「おやじさん。南町奉行所の同心さまが、話を聞きてえってさ」

又蔵がそう声をかけると、

「は?」

赤く淀んだ目を、こっちに向けた。

その顔は、八幡神社の神主の表情と、よく似ていた。

六

「もういっぺん、神主の話を聞きたいね」

と、宮尾が言った。

「神主が怪しいのか?」

「常吉になにかしたというより、あの神社が気になるんだよねえ。それと、犬神さまのことも」

宮尾は、ももんじ屋の柱を爪で掻きながら言った。ときどき、しぐさが妙に猫っぽくなる。

「じゃあ、行ってみるか」

と、また宮益町のほうにもどりかけたが、

「ちょっと待って」

宮尾が足を止めた。

「どうした？」

「直接、神主の話を聞く前に、ここらの年寄りの話を聞いておきたいな」

「なるほど」

町の住人に、ここらでいちばんの年寄りは誰かと訊くと、骨董屋の武蔵《たけぞう》さんが八十を越えているという。惚けていたりすると困るが、町では誰よりも物知りだというので、安心して骨董屋を訪ねた。

崩れてきそうな骨董の山のなかにいたのは、だいぶしなびてはいるが、活き活きしたまなざしの爺さんだった。

「いくつだい、爺さん？」

宮尾はいきなり歳を訊いた。

「年寄りに歳を訊くのは失礼だろうが。百から十二引いたら、いくつだよ」

八十八。たいした長生きである。

「南町奉行所の者なんだけどね」

宮尾が珍しく十手を見せると、

「ああ、鎌倉時代の十手がありますぜ」

惚けてはいないが、売るものはバッタものらしい。

「古墳時代の十手があるからいいよ。それより、ここらに犬神さまを拝んでる人は多いのかい？」

「ああ、多くはないが、いるな」

「あんたも？」

「へっ。神さまなんか信じてたら、骨董なんか売れるかよ」

ずいぶんなことを言う。が、こういう人間のほうが、言うことは信じられるのだ。

「そういう連中は、どこで拝むんだ？」

「以前は、犬神を祀る神社があったんだ」

「犬神を祀る神社？」

それは聞いたことがない。

「ここらの者は、真神《まかみ》さまと言ってたな。いま、八幡神社があるだろうが。あのあたりにあったのさ。犬の小屋みてえに小さい神社でな。それでもこの中渋谷村界隈に、氏子はけっこういたもんだよ」

「いつくらいまで？」

「二十四、五年くらい前かな」

「それが八幡さまに取って代わったのかい？」

「そうだよ」

「なんで？」

「そのころ、犬わずらいが流行ってな。犬が嫌われたのかな。おらあ、くだらねえ話だと思ってたので、詳しくは知らねえよ」

「じゃあ、神主なんかは？」

「前の神主はどっかに行っちまったな。いまのは、浅間神社と掛け持ちしてるとぼけた神主だわな」

「いろいろ、ありがとうよ」

「織田信長が使ってた十手もあるけどな」

「ああ。義経が使ってた十手があるからいいよ」


いったん番屋に立ち寄ると、しめと雨傘屋がいて、とめ婆さんを嚙んだシロは、犬わずらいなんかじゃなかったことを聞いた。

しめたちには、まだ、ここらの訊き込みをつづけるように頼んで、あの八幡神社にもどってきた。神主は、浅間神社のほうにもどってしまったらしい。

遺体はすでに片付けてある。こんな季節なので、今日中には焼き場に持って行かせることにしたのだ。

改めて神社を見回した。

本殿のほかに、境内の隅に祠《ほこら》がある。こちらは、だいぶ古びている。

「まさか、これが犬神さまか？」

観音扉を引くと、意外にかんたんに開いた。

「ほう」

意外になかは広い。宿の替わりにするほどではないが、子どもなら入り込めるだろう。

奥にはいろいろ飾りが置いてあるが、宮尾にはそれらの名前はわからない。

「ご神体があるだろう？」

後ろで椀田が訊いた。

「どれかな」

ご神体などといっても、ただの石ころだったりするので、ちょっと見には見当がつかない。

「なさそうだぞ」

「そんなことはないだろう。どれどれ」

と、今度は椀田がのぞいた。

「ないだろう？」

「そうだな。ん？　これは？」

椀田がつまんだのは、数本の毛である。白くて短い。

「狸でも入り込んだのかな」

と、椀田は言った。

「いや、狸にしちゃ白いだろう」

「犬の毛か？　犬がなかにいたのか？　ご神体の犬神さまか」

「そうかもしれないよ」

宮尾が面白そうに笑って、

「神主の話を訊きたいよな」

「じゃあ、浅間神社のほうに行くしかないわな」

つづいて宮益町からいくつか山を越え、渋谷広尾町の浅間神社に来た。

神主は本殿で、おみくじの文句を書いているところだった。

「訊きたいことがあってね」

宮尾が声をかけた。

「だったら、くじを引くといいんだがな」

「いや、占いじゃなく、答えが訊きたいんだ」

「ここは寺社方の管轄だぞ」

また、それを持ち出した。

「南の根岸さまは、寺社奉行の脇坂淡路守《わきさかあわじのかみ》さまと親しいんだぜ」

「……なにかな？」

神主の顔は、朝、八幡神社で見たときより、はっきり見えている。あのときは、薄靄《うすもや》がかかったような顔つきだった。

「境内に小さな祠があるよな？」

「うむ、あるな」

「あれはなんの祠だ？」

「真神さまだよ」

「やっぱり、あれが真神さまか。いまも拝む人はいるのかい？」

「いる。死んだ常吉も、ときどき拝んでいたみたいだ」

「そうなのか」

それは意外だった。

「では、ご神体ってのはあるのかい？」

宮尾はさらに訊いた。

「ご神体は、確か真神さまの牙だったはずだな」

「牙だってさ」

宮尾は驚いたように椀田を見た。

七

翌日の夕方――。

南町奉行の根岸肥前守が渋谷宮益町にやって来た。

何年か前まで、この辺りには「よいしょの久助」と呼ばれた、幇間《ほうかん》をしながら岡っ引きもするという変わり種が住んでいた。根岸が南町奉行に就任したばかりのころは、難しい調べにずいぶん尽力してくれたものだった。その久助は、幇間の仕事が忙しくなり、いまは日本橋の近くに住まいを移している。

この前、たまたま宴席で顔を合わせると、

「近ごろ、お手伝いができなくて、申し訳ありません」

と、恐縮していた。

「そりゃあ、捕物なんかより、お座敷のほうが面白いもの。しょうがないな」

厭味ではなくそう言うと、

「それがそうでもありませんで」

と、久助は言っていた。幇間の苦労もわからないではない。

根岸がここに来る前、しめを呼んで、

「すまぬが、宮益町と道玄坂町に、わしの評判を大袈裟に吹聴しておいてくれぬか」

と、頼んでおいた。

しめにこういうことを頼むと、湯屋の壁に千枚の引札《ひきふだ》（広告）を貼ったくらいの効果がある。

根岸の顔を見ると、住人たちが、

「あれが噂の赤鬼奉行だ」

「どんな嘘も通用しねえってよ」

「だいたい顔を見ただけで、下手人かどうかわかるってんだから」

「それでも、お裁きは人情あふれるものらしいぜ」

などと言いかわす声が聞こえてくる。

まるで、七福神のうちの一神が降臨したかのような騒ぎである。

昨夜――。

宮尾や椀田、そしてしめたちから、根岸は詳しい報告を受けていた。宮尾は、今度の騒ぎの背後には、真神さまというのがあるらしいと、薄々は察知したらしいが、

「真神というのは、狼のことだよ。古くからある信仰さ」

そう言うと驚いていた。さらに、

「常吉の死因もだいたいわかった」

と言うと、宮尾だけでなく、ほかの三人も仰天していた。

根岸が宮益町の番屋に入ると、すでに道玄坂町の鍛冶屋の兄弟である又蔵と勝蔵が土間でかしこまっていた。二人の顔は青ざめ、

「南町奉行の根岸だ」

と、名乗っただけで、ぶるぶると震え出していた。

根岸は上がり口に腰をかけ、町役人が差し出した茶を一口すすって、

「ほう。そなたたちは、ももんじ屋の常吉の死について、なにか知っているらしいな」

そう言うと、

「殺すつもりなんて、これっぱかしもなかったんです」

と、又蔵が言った。

「うむ。わしもそうだと思っていたよ」

「ははっ」

「この世には、予期せぬ事故というものはいっぱいある。ま、正直に話してみよ」

「あれのももんじ屋に、うちのおとっつぁんが通い出してから、妙にぼんやりしてきたんで、大方、ろくでもねえ獣の肉を食わしているにちげえねえと、これと相談したんです」

又蔵は、脇にいる勝蔵を顎でしゃくった。

「それで?」

「常吉に訊いてもしらばくれるばかりなので、だったらちっと脅かしてやろうと思ったんです」

「常吉の信心を利用しようとしたんだな?」

「ええ。常吉は、毎月八の日に、八幡さまの境内にある真神さまってえのを拝んでいることは知ってましたので」

「それで先回りしたわけか」

「へえ」

「それで、ちょうど白い犬がうろうろしてましたので、そいつを捕まえて、真神さまの祠に押し込んどいたんでさあ」

「そうだろうと思ったよ」

「常吉の野郎が来て、拝み出したら、けしかけて飛び出させようとしたんですが、野郎が入って来るとすぐ飛び出しまして」

「それで仰天して、後ろにひっくり返ったわけだ」

根岸がそう言うと、後ろで聞いていた宮尾たちが、大きくうなずいた。

「野郎は、後ろの狛犬に頭をぶつけて、動かなくなっちまいまして。どうやら、おっ死んでしまったみたいで」

又蔵はそう言うと、肩を震わせながら泣き始めた。わきで勝蔵のほうも、鼻水をすすり上げている。

「そのとき、狛犬は見なかったか？」

「狛犬？」

又蔵は、不思議そうに根岸を見た。

「そのとき、狛犬は犬の像に替わっていたはずだがな」

「それは気がつきませんでした」

「そうか。まあ、狛犬をいちいち確かめたりもせんだろうからな。それで、まだ、なにかしただろう？」

「はい。これは、野郎が真神さまの罰が当たったことにしようと思いまして、祠のなかにあった牙を、野郎の首にぐっと押しつけまして」

「嚙まれて死んだと装ったわけだな」

「あいすみません」

又蔵が這いつくばると、勝蔵も同じようにした。

「そういうわけだな」

根岸は周囲を見回し、茶をもう一口すすった。

「では、お奉行。狛犬が犬の像に替わっていたというのは？」

と、椀田が訊いた。

「それは、誰か別の者がしたのだろうな。又蔵たちが来る前か、そのあとだったかはわからぬがな」

「常吉の遺体を見つけたのは、丑の刻参りの女だったのですが、その女はなにも言っていませんでした」

「では、その前だったのだろう。いずれにせよ、境内には誰かほかにいたのだろうが、それはまあ、別の話だわな」

「はあ」

椀田は、まだなにか引っかかっているらしい。

「さて、又蔵と勝蔵。そなたたちが常吉を驚かそうとした気持ちはわからぬでもない。したが、少々やり過ぎたな。しばらく、奉行所の牢に入って、頭を冷やすことだな」

「ははっ」

又蔵と勝蔵は、なにかに踏まれたように、土間へ這いつくばったのだった。

第二章　妖談すねこすり

一

土久呂凶四郎と相棒の源次は、今夜からしばらく、渋谷、青山、千駄ヶ谷のあたりを歩くことになった。

町方の管轄は町人地だから、ふだんはどうしても、浅草、上野、神田、日本橋、芝、さらに深川といったあたりの夜回りをすることが多い。

渋谷、青山、千駄ヶ谷界隈は、武家地が多く、原宿村、穏田《おんでん》村、上渋谷村、中渋谷村などの農地が混じり合う。町人地は、それらの一部に離れ小島のように点在しているといったふうである。

なにゆえに、このあたりを歩くことになったかというと、根岸肥前守から、

「どうも気になることがあってな。しばらくは、あのあたりの異変に気をつけてく

れ」

と、命じられたからである。

「犬わずらいのことですか？」

と、凶四郎が訊ねると、

「その心配は、もうない。ただ、犬が関わるような珍事には耳を澄ましてくれ」

とも言われた。

そんなわけで、いまは青山久保町界隈を歩いている。

「町の噂、とくに怪かしについての噂は、どこで訊くのがいちばんだと思う？」

凶四郎は歩きながら、源次に訊いた。

「そりゃあ、湯屋か、女髪結いのところでしょう。うちのおふくろも、近所の噂はほとんどその二つで仕入れてくるみたいです。ただ、この刻限じゃあ……」

と、源次は周囲を見回した。

すでに亥の刻（夜十時）に近い。湯屋は閉まっているし、女髪結いのほうも、いまどきの営業ははばかっているはずである。そもそもが、幕府は贅沢だとして、女髪結いに厳しい。

「やってないと思うわな。だが、明日は赤坂の神社で祭りがあるんだ。祭りの前になると、女は髪を結い直したくなるものなんだぜ」

凶四郎はそう言いながら、道の端に寄った。

「よう。ここって、髪結い臭いと思わないか?」

凶四郎は、源次に訊いた。

間口二間(約三・六メートル)ほどの店構えで、看板は掲げていない。板戸も閉まっている。だが、隙間からろうそくの明かりが洩れている。

「臭いですね」

「男じゃないな」

源次は、外にかすかに洩れてくる匂いを嗅いで、

「ええ。女の髪油の匂いです」

「よし」

凶四郎はうなずき、戸をこぶしで叩いた。

「ちっと開けてくれ。町方だが、商いを咎めようというのじゃねえ。ここらで怪しが出てるって聞いたんだ」

まもなく、わきの小窓が開いて、

「あのね、旦那。今年三十になった女が、明日、八年間、恋い焦がれてきた男と、久しぶりに会うの。そのための髪を結ってあげてんの」

顔を出した髪結いの女が怒ったように言った。

「そいつはおおごとだ。せいぜいきれいにしてやってくれ」

「それで、用は？」

「うん。この界隈で、おかしなことが起きてるって話は聞いてないかい？　怪かしが出てるとかさ。あんたたちなら、そういう噂が必ず入って来るだろう？」

「おかしなこと？」

女髪結いは横を見た。そっちに客がいるのだろう。

その客がなにか言った。

女髪結いがうなずいて、

「ああ。すねこすりが出たって聞きましたね」

「すねこすり？」

「あたしも詳しくは知らないんですよ。その裏手に、古着屋がやっている飲み屋がありますから、そっちに行ってみてくださいな」

と、人差し指をミミズが悶絶するみたいにくねくねさせた。

「まだ、やってるかい？」

「そこは朝までやってますよ」

「助かった。明日の出会いがうまくいくように祈ってるって伝えてくれ」

二人は、曲げた指先が向けられたほうへ、足を向けた。

「そこですね」

源次が言った。

小さな寺の真向かいで、畑地のなかに一列だけ並んだ町並にある一軒である。間口は三間（約五・四メートル）ほど。やけに開けっぴろげで、戸はすべて外され、明るいなかは丸見えになっている。

「ああ。こんなところなのに、ずいぶん繁盛してるみたいだな」

入口に、蚊帳の一面みたいなものが下がっている。蚊だの蛾だのの来店を、お断わりするためのものだろう。

なかでは七、八人の男女が、酔って大声で話している。

「すまんな」

凶四郎が声をかけると、こっちを見た男女が、いっせいにギョッとなった。

「町方の旦那で？」

奥にいたあるじがこっちに来て訊いた。

「ああ。ちと、すねこすりのことで訊きたくてな」

「すねこすりのことで？」

「ほかの悪事にはいっさい目をつむるよ」

「悪いことなんか、なにもやってませんよ」

「とりあえず入れてくれ」

そう言うと、あるじは蚊帳の一面を持ち上げ、

「早く入ってくださいよ」

と、うながした。

二

源次とともに入った凶四郎は、なかを見回して、

「へえ」

と、感心した。

独特の雰囲気がある飲み屋である。

右も左も奥も、壁一面に古着がぶら下がっている。元の壁がまったく見えないくらいである。着物は、男もの女ものに、子どものものもあって、色とりどりである。だが、同じ色の着物が並ばないよう、気をつけているのではないか。見た感じが、いかにも極彩色の洪水というふうで、それがまた紅葉時の山でも見るみたいにきれいなのである。

「青山にこんなこじゃれた店があったとは驚きだな」

凶四郎がそう言うと、

「あら、青山が田舎だっておっしゃるんですか？」

酒の燗をつけていた女将がムッとしたらしい。

「違うか？」

「ええ、そりゃあ田舎よ。ド田舎よ」

「日本橋や両国あたりに出したら、もっと流行るんじゃないか？」

「お断わりよ、あたしらはここが好きなんだから。そうよね？」

女将は客に向かって訊くと、皆、いっせいにうなずいた。

「それはすまなかった」

「ねえ、旦那。外で話すときは同心さまですが、このなかに入ったら、単なる客の一人ですからね」

「なるほど」

「客ならまず、やることがありますよね？」

「あ、そうか。酒をもらうか。なあ、源次」

「ええ、いただきます」

源次は嬉しそうにうなずいた。

「じゃあ、二本、燗をつけてくれ」

江戸では、夏も燗をつけて飲むのがほとんどである。

「肴は鍋から適当に取ってくださいな」

女将は、真ん中に置いた大きな鍋を指差した。

「わかった」

源次が鍋から皿に、なにかの切り身のようなものを二つ取って、凶四郎と自分のあいだに置いた。燗のついた酒を、ゆっくりすすり、酒の肴を口に入れた。

嚙み心地が魚とは違う気がする。

「ここは、ももんじ屋か？」

と、凶四郎は訊いた。

「獣の肉も、たまに入ります。そして、運の悪い人がそれをつまみます」

女将がそう言うと、ほかの客たちが嬉しそうに笑った。

「いや、これは獣肉じゃねえ。鯨ですよ」

と、源次が言った。

「まあ、こちらの親分、口が肥えてらっしゃる。ご明察。今日、鯨の肉が入ったんで、入れてみたんですよ」

「いや、どっちにしてもうまいね」

目を細めながら、凶四郎は言った。

仕事を忘れて、ゆっくり飲みたい気分である。

「それで、旦那。先ほどなんとか言ってましたね？」

あるじが訊いた。

「そうだ、すねこすりだ」

「すねこすり？　なんですか、それは？　すねかじりなら、うちにもいますけどね」

客で、五十くらいの男が言った。

「おれはよく、すねさわりって言われますよ」

別の四十くらいの客が手を伸ばして、わきにいた三十前後の女の客のすねのあたりを撫で、

「なにすんの！」

と、頭を叩かれた。

「すねかじりでも、すねさわりでもねえ。すねこすり。知らねえかい？」

凶四郎は客を見回した。

「いや、聞きました。それが出たって言ってるのがいました」

正面にいた若い男が言った。

「ほう。誰が言ってたんだ？」

「そっちに住んでる学者の左門《さもん》先生って人です」

若い男がそう言うと、

「ああ、そういえば言ってたわね。あの先生、いつもわけのわかんないこと言うから、適当に聞いてたけど、そっちの水車小屋のところに出たんだってね」

女将がそう言った。

源次がお猪口《ちょこ》を置いて、取り出した手帖に、「左門先生」と「水車小屋」と書きつけた。

「その左門先生とやらは、今日は来てねえのかい？」

凶四郎が訊いた。

「そろそろ来るころですが、まだですね」

と、女将が外を見ながら言った。

「あたしは、おりんさんから聞いたよ。すねこすりにやられたって」

と、さっきすねを触られた女が言った。

「おりんさん？　このへんの住人かい？」

「そう。元吉原の売れっ子花魁《おいらん》で、年季が明ける前にお金持ちに落籍されて、そっちにこじゃれた家を建ててもらって住んでるの」

「ほう」

「でも、おりんさんは、家のなかで遭ったって言ってた」

女がそう言うと、

「家のなか？　すねこすりじゃねえんじゃないの？」

それまで黙っていた二十歳くらいの若者が言った。

「すねこすりじゃなきゃ、なんなの？」

「夜這いの手」

「じゃあ、あんたかい？」

「馬鹿言っちゃいけねえ。おれはそんなことしねえよ」

若者はムッとして言った。

「おりんさんてえのは、ここに来るかい？」

凶四郎は女将に訊いた。

「おりんさんは、たまにしか来ないね。おちいちゃん、その話、ここで訊いたの？」

「ううん。おりんさんとこ。ほら、あたし、洗濯とか掃除をやってあげてるから」

「そうだったね。おりんさんは、売れっ子の花魁だったたから、掃除だの洗濯なんてのはしないいんだよね」

女将がそう言うと、

「そりゃあ、おれが旦那でも、あんな別嬪《べっぴん》には、手を汚させたくないもの」

若い男はニヤニヤしながら言った。

「じゃあ、あたしはいいわけね？」

「おちいちゃんには、うちの厠の掃除も頼みたいよ」

「馬鹿野郎。おめえ、自分で金隠し舐めとけ」

おちいの毒舌で、ひとしきり店内に笑い声が満ちたあと、

「薬屋の角蔵《かくぞう》も遭ったたって言ってたぜ」

と、遠いほうから声がした。

向こうの縁台に、酔って寝ていたらしい浪人者が起き上がって言った。

「そうなんで？　斎藤さんはどこで訊いたんです？」

女将が訊いた。

「今朝だよ。魚《うお》の目が痛むんで、なんか薬はないかって訊きに行ったとき、そんなことを言ってたよ。あいつの畑があるだろう、薬草を植えている。そこで遭ったんだとさ」

「へえ」

「すねこすりに遭うと、死んでしまうかもしれねえって、やけに怯えていたけどな」

「その角蔵はここへ来るかい？」

凶四郎がまた女将に訊いた。

「しょっちゅう来ますが、今日はまだですね」

「そうか」

せっかく三人も、すねこすりに遭っているのだから、一人くらいは直接、話を聞いてみたい。

だが、この晩は、明け方近くまでこの店にいて、左門先生と角蔵の家には行ってみたりもしたのだが、結局、誰とも会うことはできなかった。

三

土久呂凶四郎が明け六つ（午前六時）過ぎに源次とも別れ、一人、奉行所にもどって来ると、根岸は朝食を取りながら、宮尾玄四郎と打ち合わせをしているところだった。どうやら、宮尾が重大な報告をしたみたいな雰囲気で、

「やはり、あの男だったのか」

と、根岸が眉根に皺を寄せて言った。

「ただ、周辺の者はほとんど姿を見ていないそうです」

「なるほど」

「どういう御仁なのです、犬飼欣之助《いぬかいきんのすけ》というのは？」

宮尾が訊いた。

だが根岸は、

「それはいずれ話す。まずはご苦労だった」

と、宮尾の報告を終わらせ、

「なにかあったか、土久呂?」

凶四郎のほうを向いた。

「ええ。じつは」

と、青山の飲み屋で聞いた話をすると、

「ほう。すねこすりがな」

根岸は、ひどく興味をそそられたような顔をした。

「お奉行はご存じなので?」

「うむ。名前だけはな」

「足のあいだをくぐって行くと言っていたそうですが」

「そうらしい。出るのは雨の夜が多いらしいがな」

「そうなので」

あの店の連中は、別に雨が降っていたとは言っていなかった。では、すねこすりではなかったのか。

「すうっと、すねをこすられた感触がして、周囲を見てもなにもいないらしい。その感触はなんとも気味が悪いものらしいな」

と、根岸は言った。

「へえ」

「そう言ってなかったか？」

「直接は話を聞いていないんですよ。いちおう家も訪ねたんですが、夜中で応答もありませんでした」

「そうか」

「薬屋の角蔵というのは、すねこすりに遭ったので、自分はもう死んでしまうと怯えてたらしいのですが」

「一部では、そういう話もあるみたいだがな。まあ、そんなことはあるまい」

「今晩、もういっぺん行ってみます」

と、凶四郎は言った。

「うむ。青山久保町なら、渋谷宮益町からも遠くない。昼のうちは、しめさんと雨傘屋にも動いておいてもらおう」

「わかりました」

凶四郎はうなずき、根岸にとっては朝飯だが、自分には夜食のようなお膳に取りかかった。

めざしと沢庵漬けで、早々と朝飯を済ませた根岸は、宮尾玄四郎と椀田豪蔵を伴に、八丁堀越中橋前にある元老中松平定信《まつだいらさだのぶ》の屋敷を訪ねることにした。今日の白洲の裁きも入っているが、その前に、急いで定信と会っておきたかったのである。

火急の要件ということで、面会を許可してもらったが、

「なんだ、根岸。こんなに早く。わしの悪事でも見つけたのか？」

と、定信の機嫌はよろしくない。

そもそも定信は朝が遅く、起きたばかりで、ちょうどいま、朝の食事に取りかかろうというところだったらしい。だが、機嫌どころではない話がある。

「御前。犬飼欣之助という名を覚えておられますか？」

と、根岸は訊いた。

定信は、思い切り顔をしかめ、

「嫌な名が出てきたな。忘れようがあるまい」

「そうですよね」

「なぜ、その名が出てきた？」

「じつは渋谷の宮益町で、犬わずらいが出たのではという騒ぎがありまして」

「それはまずいな」

「幸い、犬わずらいではなかったようなのですが、その近くに、犬神の家と呼ばれ

る屋敷があったのです。持ち主は旗本だということで、もしかしてと気になって調べましたところ、心配は当たってしまいました。持ち主は犬飼欣之助でした。下屋敷として、十数年前に購入したそうです」

「なんと」

「真神信仰も健在です。まだ、信者もいるみたいです」

「ふうむ」

「しかも、周囲には犬が関わるような騒ぎもぽつりぽつりと起きています」

「そうか。だが、いま思えば、犬飼の言っていたことは、まんざら間違いではなかったような気もするがな」

「御前。そういうふうにお考えになると」

根岸はたしなめるような口調で言った。

「わかっておる。いまさら、あれの言うことを信じたりはせぬ」

「なにとぞ」

「それだけか？」

「いまのところは」

「朝飯をいっしょにどうだ？」

「すでに済ませましたが……」

見ると、一汁二菜の根岸の膳と違って、膳が二つ出ている。根岸の膳になかったのは、鮭の切り身、かまぼこ、卵焼き、海苔、わさび漬け、西瓜《すいか》一片などである。見ただけで、腹が減ってしまう。

「どうせめざしと沢庵漬けくらいしか食べてないのだろう」

「よくおわかりで」

飯は質素なものにしていたほうが、身体の調子もいいことは、つねづね実感している。ただ、たまには血肉になるような魚や軍鶏《しゃも》などを、しっかり食いたい気がするときもある。今日もそうらしい。

「滋養を取らねばいい仕事もできぬ。食べていけ」

「よろしければ、椀田と宮尾にも」

「うむ。支度をさせる」

「では、馳走になります」

この朝、根岸は二度、朝飯を食べてしまった。

四

与力から手渡された根岸からの伝言を持って、しめと雨傘屋は、青山久保町にやって来た。それには、

「青山久保町に出没するすねこすりを探ってくれ」

とあり、これまでに摑んだ手がかりも記してあった。

夏が燃え上がりつつある。今日は暑い一日になりそうだった。

伝言にも書いてあった、古着屋がやっているという飲み屋は、まだ戸が閉まったままである。

それで、先に番屋を訪ねることにした。

「そっちに古着屋がやっている飲み屋があるよね？」

しめは番太郎に訊いた。

番太郎は、しめが腰に差している十手を、ちらちら見やっている。本物なのか、信じられないでいるようすが面白いので、しめはわざとなにも言わない。

「ええ、あります。亀八とおみねの店でしょ」

「昨夜、定町回りの土久呂さまが、そこで、すねこすりという妖怪の話を聞いたそうなんだよ」

「ああ、はい。土久呂さまが来ていたのは知っています。すねこすりも、ぽつぽつと噂になってました」

「ちっと詳しく調べたいんだよ」

「どうやって調べるので？」

「まずは、すねこすりに遭ったという当人たちの話を聞きたいよね」

そう言って、左門先生、おりん、角蔵の三人の名を告げた。

「ああ。じゃあ、ご案内します」

まずは、左門先生とやらの家に向かった。

通りから少し奥に入ったところにある、古びた一軒家である。

「左門先生！」

番太郎が戸を叩きながら呼んだ。

だが、なかではコトリとも音がしない。

「いねえみたいですね」

土久呂が訪ねたときもいなかったのだ。

「どこか行くところはあるのかい？」

しめが訊いた。

「ときどきいなくなりますよ」

「いなくなる？」

「どこかに調べものをしに行くみたいです。学者のやることだからね。あっしにはわかりませんよ」

番太郎はいかにも、あたしは馬鹿でございという顔をして言った。

「じゃあ、帰りを待っててもしょうがないから、先生がすねこすりに遭ったという、水車小屋のあたりまで案内してもらおうかね」

「わかりました」

家の裏手が、ゆるい坂になっていて、下りきったところに、小川が流れ、小さな水車小屋があった。

古くて、さほど大きくはない水車だが、水が多いせいか、ぎいぎい音を立てながらも、いい具合に回っている。小屋の戸は開いていて、杵も動いていない。いまはとくに、水車を使う理由はないのだろう。

のどか、というより、ちょっと薄気味悪い感じがするのは、人はまるで見当たらないのに、水車だけがくるくる回っているからだろう。

「いかにも出そうなところですね」

と、雨傘屋が言った。

「おどかすんじゃないよ」

しめは怒った。怖いと、しめはなぜか怒りたくなる。

「三人のほかにも、すねこすりを見たってのはいるんですけどね」

番太郎が言った。

「見たって？」

「ええ。犬に似ていたのが、人のそばをすうっと通ったたって」

「だったら、ふつうに犬が通っただけじゃないの?」

しめはなじるように言った。

どうもこの手の話は、騒ぎに便乗した冗談まで出回るから、ややこしくなってしまうのだ。


次に、吉原の花魁だったというおりんの家に来た。

おりんは家のなかで見たというのだ。

家の前に立って、

「ずいぶん洒落た家だね」

と、しめは感心して言った。

小さな二階建てだが、瓦葺きで、生垣の門から玄関まで、敷石と植栽が上手に整えられていた。

ぐるっと一回りする。

五十坪くらいの敷地だろうが、ちゃんと庭もついている。

しめは門を開け、玄関口で戸を叩き、声をかけた。

「おりんさん。開けとくれ」

返事はない。

「おりんさん、いないのかい？」

大きな声を上げると、前の団子屋の女房が出て来て、

「おりんさん、しばらく留守するってよ」

と、言った。

「どこかに行くって言ってたかい？」

「なんにも言ってなかったけど、ときどき箱根に湯治に行ってたから、今度もそうじゃないのかね」

「湯治ねえ」

と、そこへ、なんとなくだらしない恰好の、三十がらみの女がやって来た。

「よう、おちい」

番太郎が声をかけ、

「この家の掃除や洗濯を頼まれている女ですよ」

と、しめと雨傘屋に言った。

「町方の人たちですか？」

おちいが訊いた。

「そうだよ」

しめは十手をかざすようにした。

「え？　女岡っ引きなんですか？　あたしもなりたい」

「なりたいと言ってなれる仕事じゃないよ。それより、掃除や洗濯を頼まれてるんだったら、なかに入れるんだろ？」

「駄目です。こっちはなかから閂《かんぬき》を下ろしてますし、裏口は錠前がついてますから」

「そうなんだ」

しめが落胆すると、雨傘屋が、

「だったら、家の造りを教えてくれ」

と、頼み、話を聞きながら、おおまかな見取り図を描き上げた。

それを見ながら、

「どこですねこすりに遭ったんだろう？」

しめが訊いた。

「階段のところって言ってました」

「階段の途中？」

「二階から降りて来たところで、すうっとすねを撫でられたって」

「へえ」

階段は、家のいちばん奥にある。

「おりんてえのは、どういう人なの？」

しめはさらに訊いた。

「そりゃあ、きれいな人ですよ。色が真っ白でね。見てると、顔の向こうが透けて見えるんじゃないかって思うくらいですよ。それで、口のわきに一つだけホクロがあって、それがまた色っぽいんですよ」

「いくつくらいなの？」

「二十四だって。年季が明けるのにまだ六年あったけど、旦那がぽんと落籍してくれたそうですよ」

「へえ。その旦那ってのは？」

「それが不思議なんですが、見たことないんですよ」

「そうなの」

「たぶん、ほとんど来ないんじゃないですか？」

「わざわざ落籍したのに？ それはないだろ。売れっ子の花魁なんて落籍したら、あんた、ウン百両じゃきかないかもしれないよ」

しめは、鼻の穴をふくらませ、憤然とした調子で言った。

「ですよね。そういえば、左門先生は、あれの旦那は商人じゃなくて、お大名か、大身のお旗本みたいだと言ってましたっけ」

「左門先生が？　なんでそんなことを？」

「なんでも、一度、おりんさんの家に上がり込んで話をしたことがあったんだそうですが、床の間に立派な刀が置いてあったんですって。あたしが掃除や洗濯に行ったときは、刀なんか見たことないんですけどね」

「ふうん」

「そのとき、二階にいたのかもしれないって」

それは重要な証言ではないか。

「おりんの生まれはどこなんだろうね？」

しめが訊いた。

「ここらだそうですよ。でも、誰もおりんさんの親兄弟を知らないんです。考えたら、変な話ですよね」

「変だよ」

「そうそう、去年の秋、ここの庭にひな菊がいっぱい咲いたんですが、それは種を蒔いたからだったんです。なんでも、吉原にいたときの名前が、ひな菊だったそうですよ」

「吉原にいたときのことなんか、忘れたいんじゃないのかね」

「そうですよね。でも、そのときは、そんなに嫌そうには言ってなかったですけどね」

「へえ」

しめは首をかしげた。どうも、おりんというのは、奇妙な女らしい。

次に、薬屋の角蔵の家に向かった。

角蔵は長屋住まいだが、ここも留守になっている。

戸を開けて、なかをのぞいたが、商売道具らしい薬箱は置いたままになっている。

「商売で出たんじゃないんだ？」

しめは雨傘屋を見た。

「どこか、遊郭にでもしけこんだのかもしれませんね」

「でも、こいつはひどく怯えていたらしいよ」

「気になりますね」

と、雨傘屋は言った。

角蔵はすねこすりとは畑で遭ったのだという。

その畑は、長屋のすぐ裏にあった。

「ここが角蔵の畑ですよ」

と、番太郎は言った。

「角蔵の畑って、自分のものなのかい？」

「ええ。あれはここの者で、畑は先祖伝来なんでしょう」

「自分は長屋に住んでるのに？」

「百姓はやりたくないってことですかね」

土地は三百坪ほどか。

いろんな薬草や野菜が植わっている。手入れが悪いのか、区分けもはっきりしておらず、いろんな作物が入り混じっている。花も咲いている。

雨傘屋は、その雑然とした畑のなかに入って行き、屈み込んで作物を眺めたりしていたが、

「親分、ちょっと来てください」

「どうしたい？」

しめは、遠くから訊いた。暑苦しい草だらけの畑になど入りたくない。

「麻の葉があるんです」

「それがどうかしたのかい？」

「この葉っぱを乾かして、煙草みたいに吸うと、頭が変になるんです」

「そうなのか？」

やはり、行かないわけにはいかず、仕方なく畑に入った。番太郎もあとをついて

来る。

「これかい？　ほんとに、頭が変になりそうな葉っぱだね」

しめが麻の葉を指で叩いて言った。

「それと、これ」

雨傘屋は、すでに盛りを過ぎて、枯れ始めた草むらを指差した。

「これはケシの花が咲いて、枯れた跡ですよ」

「ケシ？　まさか、阿片かい？」

「ええ。ここを見てくださいよ」

雨傘屋が指を近づけたのは、茎が丸くふくらんだようなものである。

「これに傷をつけ、出てきた汁を乾かすと、阿片の粉になるんです」

「やってたんだ？」

「自分でやってたか、売り物にしていたか、わかりませんけどね。ただ、これくらいだと、たいした量にはならないと思いますが」

「角蔵ってのは、とんでもないね」

しめはそう言って、番太郎を見た。

「あっしはなにも知りませんよ」

「まさか、三人とも、行方がわからなくなったなんてことはないよね？」

しめは番太郎に言った。

「そうなんですか?」

「すねこすりに遭ったからかも」

「……」

番太郎は、薄気味悪そうに肩をすくめるだけである。

五

しめと雨傘屋は、とりあえずこれまでわかったことを根岸に報告しようと、夕方くらいに南町奉行所にもどって来た。

昼夜が逆転している土久呂凶四郎が、ちょうど起きて朝飯を済ませたばかりで、根岸といっしょにしめたちの報告を聞いた。

「なるほど。いなくなったのは、いずれも一癖ありそうな連中じゃのう」

と、根岸はうなずき、

「とくに、おりんというのは気になるのう」

「どういう女なのか、吉原の番所の者にでも訊きますか?」

凶四郎が言った。

「いや、肝心なことは番所じゃわからんのさ」

「吉原に詳しい者というと？」

「かつては版元の蔦屋重三郎《つたやじゅうざぶろう》に訊けばたいがいのことはわかったが、すでに亡くなったしな。誰かおらぬかな……」

　と、根岸は首をかしげ、

「なんだ、吉原のことなら五郎蔵に訊けばいい」

　ぽんと手を打った。

「あの舟運業の五郎蔵さんですか？」

「そうさ。あいつはずいぶん稼いでいるわりには質素な暮らしをしているだろう」

「そういえば」

　裏長屋みたいなところに住んで、船頭たちといっしょに寝起きを共にしている。

「あれは、稼ぎのほとんどを吉原で使っているからなんだ」

「そうなんですか。そんなふうには見えませんが」

「うむ。若いときに、初恋の女を病で失ってな。以来、嫁は取らないと決めたのだ。変な男だからな」

　たぶん五郎蔵に訊けば、「根岸は変なやつだからな」と言うのだろう。

「では、五郎蔵さんに訊いてから、青山へ行ってみます」

源次が来るのを待って、凶四郎はいっしょに鉄砲洲の五郎蔵の住まい兼仕事場に向かった。改めて五郎蔵の住まいを見ると、江戸の舟運を束ねている人物にしては、信じられないほど質素な住まいである。

「吉原のことは、五郎蔵さんに訊ねろと、お奉行から言われまして」

と、凶四郎が切り出すと、

「まったく、しょうがねえやつだな」

と苦笑して、

「誰のことが知りたいんだ？」

「何年前かはわからないのですが、年季を六年残して落籍された、おりんという女のことです」

「おりん？　本名を言われてもな」

「吉原では、ひな菊と名乗っていたみたいです」

「ひな菊か。高麗屋の妓だった」

「ご存じですか？」

「肌の色が、透けるくらいに真っ白で」

「あ、そうです」

「知ってるよ。あれは、いい女だった」

遠くのほうに目をやり、それから煙草に火をつけた。

「そうなんですか」

「だが、変わった花魁だったぜ」

「どんなふうに？」

「なかなか床を共にしねえ」

「大夫みたいですね」

と、凶四郎は言った。

わきで、源次が不思議そうな顔をした。百年くらい前の吉原ならともかく、いまは大夫と呼ばれる花魁は、いても名ばかりで、かつてのように権勢を誇るようなことはなくなっているはずなのだ。大名の誘いも相手にしないなどというのは、もはや伝説に過ぎないのではないか。

「それで、こっちもムキになって、口説きに口説くと、では一度だけと」

五郎蔵は、ニヤリと笑った。

「へえ」

「だが、床上手じゃねえよ」

「そうなので」

「なんか、獣とじゃれ合うみたいなことになるんだ」

「どういうことです」

「嚙むんだよ」

「嚙む？」

「それで、あちきも嚙んでと言うんだ」

「どうも、それは」

不思議な痴態ではないか。聞いてる凶四郎が照れてしまう。

「馬鹿馬鹿しくて、こっちも二度とは呼ばないわな」

「なるほど」

「あの妓は、金に困って売られてきたとかいうんじゃねえんだ」

「どういうことです？」

「たぶん、自分で来たんだよ」

「自分で？」

吉原はみかけこそ派手だが、なかで働く妓にしたら、苦界でしかない。そこに自ら進んで身を落とすなどということは、まず考えられない。

「金はいらないから、ここで働かせてくれと来たんじゃねえかな」

「そんなことってあるんですか」

「あるんだろうな」

いろんな人間がいるのだという見方は、根岸と五郎蔵に共通するものである。

「いま、落籍されて青山久保町にいるんです」

と、凶四郎は言った。

「そんなとこに？」

「落籍したのは、お大名か、大身の旗本じゃないかという噂も」

「なるほどな。そうかもしれねえよ」

と、五郎蔵はうなずいた。


五郎蔵のところから舟を出してもらい、凶四郎と源次は、麻布一之橋のたもとから青山久保町へやって来た。

すでに日は暮れている。

番屋に顔を出すと、いなくなった三人はまだ誰ももどって来ていないという。

「どうなさいます？」

番太郎が訊いた。

「しょうがねえな。家探しでもするか」

と、凶四郎は言った。

「それはまずくないですか？」

「命の危険が考えられたってことにしようよ」

「命の危険……」

番太郎は、あとで責められることを恐れているらしい。

まずは、左門先生の家に来た。

「左門というのは、名字かい？　名前かい？」

凶四郎は番太郎に訊いた。

「さあ。左門先生としか呼んだことがないんですよ」

「家族はいないのかい？」

「いないです。つねづね、女嫌いだとか、おれの女房は学問だなんて言ってましたが」

「なんの学問をしてたんだ？」

「よくわからないんですが、大昔の研究だとは言ってました。そのために、いろんなとこへ行っては、地面を掘り返したりしているんだとか」

「ふうん。この家の主は？」

「ここは左門先生の家ですよ」

「そうなのか。じゃあ、もともとここの生まれなのか？」

「いや、左門先生は、奥州の生まれとは言ってましたね」

「奥州？」

「芭蕉庵桃青《ばしようあんとうせい》って人の書物に、わしの故郷が出て来るとは言ってましたが」

「へえ、芭蕉の書物にね」

凶四郎は、今宵は川柳の句会があったことを思い出した。残念だが、欠席せざるを得ない。

なにげなく戸に手をかけ、寄りかかるようにすると、

「あら、開いた」

凶四郎はしらばくれた調子で言った。

「開けたんじゃないですか？」

「自然に開いたんだよ」

持っていた提灯で、なかを照らした。

この家は平屋造りで、手前が八畳間、奥が六畳間らしいが、両方の部屋の壁を本が埋め尽くしている。

「上がらしてもらうか？」

凶四郎は源次に言った。

「そうしましょうよ」

番太郎は外にいて、自分は関わらなかったことにするらしい。

本しかない家である。台所に鍋釜のたぐいもなければ、着るものもほとんどない。おそらく飯は三食とも外で済ませ、一枚の着物を裏表で着るような暮らしだったのだろう。凶四郎も一時期は、それに近いことをしていた。

書架をざっと見て、

「先生は、蘭語もできたみたいだぜ」

「へえ、たいしたもんですね」

「ここらは、蘭書ばかりだ」

かなりの数である。

「医術もやったんですかね？」

源次がいくつか本をめくりながら訊いた。

「どうだろうな。まあ、やっていても不思議はないわな」

天体学や天文学の本も並んでいる。

お奉行のところにある本もいくつかある。

隣の部屋に行っていた源次が、ふいに、

「うわっ」

と、びっくりしたような声を上げた。

「どうした？」

「これを見てください」

源次が指差しているのは、六畳間の押入れのなかだった。

「ほう」

凶四郎は思わず刀に手をかけた。

真っ白い巨大な犬がいた。

身構えていて、いまにも跳びかかってきそうである。だが、ぴくりともしない。

もちろん剝製である。

「これが犬か？」

育った猪ほどの大きさがある。こんな大きな犬は見たことがない。

「しかも、尻尾は狐みたいですぜ」

「狐と犬の掛け合わせかよ」

しばらくは呆然と、この犬に見入ってしまった。


薬屋の角蔵とは、五十人町にいる安藤甲斎という医者が親しくしていたと聞いて、その安藤甲斎に会いに行った。

夜四つ（午後十時）を過ぎていたが、甲斎はまだ起きていて、薬研《やげん》で生薬を砕いているところだった。もう六十は過ぎているみたいだが、仕事熱心な医者らしい。

「角蔵というのはどんな男だった？」

と、凶四郎は訊いた。

「でたらめの薬は売ってなかったな」

「でたらめの薬というと？」

「そこらに生えているヨモギだのドクダミだの柿の葉だの乾かして、砕いたやつに、適当な効能書をくっつけて売るわけさ。ま、どれもそれなりに効き目はあるから、まったくのでたらめとも言えないが、本来の薬は組み合わせが大事だからな」

「なるほど」

「角蔵はある程度の薬の知識は持っているみたいだったよ」

「あいつの畑を見たことはありますか？」

「いや」

「ケシの花と、麻の葉がありました」

「……」

「なにか薬用に使えますか？」

「使えるが、角蔵あたりでは無理だな。わしも、うっかり使えば、その人間を治すどころか、駄目にしてしまうかもしれない。やたらに使ってはいけないものだよ」

だが、角蔵はすでに、使っているかもしれない。

子の刻（午前零時）近くなって、凶四郎と源次は古着屋兼飲み屋の、亀八とおみねの店にやって来た。

今宵も常連客で繁盛している。見覚えのない客も二人ほどいる。

「旦那。昼間は、女親分がいろいろ訊いて回っていたみたいですね」

女将のおみねが言った。

「ああ、あの人はしめさんというんだが、女だと馬鹿にできねえぜ。手柄の数じゃ、そこらの親分たちはまず叶わねえよ」

「そうなの。見た目じゃわからないものね」

「しめさんとは話したんだ？」

「ううん。まだ早かったから、窓開けて、そっとのぞいただけ。どう見ても、捕り物より、ぬかみそかき回しているほうが似合ってるわよね」

「……」

しめにはとても言えない。

凶四郎は今日も酒をもらい、鍋からうまそうなところをすくった。

源次も、ここの酒と肴は気に入ったらしい。

「それより、すねこすりのことは、なにかわかりました？」

おみねはさらに訊いた。

「わかるわけねえだろうよ。当人たちとは、まだ会えてないんだから」

「ですよね」

「すねこすりに遭ったら、なぜ、いなくなったのか？」

凶四郎がつぶやくと、

「ほんと、不思議ね」

おみねは調子を合わせる。

「すねこすりは、なにかの合図とか伝言のようなものだったのか？」

「まあ、合図ですって」

「でも、いなくなった三人は、どれも変な人たちなんだよなあ」

「そうですか？」

「ああ。一癖も二癖もあるやつばかりだ。それとも……」

「それとも、なんです？」

凶四郎は言葉を区切り、一口酒を飲んで、

「この店に通う客は、皆、変なやつばかりなのかもな」

そう言って見回すと、目を逸《そ》らす者、俯《うつむ》く者、仲間同士で見つめ合う者……。

そんなようすを見て、

――ここじゃ深酒は禁物だな。

凶四郎は頭の隅でそう思っている。

六

一方――。

根岸への報告を済ませたあと、しめと雨傘屋は神田の家にもどって来たが、そばをおごるというしめに、

「あっしは、やりたいことがあるので、残り飯に汁をかけて食いますので」

雨傘屋はそう言って、しめの家の隣にある母屋の隠居部屋に入ってしまった。隣はしめの息子がやっている筆屋で、雨傘屋はその一室を間借りしているのだ。

そば屋でしめは、天ぷらの盛り合わせを肴に一本だけ酒を飲み、それから大盛りのざるそばを平らげ、腹一杯になって雨傘屋の部屋をのぞいてみると、

「あんた、なにやってんだい？」

気味悪そうな顔で訊いた。

雨傘屋は、たぶん六尺ふんどしだったと思われる薄汚れた木綿のきれを、細く長く切っているところで、

「いや、まあ、ちょっと」

と、生返事をした。

「ははあ。すねこすりが、仕掛けでやれるか試そうってんだろう?」

「よく、わかりましたね」

「あんたのやることは、最近、なんだってわかるよ」

しめはそう言って、上がり口に腰をかけた。

「そうですか」

雨傘屋は返事をしながらも、手は休めない。

「あんたにかかっちゃ、奇妙なできごとは、ぜんぶ、なにかの仕掛けになっちまうんだよねえ」

「いや、ぜんぶはなりませんよ。あっしにも、どうにもわからないできごとはいっぱいありますから」

「でも、すねこすりはやれそうなんだろ?」

「そうですね」

と言って、細くしたきれを自分のすねのところで、すうっと引いた。

「ふうむ」

首をかしげた。

「それかい？」

「こんなんじゃ、薄気味悪い感じにはならないでしょうね」

と、雨傘屋は、ほかのきれを取り出した。ブドウを煮詰めたような色の艶やかなきれである。

「ねえ、それって絹なんじゃないの？」

「ええ」

「高くなかったかい？」

「家にあったのを持って来たんですよ。おやじが、花魁にでもあげようと思ってたのかもしれませんね」

「絹、裂くのかい？」

「ええ。この幅じゃあ、こすり過ぎになりますからね」

「もったいないよ」

「そんなこと言ってられないでしょう」

びりびりと、引き裂いた。

「あーあ」

しめは、自分の着物の裾でも破られたみたいな声を上げた。

「これでこすってみますよ。あ、いい感じだ」

雨傘屋は立って、この絹のきれに、もっと細く切った木綿のきれを結び、畳の上に置いた。

「親分、そこに立ってもらえますか?」

「ああ、いいよ」

「ゆっくり歩いてください」

「こうかい」

「ええ。それで、こうしますよ」

しめはすでに、木綿の紐のほうまで来ている。そこで、木綿の紐を強く引くと、絹の部分が波打つようにしめのすねを撫でた。

「きゃあ」

しめは、悲鳴をあげた。

「これを、夜とか夕暮れどきにやられたら?」

「ああ、まさしく、すねこすりだね」

刻限は夜五つ半ほど(夜九時ごろ)。

もう遅いが、しめと雨傘屋は、やはりこの発見を根岸に見てもらうことにした。

これで、すねこすりの謎の半分は解けた。あとは、なぜ、三人はいなくなったかである。

奉行所裏の私邸のほうを訪ねると、根岸は晩飯を済ませ、ふたたび奉行所のほうにもどったという。たぶん溜まった報告書でも読んでいるのだろう。

「だったら……」

と、雨傘屋は悪戯っけを起こした。

暗がりに絹のきれ端と、それを結んだ木綿の紐を仕掛け、若い女中が台所から外のほうに出て来たところで、すうっと引くと、

「きゃあ」

大声を上げた。

「どうした、どうした？」

近くにいた宮尾玄四郎がそばに来て、訊いた。

「いま、変な感触がしたのです」

「変なって？」

「わかりません。なにかがこのすねのところを通り過ぎたみたいなんです。小鬼、そこらにいませんよね？」

「あっちだろ」

「小鬼がくぐったのかとも思ったけど」

「それって、妖怪すねこすりじゃないのか」

宮尾が真面目な顔でそう言うと、

「やあだぁ」

女中は泣きそうになった。

雨傘屋が慌てて飛び出し、

「ごめん、ごめん。ふざけただけなんだ。じつは、これ」

と、種明かしをした。

「まあ、面白い」

泣きそうになった女中が、たちまち機嫌を直し、今度は自分も試すと言い張って、表のほうからもどって来た女中頭のお貞《さだ》を引っかけた。

「ぎゃああ」

ふだん、若い女中たちを厳しく躾けている厳格な女中頭にしては、あられもないほどの悲鳴を上げた。

「なにを騒いでおる？」

ちょうどもどって来たらしい根岸が訊いた。

「じつは、これ」

雨傘屋が仕掛けを説明すると、

「なるほど。それがすねこすりだわな」

と、納得した。さらに、自らも試して、

「ほう。これは薄気味悪いのう」

そこへ、松平定信が突如、訪ねて来たものだから、根岸は喜び、

「よし。これで御前を」

と、定信まで引っかけた。

「うわっ、うわっ」

輝くばかりの白い着物で着飾った元老中が、両足をばたばたさせて怖がるようすに、根岸から女中一同にいたるまで、必死で笑いをこらえつづけたのだった。

七

その数日後――。

奉行所の門が開くとすぐ、青山久保町の番屋から、

「角蔵がもどりました」

という報告が来て、椀田と宮尾が駆けつけた。この日も朝から暑く、奉行所から青山まで駆けると、汗は夕立ちのようである。身体のどこかで雷が鳴りかねない。

「どこだ？」

番屋に飛び込むと、町役人が、

「いまは家にいます。ただ、どうもようすがおかしいんです」

「どんなふうに？」

「まるで話が通じねえんです」

「ふうむ」

とりあえず水を三杯ずつもらい、汗を拭いてから長屋に向かうと、角蔵はこの暑いのに蒲団を敷いて横になっていた。

想像していたよりも若い。まだ二十代ではないか。疲れているみたいだが、肌には艶があり、顔色も悪くはない。

「南町奉行所の椀田だ」

椀田は十手をかざした。

「……」

澄んだ目だが、ぼんやりした視線で見返すだけである。

「どこへ行っていた？」

「……」

「すねこすりに遭ったそうだな？」

「……」

黙ったまま、こくりとうなずいた。

「具合でも悪いのか？」

「そうかもしれません」

かすかな声で答えた。

「近所に医者は？」

椀田は番太郎に訊いた。

「向こうの五十人町にいる安藤甲斎さんは、角蔵のこともよく知ってますが」

「呼んで来てくれ」

医者が来るまで、椀田と宮尾は入口のところで立ったまま待った。角蔵は目を閉じているが、眠っているようには見えない。

安藤甲斎が来て、角蔵を診《み》た。脈を取ったり、口を開かせて舌を見たり、腹を押したりしていたが、

「とくに悪いところはなさそうですね」

と、椀田に言い、番太郎には、

「飯は食ったのかな？」

と、訊いた。

「どうですかね」

「飯を食わせてみよう」

飯と汁に、豆腐と漬け物の膳が用意された。

これをうまそうに食う。

「どうだい、うまいかな？」

安藤甲斎が訊いた。

「うまいです」

「腹が減っていたのではないか？」

「そうですね」

少しはっきりしてきたようなので、椀田が訊くことにした。

「あんた、いままでどこへ行っていた？」

「真神さまのところへ」

「真神さま？　どこか、神社か？」

「いいえ。真神さまにお会いしてきたのです」

「どこで？」

「……さあ、そこは」

箸を動かすのを止めて、しばらく考えるが、首を横に振った。わからないらしい。

とぼけているようにも見えない。

「なぜ、会いに行ったのだ？」

「呼ばれたのだと思います、真神さまに」

「すねこすりと関係はあるか？」

と、宮尾が訊いた。

「あ、そうです。それは、真神さまに呼ばれたのです」

「すねこすりに遭うと、真神さまに呼ばれたことになるんだな？」

宮尾は念押しした。

「そうです」

「ほかに誰かいたか？」

宮尾はさらに訊いた。

「ええ、何人も」

「おりんは？」

「いたと思います」

「左門先生は？」

「ええ」

「ほかにもいたのだな？」

「ええ」

「何人くらい？」

「ずいぶん、いました。三十人、いやもっと」

「そんなに」

宮尾は椀田を見て、

「なんだろうな？」

と、言った。

どこかでなにかの会合のようなことがおこなわれたのか？　宮尾の想像では、とても楽しい和気藹々《あいあい》とした会合には思えなかった。

八

――あれはまだ、田沼意次《たぬまおきつぐ》が権勢を誇っていたころだった……。

根岸は思い出していた。

かつて、江戸の一部で熱狂的に犬神信仰が流行ったのである。

そのころ、ちょうど犬わずらいも流行った。

何人もの子どもが、狂犬に襲われて死んだ。

武士の子も死んだ。

犬わずらいが、犬神信仰のきっかけになったのではなかったか。

──おたかが病んだのもあのころだった……。

根岸の人生のなかでも、もっともつらい時期のひとつだった。

端《はた》から見たら、当時の根岸を羨む者も多かったかもしれない。

すでに勘定吟味役になっていた。幕府の勘定方の、事実上の責任者といっていい地位である。町の悪たれ小僧が、幸運が重なって、根岸家の御家人株を買い、そこから異例の出世を遂げたのである。

だが、どこかで無理を重ねていたのだ。十年、いや数年に一度、根岸は悩みを抱え、武士になったことすら後悔したりした。

このころは、多忙が重なり、勘定方としての正義が見えなくなり、家はおたかという頼みの綱が頼りにできなくなった。

ちょうどそんなとき、あの犬神信仰の騒ぎに巻き込まれたのだった。

──そうだ、そうだ。きっかけは、犬わずらいだったのだ……。

とある武士の家に狂犬が現われ、家じゅうが震え上がった。

そのとき、どっからともなく気品のある犬が現われ、狂犬を一噛みで殺し、去って行った。まさに神獣のように。

それは、犬飼欣之助が言うところの真神さまに違いないという噂が広がった。

真神さまは、犬飼家に伝えられた信仰だった。

真神の使いは、狼である。

犬飼欣之助は、教えのようなことを説き始めていた。

神獣である狼は、しばしば信者の危機を救うだけでなく、やがてこの世に大きな変革をもたらすであろうと。

悪をむさぼる者は、真神の使いによって、噛み殺されていくだろうと。

この信仰が、田沼によって冷や飯を食わされていた大名、旗本たちのあいだに、ひそかに、だが狂信的に広まっていった。

犬飼家から真神さまを勧請《かんじょう》し、屋敷に祠を建てる者も少なくなかった。

――そう。その、もっとも熱烈な信者の一人となったのが……。

田沼意次によって、田安家から奥州白河藩へ追いやられた松平定信だった。

第三章　犬の首

一

しめと雨傘屋は、中渋谷村界隈へとやって来た。

朝方は曇っていて、今日こそは降り出すかと思われたが、雲はすぐに消え、きれいでもあまり見たくない、美人の馬鹿笑いのような青空が広がった。それでも、このあたりに来ると、江戸の中心地よりはずいぶん涼しく感じられる。

今日も一日、この界隈でなにか起きていないか、探って回る予定である。

渋谷川を見下ろす坂に立ち、川向こうにまで広がる広大な屋敷を指差して、

「やっぱり、いなくなったおりんと左門先生がいるのは、あの犬神の家なんじゃないのかね」

と、しめは言った。

「そうとしか考えられませんよね。どう見ても怪しいし」

雨傘屋はうなずいた。

「ほんとは犬飼家だったんだねえ」

今日の朝、根岸肥前守は土久呂と、椀田、宮尾、そしてしめと雨傘屋に、犬神の家にいる旗本について一通りのことを伝えた。あるじはかつて、真神信仰というものを流行らせたことがあったとも。ただ、松平定信まで信者になったことは、当人の名誉を考慮して伏せておいた。

「石高も根岸さまの何倍もあるらしいですね」

「知行は七千五百石とかおっしゃってたね。お大名並みだよ。そのくせ役目がないってんだから、暇でしょうがないんだよ」

「親分、屋敷の周りを一回りしてみましょうよ」

と、雨傘屋が言い出した。

「大丈夫かね。なにされるか、わかんないんじゃないの」

「なあに、親分の十手と、あっしのこれがあれば、大丈夫でしょう」

雨傘屋は、つくったばかりの武器を見せた。見た目は一本の細い筒だが、これをひねって振ると、たちまち長さ一間半（約二・七三メートル）ほどの鉄の細い棒になり、これで足でも叩かれた日には、痛みでひっくり返るほどなのだ。

つくったはいいが、まだ試したことがないので、使ってみたくてしょうがないらしい。

「じゃあ、あたしはあんたから少し離れて、外側を回るからね」

そう言って、歩き出した。

犬飼家の正門は、渋谷川の手前にあり、そこから土塀が取り巻いている。なかはまったく窺うことができない。ただ、塀の外からも、この屋敷のなかが巨木の生い茂る広大な森になっているのがわかった。

こういう森には、なにが棲息しているかわからない。熊だの、一間（約一・八メートル）もありそうなヘビだのが、うろうろしていそうである。ただ、ときおり犬の声は聞こえている。

二町（約二一八メートル）ほど歩いたあたりで、土塀が竹垣に変わった。竹垣はさほど高くないので、なかを窺うことができる。畑だの藁葺き屋根の小屋だのがあったりして、どうも農家のように見える。だが、武家屋敷とは、とくに境はないみたいだった。

農家はかなりの豪農らしい。立派な門まである。村の庄屋でもしているのだろう。ちょうどなかから貧しげな農夫が出て来たので、

「この家の人かい？」

と、しめは声をかけた。

「違う、違う。おらは、小作人だよ」

「ここはたいした豪農みたいだが、庄屋さんかい？」

「庄屋はしてねえが、庄屋より土地は持ってるよ」

「向こうのお旗本の屋敷とは、くっついてるみたいに見えるんだけどね」

「ああ。くっついているようなもんだわな」

「なんで？」

「おらも詳しいことは知らねえけど、旦那の娘が、そっちの殿さまの嫁になったもんで、いっしょのようなものになったみてえだ」

「そうなの」

「あの屋敷だって、最初は小せえ屋敷だったのが、四、五年前に土地をやって、建て増しまでしてやったんだ」

「へえ」

「いっぺんだけ殿さまを見たことがあるが、舞台から降りて来たみたいないい男でな。嫁はふつうの土臭い娘だから、似合わねえったらありゃしねえ。あんたのほうが、まださまになるよ」

「あら」

しめは急に、しなをつくった。

「おっと、余計な話をすると、怒られるでな。おらから聞いたのはないしょにしてくれ」

小作人はこそこそといなくなってしまった。

内神田の町内を半周したくらいの距離を歩いて、ふたたび渋谷川を膝まくりして渡り、最初に歩き出したあたりまで来たとき、

「なんだい、これは？」

しめは道祖神みたいなものを見つけた。

高さ一尺（約〇・三メートル）ほどの自然石のわきに、小さい卒塔婆《そとば》みたいなものが立てられ、〈犬の首を祀る〉と書いてある。

「へえ。犬の首塚ですね」

雨傘屋が言った。

「なんだい、犬の首塚って」

「さあ」

「気味が悪いね」

「やっぱり犬の首が埋まってるんでしょうね」

「やめとくれよ」

「では、胴体はどこにあるんでしょう」

「知るもんかい」

「やっぱり、犬が切腹でもしたんですかね？」

「そんなものあるか」

しめは怒って言った。

よく見ると、自然石は、犬の首にも見えてくる。

「でも、そんなに古くはないみたいだね」

「ええ」

ちょうど籠を背負った近所の者らしい男が通りかかったので、

「これって、昔からあるのかい？」

と、しめが声をかけた。

「ああ、できたばかりだね。おらが気づいたのは、ひと月くらい前だったかね」

「どういうわれなんだい？」

「なんだか犬がご主人に吠えて、あんまりうるさいので怒って首を刎《は》ねたら、その首が飛んで、そこの木の上にいた大きなヘビに嚙みついたんだそうだよ」

指差したところには、大きなクスノキが枝を広げている。

「それで、自分に吠えていると思ったのは、ヘビがいると注意を促していたからだったのかと悟って、犬の供養のため、これを造ったたって話なんだがね」

男は、昔話でもする調子で言った。

「ほんとにそんなことがあったのかい？」

「なかったら、こんなもの造んねえだろう」

「ふうん」

奇妙な話である。

ほかに何人か訊いてみたが、犬の首塚は知っていても、本当にそんなことがあったかどうかは知らないとのことだった。

宮益町の飯屋で昼飯を食べ、神社の境内で休んだあと、渋谷穏田村沿いに青山久保町まで訊き込みをしながら歩いた。

夕方になって、青山久保町の番屋に、土久呂凶四郎と源次がやって来た。

犬の首塚についても伝え、「お奉行さまにはあたしのほうから話しておくから」として、交代することになった。

やっと風が出てきて、暑い一日の終わりが近づいていた。

二

しかし、凶四郎と源次の一日は、始まったばかりである。

青山久保町の番屋で町役人と話したあと、左門先生とおりんの家を回ったが、どちらもどったようすはない。おりんの家のなかは見てみたいが、さすがにカギが掛かった家をこじ開けるわけにはいかない。

次に角蔵の家に行くと、留守である。

近所の者に訊くと、夕方、どこかに出て行ったとのことだった。足取りはわりとしっかりしていたらしい。

暗くなってきた。

「しょうがねえ。あそこの飲み屋に行くか」

と、凶四郎は言った。

「気に入ったみたいですね」

「まあな。いい雰囲気だろうよ」

「そうなんですよね」

「あれが奉行所の近くにあったら、ずいぶん利用していただろうな。ただ、なにか引っかかるんだな」

「でしょうね。旦那がそんなに行きたがるんですから」

すでに提灯に明かりが灯り、客も二人ほど来ていた。おちいという女と、浪人者である。

「よう」

凶四郎が声をかけると、

「あら、旦那。今宵も来てくれたんですか」

女将のおみねが、愛想よく微笑んだ。

「旦那、いらっしゃい」

あるじの亀八も、調理場のほうから声をかけてきた。迷惑がられているようには思えない。店の者だけでなく、おちいも浪人者も、町方の二人を苦にするようすはない。

「晩飯は済んだんですか？」

「まだだが、おいらたちは毎日、七つ（午後四時）ぐらいに朝飯を食うんだよ。だもんで、あと一刻（約二時間）ほどしねえと、昼飯にならねえんだ」

「素敵な暮らしですね」

おみねは笑いながら言った。

「左門先生もおりんもまだもどってねえ。角蔵は出かけちまいやがった」

「角蔵さんは、さっき、そこらへんにいましたよ。あとで来るんじゃないですか」

「だったらいいんだがな」

昨日、訊き足りなかったことがいろいろある。

空いていた縁台に二人で座り、酒を一本ずつ頼んだ。

「肴は漬け物でもあればいいんだがなあ」

「ありますよ。ナスとキュウリの糠漬け」

「そりゃ、最高だ」

「冷ややっこはどうです」

「もらうよ。極楽だな」

酒もうまいし、漬け物も冷ややっこもうまいのである。

「おや、旦那」

と、この前も来ていた客が二人連れでやって来た。そのあと、さらに二人。ここはつねに、常連客で賑わうらしい。

常連客の他愛ない会話を聞きながら、ゆっくり酒を飲んでいると、

「旦那」

源次が目配せをした。

「ん？」

向こうから角蔵がやって来るのが見えた。外はすでに暗いが、角蔵は〈薬〉と書いた提灯を持っている。

「野郎は、とっ捕まえても、いいんですよね？」

源次が小声で訊いた。

「まあな」

アヘンに関する正式な禁令は、まだない。ケシの栽培も一部でおこなわれてはいたが、蔓延するところまでは、いっていないからである。が、毒物と解釈できるので、場合によっては捕縛してもかまわないと、根岸からは言われている。

「じゃあ、捕まえますか？」

「いや、もうちっと泳がせてみようぜ」

「わかりました」

角蔵が入って来た。

提灯を吹き消し、凶四郎たちの隣の縁台に座った。

「よう」

凶四郎が声をかけると、

「ああ、旦那でしたか」

と、言った。昨日会ったことは、覚えているらしい。

「どうだ、具合は？」

「ええ、おかげさまでだいぶ、しっかりしてきました」

「そりゃあ、よかった。結局、あんた、何日いなくなってたんだ？」

「あっしは三日？　四日？」

角蔵は自信なさそうに女将のおみねを見た。

「たぶん、五日じゃないかね」

おみねが言った。

「そうかあ。そんなに、いなくなってたのかあ」

角蔵は肩をすくめて言った。

「頭がぼんやりしてるのか？」

と、凶四郎は訊いた。

「そうなんですよ」

「おめえ、畑で麻の葉っぱやケシの花を育てているよな。あれを吸ったりしてるからじゃねえのか？」

「ああ、あれは薬でしてね。勿体ねえから、自分じゃ吸いませんよ」

「本当か？」

「本当ですって。とくにケシはね。麻の葉はたまにやりますが。でも、よく効くんですぜ。とくに、憂鬱になって、生きてるのが嫌になったりしたやつにあれをちょっとだけ吸わせると、元気になりますしね」

「ふうむ」

そういう話も聞いたことはある。

「おめえが行ってたのは、渋谷川の手前に門がある、犬神の家ってとこじゃねえのか？」

凶四郎は念押しするように訊いた。

「あそこはお武家さまの屋敷でしょうが。あっしらが行くのは、真神さまの道場ですよ」

「それはどこにある？」

「……」

ふいに角蔵の目がぼんやりしてしまう。

「どうやって行ったんだ？」

凶四郎はさらに訊いた。

店のほかの客も、角蔵の言うことに聞き耳を立てている気配である。

「すねこすりが出ましたので、宮益坂のこっちにある真神さまのところに行ったんですよ。そうしなきゃいけねえと思いましてね」

「あそこは八幡神社じゃねえのか？」

真神の祠があるのは知っているが、凶四郎はわざと訊いてみた。

「ほんとは真神さまの神社だったんですよ」

「ああ、そうだな」

「そこへ行くと、真神さまの使いの犬が待っているんです」

「犬が？」

「ええ。真っ白い犬です。三、四匹いまして、その犬たちが、やって来たあっしらを案内してくれるんです。真っ暗い道を行くので、そのうちどこを歩いたかわからなくなるんですが、いつの間にか、道場に着いているんです」

なんとも奇妙な話である。

「あっしらと言ったが、左門先生とおりんもいっしょだったのか？」

「ああ、そうですね」

「それは、神信心なのか？」

「もちろんです」

「どういう教えなんだ？」

「この世をきれいな世のなかにしてくれるんですよ。真神さまを拝むとね」

「それからどうするんだ？」

「それから？」

「ただ、集まって拝むだけか？」

「それで信者が大勢増えるよう、布教もするんです」

「なるほど。それで、お前はその幹部なんじゃねえのかい？」

「幹部？」

「ああ。左門先生とおりんもな」

凶四郎はふと、そんな気がしたのだ。昔のことに詳しい学者と、元吉原の売れっ子花魁と、ケシや麻の葉を育てる薬屋。いかにも、ああいう信心の集まりで、大事にされそうな者ばかりではないか。

「いやあ、そんなんじゃねえと思いますが」

角蔵は、自信なげに首をかしげるばかりだった。

三

昨夜、根岸が外出からもどっていなかったので、翌朝になって、しめと雨傘屋は、犬の首塚の件を報告した。

「なるほどな」

と、根岸は言った。

「変な話でしょう、お奉行さま」

「いや、格別変でもない。じつはな、犬の首塚の話は、奇妙なほど多いのだ」

「全国各地にあって、書物に記されている話も多い。話の筋は、そなたたちが聞いてきたのとほぼ同じだ。狙っていたのがヘビだったり、熊だったりするくらいで、あとはほとんどいっしょなのさ」

「しょっちゅう起きている、珍しくもない話だってことですか?」

しめは不思議そうに訊いた。

「そうではない。そんなことが、しょっちゅう起こってたまるものか。こういう話には、しばしば裏があったりするのさ」

「裏が?」

「うむ。奇怪な話のほとんどに裏があるのさ。ちょうどいい。じつは、昨日のことだが、椀田から楓川《もみじがわ》沿いの材木河岸にも、犬の首塚ができたという話を聞いていてな」

「材木河岸に?」

「うむ。椀田はじっさいに見たというので、わしも気にはなっていた。なので、そっちを探ってみてくれぬか。すると、渋谷の話ともつながるかもしれぬ」

「わかりました」

しめと雨傘屋は、渋谷行きを中止にして、楓川沿いへと向かった。南町奉行所からは、そう遠くない。

数寄屋橋御門を出て、歩きながら、

「お奉行さまが、そんなことがしょっちゅう起こってたまるものかとおっしゃってたけどさ、あんた、どういうことだと思う？」

と、しめは訊いた。

「いやあ、改めて考えると、ほんとに変な話だと思いますよ。だいたい、うるさく吠えるからって、犬の首を斬るってこと自体が異常でしょう」

「ほんとだね。可哀そうなことをするもんだよ」

しめは憤然として言った。

「それに、人の首だって、すぱっと斬るのは容易ではないって聞くのに、吠えてる犬の首なんか、スパッと斬り落とせます？」

雨傘屋がそう言ったとき、ちょうど二人の前を犬が横切った。

そのようすを目で追いながら、

「犬は小さいから、さぞ、斬りにくかっただろうね」

と、しめは言った。

「そうですよ」

「だいたい、犬の首なんか、どこからどこまでが首か胴体か、はっきりしないよね」

「それがポンと飛ぶんでしょ。それも変でしょう」

「首がヘビに食いつくのも嘘臭いよね」

「ええ。しかも、犬を斬ってからヘビに気がつくってのも、間抜け過ぎるでしょう」

「まったくだ」

「つまりは、あり得ない話なんじゃないですか」

「お奉行さまが、ああおっしゃったのも納得だね」

楓川沿いにやって来た。

この川の両岸は、どちらも材木河岸と呼ばれるが、弾正橋から北へ向かうと、東岸のほうはほとんど蔵地になっていて、あるとすれば西岸のほうだろう。

その西岸の道をゆっくり北上して行く。

松幡橋、越中橋と過ぎて、しばらく行ったあたりで、

「親分、これですよ」

雨傘屋が、河岸の柳の木のわきを指差した。

「ほんとだ」

犬神の家の近くにあったものとは、見た目はずいぶん違う。こちらは石ではなく、太い杭が打ち込まれているだけである。杭は桜の生木でできていて、皮の一部が削られ、〈犬の首塚〉と書かれてある。

「これはこれで気味が悪いね」

と、しめはつぶやくように言った。

四

犬の首塚の目の前は、魚屋である。屋号は〈魚一心〉とある。

ここらでは知られた魚屋で、あるじは、大久保彦左衛門の家来として知られた魚屋の一心太助の子孫だと自称している。

「よくも、また、あいつの店の前につくったもんだね」

しめは苦笑して言った。

「知り合いですか？」

「捕り物のことで、何度か話を聞いただけだけどね」

「どういう人です？」

「お調子者。舞い上がると手がつけられないからね。褒めたりしちゃ駄目だよ」

「わかりました」

ちょうど店の奥にいたので、しめは声をかけた。

「ねえ、一心太郎助《たろすけ》さん」

名前は、太郎助なのである。歳のころは四十くらいか。いつもねじり鉢巻で、威勢のよさは、本家本元にも負けないくらいである。

「ややっ。江戸でただ一人の女岡っ引き、神田のおしめ親分じゃありませんか！」

対岸の蔵にはね返って、もどって来るくらいの大声で言った。

「あんた、おはつけるなって言ったよね」

「そうでした。しめさま親分」

「張り倒すよ」

「まあまあ、怒らずに。今日はどうしました？」

「そこに、犬の首塚があるよね」

「あ、それね」

「いつできたんだい？」

「よくわからないんですよ。気づいたら、できてたんでね。背中のできものみたいなもんですよね」

「気づいたのはいつだい？」

「一昨日だったかな」

椀田が見つけたのは昨日のことだと言っていた。どちらにせよ、できたばかりの塚なのだ。

「あれには、恐ろしい因縁がつきものなんだよ」

しめはそう言って、例の話を語った。

「斬ったんですか？　犬の首を？　可哀そうなことをしたもんですね。どこの馬鹿侍です？　それとも浪人者？」

太郎助はいかにもせっかちそうに、早口で訊いた。

「わからないから訊きに来たんだけどね」

「いやあ、あっしはそんなところは見ても聞いてもいませんね。だいたいが、ここらに、そんな大きなヘビなんか出てきたことはありませんよ」

「そうだよね」

「犬は多いですが、そんなにわんわん吠えたら、そこらじゅうから野良が集まって来て、犬の忠臣蔵みたいな騒ぎになりますぜ」

「だよね。だから、これはそもそも変なんだよ」

と、しめは道々、雨傘屋と話した疑問についても語った。

「ほんとだ。そりゃあ、あり得ねえ話だ」

太郎助は、大きくうなずいて、

「でも、これがでっちあげだとすると、いったい何のためにこんなものをおっ立てたんですか？」

「だよね。あんた、なにか、思い当たることはないかい？」

太郎助は首をかしげて考えたが、パシッと手を打ち、

「わかった！　可哀そうだってんで、賽銭《さいせん》でもあげさせて、それをいただこうってんじゃないですか」

「面白いね。いいねえ」

「でしょ」

「でも、それだったら、賽銭入れみたいなものを置くんじゃないの？」

「ほんとだ」

太郎助は素直にうなずき、すぐに、

「だったら、犬の首塚を装ってるけど、じつは別の塚なんじゃないですか？」

と、言った。

「なんの塚？」

「土左衛門とか、行倒れとか。焼場まで持ってくのは面倒臭いってんで」

「人を埋めたのかい？」

「そりゃないか。あるいはなにかの目印なのかもしれませんね」

「目印？」

「そう。泥棒仲間が目をつけていて、ここに入るぞという目印だったりするんですよ」

「ということは、あんたの魚屋に？　泥棒仲間が目をつけて？」

「やだなあ、しめ親分。見た目は金なんか持ってそうになくても、意外に貯め込んでたりする店ってあるんですよ」

「あんたんとこが？」

「やっぱり、ないか。あ、これはどうです？　こういうのがあると、犬たちが小便をかけたくなりそうじゃないですか」

「ああ、たしかに。片足上げて、シャアッてね」

「そうそう。そういうことを店のほうでやられると迷惑だから、ここでやってくれと。だから、これは犬の厠なんじゃないですか？」

「面白いけどね。だったら、あんたがつくったってことになるよね？　あんたの店の真ん前なんだから」

「いや、あっしはつくってませんよ。ううん、わからないね。ま、あとは、しめ親分のお知恵に任せましたんで」

一心太郎助はそう言って、体《てい》よく逃げてしまった。

五

しめと雨傘屋は、この日ずっと、犬の首塚の前を行ったり来たりしながら、ああでもない、こうでもないと考えつづけたのである。

仕掛けには強い雨傘屋も、杭が一本だけではあまり考えることもないらしく、しめはしめで、通り過ぎる人の顔にばかり気がいってしまい、結局、二人ともお手上げということになってしまった。

となれば、根岸のところに行くしかない。

奉行の執務部屋には、ちょうど宮尾と椀田もいて、いっしょにしめと雨傘屋の話を聞いた。

一心太郎助の与太話のような推測もすべて聞いて、

「面白いな」

と、根岸は言った。

「面白いですか？　あたしにはさっぱり、わかりませんが」

「場所は、越中橋をすこし北に行ったあたりなのだろう？」

「そうです」

「どうだ、宮尾、椀田？」

と、根岸は話を二人に振った。

「じつに面白いですね。もともと、その話はあり得ないから、世にあるこの手の話はすべてでっちあげと考えられますね」

と、宮尾は言った。

「そうだろうな」

「では、なんのために、となると……」

宮尾は首をかしげた。

椀田も、もともとその塚のことを根岸に報告した本人なのに、むっつり黙ったままである。

「ふっふっふ。そなたたちもわからぬか。わしは、しめさんの話を聞いて、だいたいわかったがな」

「ええっ」

一同、唖然となった。

「いまの話だけでですか？　お奉行は現物も見てないですよね」

と、椀田が訊いた。

「うむ。見てはいないが、あのあたりは始終通っているしな」

「場所だけで？」

根岸は、大きな茶碗に入れた水を、一口飲んで、

「ま、そういうときは、大元に返ることだな」

そう言って、扇子で胸元をあおった。日は暮れても、風はまったく吹いて来ない。

廊下に置いたいくつもの蚊やりの煙が、棒のようにまっすぐ上に消えている。

「大元？」

「この話がなにを言おうとしているかだよ」

根岸がそう言うと、

「ははあ」

宮尾が膝を叩いた。

「わかったか？」

「この話では、犬とヘビというのは、単なる喩えなんですね。ほんとに言いたいことは、忠義の心を疑うべからずという教訓なんですよね」

「そうだよ」

根岸はにっこり笑った。

「だとしたら……え？　まさか？」

宮尾の目が大きく開かれた。

「そのまさかだろう」

「ははあ」

宮尾がうなずいたので、

「なんだよ。お前だけわかって。ずるいだろうが」

　と、椀田が憤然とした。

「いや、なるほどそういうことだよ。つまり、この犬の首塚がつくられたのは、その塚の前に、忠義の心を疑う者がここにいるという、いわば告発なんだよ。それで、よろしいですか、御前？」

　と、宮尾が言った。

「ああ、わしもそう思った」

「告発ぅ？」

　しめが声を裏返して、

「でも、お奉行さま。あたしは、そんなこと、思いもしませんでしたよ。告発ってそんなんでいいんですか。もっと、はっきり誰にでもわかるように言わなきゃ駄目なのではないですか？」

「いや、それでいいんだ。他人にはわからなくても、告発された者はわかるはずだからな」

「はあ」

　しめはまだ、ぴんと来ない。

「ふっふっふ。当人は、さぞや邪魔っけに思うだろうな」

　根岸は含み笑いをした。

「あ……あの場所につくられたということは、まさか、御前？」

宮尾が微妙な顔をして言った。

「いや。そうだろうな」

根岸はうなずいた。

このやりとりに椀田が、

「魚屋のあるじゃないだろう……あ、まさか」

やっと、膝を打った。

「わかったか、椀田？」

根岸は微笑んだ。

「楓川を挟んだ向こうは……」

「そうさ」

「白河藩邸……！」

椀田は呻《うめ》いた。

そこでようやく、

「告発の相手は楽翁《らくおう》さまですか！」

「なんてこった！」

しめや雨傘屋も愕然となった。

「まあ、御前はああいうお人柄だからな。ときおり、家臣が止めるのを突っ走ってしまうこともあろう。まさか、そう酷いことはしておらぬと思うが、なんとか家来の気持ちをわかっていただこうと、あんなことをする者が現われても、不思議はないわな」

根岸の言葉に、一同はうなずいた。

「では、お奉行さま。あの楓川沿いの犬の首塚と、渋谷の犬の首塚とは、つながりがあるかもしれないのですか？」

と、しめが訊いた。

「それはまだわからぬが、つながっても不思議ではない」

「なんてこと……」

「じつはな、御前の名誉のために、そなたたちにはあまり言いたくなかったのだが、いまから二十年ほど前に、こんなことがあったのさ」

と、根岸は、ここでようやく、松平定信が犬飼欣之助の真神信仰の信者になってしまったことについて語ったのだった。

六

しめと雨傘屋が、根岸のところへ来たときには、凶四郎と源次は、すでに渋谷のほうへ来てしまっている。したがって、楓川沿いの犬の首塚のことは知らないままである。

今日もまだ、左門先生とおりんは、もどって来ていない。

「なんで角蔵がもどって、左門先生とおりんはもどって来てねえと思う?」

と、凶四郎は源次に訊いた。

「旦那は、二人が幹部だからだというんでしょ?」

「うん。そうとしか思えねえんだよ」

「たしかに、左門先生はいろんなことを知っていて、たぶん真神さまの成り立ちなんかも知っているんでしょうから、幹部であっても不思議はないですね」

「だろう?」

「でも、おりんはどうなんですかね」

「おれはやはり、おりんを落籍したのは、犬飼欣之助だと思うんだよ」

「でも、犬飼欣之助には、あれだけの屋敷や土地をあてがってくれた豪農の出の嫁がいるんですよね」

「それでも、もし後継ぎがなかなかできずにいたりしたら、側室を置きたいだろうよ」

「吉原の元花魁をですか? だったら、もっと若い、逞しそうな娘っ子を選ぶんじゃないですか」

「そこは、男ってやつの馬鹿なところなんだよ。たぶん、豪農の娘のほうが、そっちの健康で、いかにも丈夫な子どもを産みそうな娘だったんじゃないのか」

「なるほど」

「ところが、期待に反してなかなか子ができねえ。だったら、次は美貌で鳴らした女に、気を入れて試したいなんぞと思うわけさ。馬鹿だねえ」

「はあ」

源次は首をかしげる。

「わからねえか。源次は女にはもてるが、まだ、そこまでの機微を理解するところには行ってねえらしいな」

凶四郎は、その道の先輩ぶって、源次の肩を軽く叩いた。

周囲はすでに、闇が訪れてきている。

「今日も亀八の店には行くんですか？」

源次は訊いた。

「ああ。そのつもりだよ。嫌かい？」

「いいえ。あっしもなんだか、あそこに行くのが楽しみになってきましたよ」

「ほう」

「だって、皆、いいやつじゃねえですか。あるじの亀八も、女将のおみねも、それと客たちも、まだ嫌なやつには会ったことないですよ」

「まあな」

「あっしのおふくろが、浅草でやっている店もそうなんですが、飲み屋なんてところには、たいがいろくでもないやつが常連客になってたりするんですよ」

「そうだな。それと、みかじめ料をねだるやくざもな」

「そうなんです。ところが、あそこはそういうのも、来てねえみてえですよ」

「ああ。おいらもそう思うよ」

「あれじゃあ、居心地もよくなりますよ」

「まあな」

「でも、旦那はなんか臭いと睨んでいるんですよね」

「最初の勘では、なにかあると思ったんだよ」

「いまは？」

「うん。珍しくはずれたかもしれねえな」

青山久保町のその店の前に来た。

あたりはすでに真っ暗に静まり返っていて、ここの明かりだけが、夜道に人の匂いをまき散らしている。

「今日も来ちまったぜ」

と言いながら、のれん代わりの蚊帳をめくり上げてなかに入った。

「あら、旦那。お待ちしてましたよ。源次親分も」

おみねの愛想のいい声が、二人を迎えてくれる。

「やあ、どうも」

常連客も軽く手を上げて、二人を迎えた。ほかに常連客が三人、仲間うちで真面目な顔で話していたが、こちらを見ると皆、にっこり笑ってくれた。

奥では浪人者が、

「おい、八丁堀の人たち。こんな田舎にしょっちゅう来てていいのかい？　今夜も日本橋あたりじゃ、凶悪な盗人がうろうろしてるんじゃないのか？」

からかうように声をかけてくる。

「そうなんだよ。おれも、いいのかなとは思ったりするんだがな」

「はっはっは。ま、町方にも息抜きは必要だしな」

浪人者も、まるで毒気を感じさせない。

いつものように酒を二本頼み、今宵は腹が減っているので、鍋から食いでのありそうなものをいくつかつまんで皿に置いた。薩摩揚げと揚げ豆腐の切ったものだったようだが、どちらも味が染みていてうまい。

まったく仕事なんかうっちゃって、今宵はしこたま食って飲んで、朝まで過ごしたい。

今宵も角蔵がやって来た。

すぐ隣に座ったので、

「だいぶ顔色がよくなってきたな」

と、凶四郎は声をかけた。

「そりゃあ、ここんとこ、ちゃんと真神さまを拝んでますからね。なんか、気分もすっきりしてくるんですよ」

角蔵がそう言うと、

「へえ、そりゃあけっこうだ」

「そんなにご利益があるのかね」

などと、ほかの客が感心した。

「じつは、旦那が来てると思って、これを持って来たんですよ」

と、角蔵は煙草入れを出した。

「アヘンじゃねえだろうな」

「いいえ。アヘンは勧めませんよ。あれは、お医者が上手に使わねえと、まずいことになりますから」

「麻の葉か？」

「吸ったことあります？」

「おれはねえな。源次は？」

「いっぺんだけあります。やたらといがらっぽくて、あっしはふつうの煙草のほうが好きですね」

と、源次が答えた。

「それは吸い方がよくなかったんですよ。これは、なかなかいいもんですよ」

「いやあ、麻の葉を吸うと馬鹿になるとも聞いたぜ」

と、凶四郎は言った。

「とんでもねえ。むしろ、頭がよくなるんですぜ。浮世絵の北斎先生が絵を描くときも、山東京伝さんが戯作を書くときも、これを吸ったりするんですから」

「お前が売ったのか？」

「いや、あっしじゃありませんが、聞いた話で」

たしかにそういう話も耳にしたことはある。頭をひねってなにかを生み出そうとするとき、これを吸うと、素晴らしい案が浮かんだりすると。

そういえば、このごろ川柳をつくっていない。句会に行けないというのもあるが、ふっと浮かんだりすることもない。

——後の世まで残るような傑作をものにしたい。

と、凶四郎は本気で思っている。麻の葉を吸うと、そういうこともあるのではないか。

「じゃあ、麻の葉を吸って、それで川柳をつくってみるかな」

と、凶四郎は言った。

「ああ、ぜひ」

角蔵はさっそく、きせるに麻の葉を詰め始めた。

「旦那、いいんですか?」

源次が心配して訊いた。

「いっぺんだけだ。ほんとかどうか、試してみる」

これで、死んだりはしないということは知っている。酒よりも酔いは浅いらしい。

「深く吸って、しばらく息を止めてから吐き出してください」

角蔵がそう言った。

その通りにする。一瞬、クラッとするが、気分が悪いわけではない。

「よし、つくるぞ」

このあいだのお題は、「炎天」だった。

次々に浮かんでくる句を、書き留めていく。

やがて、眠くなって、そのまま縁台に身体を倒した。

「旦那。そろそろ起きてください」

源次に起こされた。

「句は？」

「そこに書き留めてますよ」

凶四郎は、書いた覚えのない句を読んだ。

炎天や汗も干上がる禿頭
決闘も炎天だけは順延に
炎天下焚火楽しむわしゃ通人
炎天下日陰に二分の値をつける
炎天でおれはもうじき立ち枯れる
炎天下白きうどんを食いにけり

「おれがつくったのか？」

「ええ。凄い勢いで」

「やっぱり二度とやらねえよ」

凶四郎はすぐにその紙を破り捨てて言った。

「ひどいな。どれも駄目だよ」

七

翌日の夕方——。

根岸は、凶四郎と源次の報告を聞いた。いつもは朝飯を食いながら凶四郎の話を聞くが、昨夜は所用のため、久しぶりに駿河台《するがだい》の屋敷に泊まっていたのだった。部屋には、宮尾と椀田もいる。

いままでにわかったことを述べ、さらに麻の葉を吸ったことまで正直に告げて、

「もどった角蔵と、まだもどらない左門先生に元花魁のおりんは、真神信仰の幹部のような存在ではないかと思うのです」

と、凶四郎は言った。

「ふうむ。なぜ、そう思う？」

「角蔵というのは、薬屋ですが、麻の葉やケシから取るアヘンを使いこなすことができます。左門先生は、家に巨大な犬のはく製があるくらいですから、おそらく犬についても深い知識を有していそうです。そして、犬飼が落籍したと思われるおり

んは、絶世の美貌だそうです。つまり、際立った能力を持っていて、そうした人間は、真神信仰の教祖あたりは布教に役立たせたいと思うのではないでしょうか」

凶四郎は自信を持って言った。

だが、根岸は、

「違うな」

首を横に振った。

「え？」

「わしが思うに、三人は信者になりそうで、なかなかならなかったのではないかな」

「逆ですか」

凶四郎は啞然とした顔で、源次を見た。源次も、それは思ってもみなかったという顔をしている。

「だが、角蔵はとうとう落ちたのだ」

「というと、信者になったのですね」

「そう。だから、もどって来た」

「左門先生とおりんは？」

「まだ修行でもさせられているのかもな」

「ははあ」

「それと、青山久保町のその店だがな……常連客が多いのではないか？」

根岸は、ふと身構えたような恰好をして訊いた。

「多いです。おれたちが行っているときも、来ているのは常連客ばかりです」

「何人くらいいる？」

「何人くらい……十人くらいですか」

凶四郎は源次を見ると、源次もそれくらいだというようにうなずいた。

「どんな連中だ？」

「皆、青山界隈の者で、一人、浪人者がいますが、あとは町人で、いずれも気のいい人間ばかりです。飲み屋の常連というと、たいがい何人かは嫌なやつがいたり、よそ者を入れたがらなかったりしますが、あの店には、そういう人間は一人もいません。おれたち町方の人間にも、心を開いてくれているようです。それに、古着屋から飲み屋を兼ねるようになったのですが、亭主も女将も、おおらかで人好きのする夫婦です」

「常連客と、店の亭主と女将も、おそらく信者だろうな」

根岸はさらりと言った。

「信者……真神信仰の？」

「そうさ」

「……」

　凶四郎は源次と顔を見合わせ、呆然としている。

「店の常連だった角蔵と左門先生、そしておりんは、なかなか信者にならなかった。それで、三人を道場に入れるのに常連客たちは力を合わせている」

「そんな」

「宮益坂に近い八幡神社で、狛犬が犬の像と替わっていたことがあったな」

「はい」

「おそらく、その夜は真神を祈る日に当たっていて、定期的にそうしたことが行われていたのではないかな。確か八の日の晩がそうだったような覚えがある」

「なるほど」

　あれも八の日の晩のことだった。

「あれなどは、人手の要る作業だったろう。その人手も、そこの連中のしわざだと考えれば、納得がいくのではないか」

「いきます。もしかしたら、犬飼家の門のわきにある犬の像を取り外して持って行ったのかもしれませんね。ああ、それは思ってもみませんでした」

　と、凶四郎はこぶしで頭をこつこつ叩き、

「今宵はそのつもりで、連中を突っついてみます」

「ただ、責めるようなことはせずともよいぞ」

「はあ」

「おそらく、何も心配はない。真神信仰には狂暴性はないのだ。無理に敵をつくることもしない。信者たちは善男善女なのさ」

「信者たちは、ですか？」

「うむ。ただ、その大元の人間——つまり犬飼欣之助が考えていることは、ちとわからぬところがあるのさ」

「しかし、探りようがないですね。なにせ、お旗本の屋敷のなかまでは」

「だが、もしかしたら、あの屋敷のなかのようすが訊けるかもしれぬ」

「お旗本から？」

「いや、旗本ではない。幇間だよ」

「幇間が？」

「しかもその幇間は、わしの下で岡っ引きとして働いていた者なのさ」

「あ、よいしょの久助ですか」

凶四郎は大きくうなずいた。

「さよう。呼んであるのでな。そろそろやって来るはずだよ」

ほどなくして——。

そのよいしょの久助がやって来た。

腰をかがめ、揉み手をしながらやって来るそのようすは、まさに幇間である。

宮尾と椀田、それに凶四郎は、顔は知っていたが、いっしょに仕事をしたことはない。源次は、有名な幇間の、よいしょの久助の名は聞いたことがあったが、まさか、岡っ引きをしていたとは知らなかったという。

久助が新たに始めた芸が、江戸で凄い人気になっているのだ。

生きものの真似だが、独自の工夫が凝らされている。

象に踏まれた犬。

狐に化けた猫。

下痢をしたまま殿さまを乗せた馬。

ちょっとひねりを加えた生きものの真似なのだが、これがまた、久助がやると、まさにそういう感じだと思わせてしまう。お座敷は爆笑の渦となる。

とにかく売れっ子で、お座敷を毎日、四つも五つも掛け持ちするくらいである。

根岸も何度か声をかけたが、多忙で来られないとのことだった。

今回は、南町奉行だと名乗り、ようやく来てもらったのである。

「久しぶりだな」

と、根岸は言った。

「いやあ、ご無沙汰していて申し訳ありません」

「お座敷に来てもらおうとしたが、何度か断わられたよ」

「根岸さまのお名前は？」

「いや、出さなかった」

「出していただければ」

「うむ。それで今日は出させてもらった」

「芸をやりましょうか？」

久助は肩身が狭そうにして訊いた。

「そうではない。そなたに訊きたいことがあってな」

「なんでしょう？」

「そなた、数年前まで渋谷宮益町に住んでおったわな」

「ええ。去年までは家もありましたよ。毎夜遅くなって、なかなか帰れないもので、引っ越してしまったのですが」

「あの近くに、犬神の家と呼ばれる屋敷があるのは知っているか？」

「ええ。犬飼さまのお屋敷ですな。一度、呼ばれて伺ったことも」

根岸の期待は当たったらしい。

「そうか。いつのことだ？」

「去年の暮れでした。屋敷で忘年会をおこなうというので」

「ほう。忘年会をな」

「なんだか、堅苦しい忘年会でしたがね。芸者もおらず、芸人はあっしだけでした。それでも、皆さん、笑ってくれましたがね」

「じつは、犬飼というのは、真神信仰という神信心の教祖のようなものになっていてな」

と、根岸は言った。

「ははあ。それはわかります」

久助は、ぽんと手を打った。

「そうか」

「犬飼の殿さまってのは、やけにきれいなお顔をされてましてね」

「そうだな」

「ただ、表情はなにか切羽詰まったような、なにかこの世の一大事でも起きたみたいな顔をなさっているんですよ」

「ほう」

かつて、根岸は一度だけ会っているが、美男ではあったが、そこまで異様な表情はしていなかった。

「それで、その席にいた方々は、皆、殿さまを神さまでも拝むような顔で見ていましてね」

「なるほど」

「じつは、去年、犬飼の殿さまが、吉原の売れっ子花魁を落籍したらしいという噂がありましてね」

「うむ。おりんのことだな」

「あ、そうです」

「いたのか？」

「いやあ、そんな垢ぬけたような女はいませんでしたよ。そのあと、青山久保町に建ててもらった家に住んでいるとは聞きましたがね」

「ふうむ」

「正妻はいましたよ。これが、すぐ近くの豪農の娘でしてね。人はいいんですが、いかにもの田舎娘ですよ。それを殿さまはずいぶん可愛がっておられましてね」

「ほう」

「それと、驚いたのは犬です」

「犬？」

「とんでもなく巨大な犬が、綱に引かれて現われたのです」

「そなた、見たのか？」

「見ました。牛とまではいきませんが、羊くらいの大きさはありました」

「本当に犬なのか？」

「犬です。うー、わん！　と、吠えましたから」

久助は鳴いてみせた。たぶん、そっくりなのだろう。

「あの犬は、神さま扱いでした。ただ、あっしはそのあと少しして、お代をいただきに行ったときに聞いたのですが、その犬はまだ成犬になったばかりだったのに、病であっけなく死んでしまったそうなんです」

「なんと」

「それで、飼育係の者がこっぴどく叱られ、暇を出されたらしいです」

「飼育係は生きてるのか？」

「殺されたとまでは聞いていませんが」

「なるほど」

と、根岸はうなずいた。

凶四郎と源次も顔を見合わせる。犬の首塚と関係があるのか。正月ごろの話なら、時季がずれる。おそらく似たようなことが何度も起きているのだろう。

「しかし、あの信仰は、この先、流行るかもしれませんね」

と、久助は言った。

「そう思うか?」

「ええ。あの殿さまを見て、それからあの犬を見たら、いかにも神がかりでして、なにかをもたらしそうな感じがひしひしとするんです。あれじゃあ、ずいぶん多くの者が、ひれ伏すことになるでしょうね」

「なるほど。助かったぞ、久助」

「では、次はゆっくりお座敷で」

「楽しみにしているぞ」

久助は帰って行った。

凶四郎と源次は、今日も渋谷に行かねばならない。交代する宮益町の番屋では、しめと雨傘屋が待っている。

凶四郎と源次が出て行くのを見送ると、根岸はしばらく考えていたが、

「出かけるぞ」

と、椀田と宮尾に声をかけて立ち上がった。

八

根岸たちは、木挽町《こびき》を抜け、築地川を二之橋、三之橋とつづけて渡って、向築地《むこうつきじ》

と呼ばれるあたりに来た。

「楽翁さまをお訪ねするので？」

宮尾が訊いた。この先に、松平定信の広大な別邸〈浴恩園《よくおんえん》〉がある。

「うむ。どうにも御前のことが気になるのでな」

「八丁堀ではなく、こちらにおられるので？」

「おそらくな。このところ、お城では重要な案件もなかったので、今宵はこっちでのんびりしていそうなのさ」

門番におとないを告げ、顔見知りの若い用人を呼び出してもらう。

「これは根岸さま」

「御前はこちらかな？」

「ええ」

勘は当たったらしい。ただ、用人のようすがちょっとおかしい。

とりあえず玄関わきの客室までは通されたが、

「ちと、あるじがですね……」

用人は困ったようすである。

「どうかなさったかな？」

「根岸さまでも、お会いになるかどうか」

「お身体でも悪いのか？」

根岸の用事はよほどのことがない限り、対応してくれた。

「いや、お元気なのですが、少々、お待ちくださいませ」

若い用人は奥に入って行ったが、なかなかもどって来ない。

「遅いですね」

宮尾が言った。

「うむ」

「犬の鳴き声がしますね」

「犬が？」

耳を澄ますが聞こえない。

「わしは歳だな。鳴き声が聞こえぬ」

「ああ、かすかな声ですから。庭ではなく、どこか、なかに閉じ込められているのではないでしょうか」

宮尾はここから見える庭を窺いながら言った。

「大丈夫です、お奉行。おいらにも聞こえません」

椀田がなぐさめた。

「楽翁さまは、犬など可愛がっておられましたか？」

宮尾が訊いた。

「いや、本来、生きものはあまりお好きでなかったはずだがな」

「そうですよね」

根岸のところにいる黒猫のお鈴《すず》は、猫好きや猫嫌いを見極めるのが得意で、定信がいるときには出て来たことがない。

ようやくもどって来た若い用人が、

「どうも、お身体の具合がたいそうよくないとのことで、今日は勘弁してくれとおっしゃってまして」

と、ひどく恐縮して言った。

「お身体の具合が？　昨日、お城でお見かけしたときは、松の廊下を飛ぶように走っておられたが？」

「あ、いや」

「あの御前が、お身体の調子を崩されるのは珍しい。心配なので、お顔だけでも拝むことができたら」

「いや、その」

用人は困っている。

ことり。

と、近くで音がした。

「あ、御前。そこにおられましたか」

根岸がそう言うと、

「え？」

用人が慌てて後ろを振り向いた。

見えてはいないが、来たのかというように用人は立ち上がり、廊下の曲がり角をのぞきに行くと、

「まったく、根岸の手に引っかかりおって」

と、定信がしかめた顔を見せた。

「これは、御前」

根岸は大きく手を広げ、頭を軽く下げた。

「根岸。わしにも、人と会いたくないときはあるのだ」

「ですが、そうも言っていられなくなりまして。御前は、八丁堀の上屋敷の向かい側に犬の首塚ができているのはご存じですか？」

「犬の首塚？」

眉をひそめた。どうやら、本当に知らないらしい。

「ご存じなかったですか。では、近ごろ、ご家来に暇を出されたことは？」

「……」

「おありなので？」

「ちと、うるさくしたのでな。なに、それほど大げさなことではない。しばらく国《くに》許《もと》へ帰っておれと申しただけなのだ」

「ずいぶん、御前のことをご心配だったのでしょう」

「心配など無用だ」

定信は不機嫌そうに言って、根岸の前にどかりと座った。

本当に根岸が煙たいだけなら、さっさと奥にもどるはずである。こうしてそばにいるということは、なにか自信が持てないことがあるのだろう。

「先ほど、犬が鳴いてましたな」

根岸はさも自分も鳴き声を聞いたように言った。

「ん？　ああ」

「御前が犬を飼われるとは驚きました」

「いや、飼ったわけではない。ちと、預かっただけなのだ」

「ほう。珍しい犬なので？」

「うむ。有徳院《ゆうとくいん》さまが飼われた犬の子孫がいてな、ちと頼まれて、呼び寄せてみたのよ」

「それはまた」

有徳院とは、八代将軍吉宗の戒名である。定信の祖父でもある。

吉宗は、異国の生きものにも興味を持ち、身体の大きな馬や犬を輸入していた。象のつがいを輸入したことさえある。

「驚くほど大きな犬でな。そのわりに、気質はおだやかなのだ」

「何のために、そのような犬を？」

「だから、頼まれただけと言ったであろう」

定信はそう言って、そっぽを向いた。

「じつは、犬の首塚のこともそうですが、渋谷界隈で、妙なことがいくつか起きてまして、どうやらそれは犬飼家に関わっているようなのです」

「……」

「御前のところに、犬飼欣之助からなにかお話でもありませんでしたか？」

「さあ、どうだったかな」

明らかにとぼけている。

——ん？

根岸は眼を瞠った。

「どうした、根岸？」

「それは」

と、根岸は定信の手首を指差した。そこに嚙まれたような跡があるではないか。

しかもよく見ると、首筋にも、それがある。

「犬に嚙まれたわけでは？」

犬の歯型でないことは明らかだが、そう訊くしかない。

「いや、違う。なんでもない。根岸、心配無用」

定信はそう言って、あたふたとその場を立ってしまったのだった。

第四章　転生の犬

一

土久呂凶四郎と源次は、中渋谷村のほうへやって来た。もちろん、根岸と松平定信との話がどうなったかは知らない。

「楽翁さまのことが気になりますね」

と、源次が歩きながら言った。

「うん。なにかが大きく進展するのかもな」

「それにしても、お奉行さまはこっちには来てもいないのに、あの常連客が真神信仰の信者だと見破ったわけですよね」

「まあ、あのお方はなんでもお見通しなのさ」

「間違うことはないのですか？」

「そりゃあ、たまにはそういうこともあるだろうがな」

「あの連中がねえ」

源次は何度も首をかしげた。

「信じられねえか？」

「もちろん神信心は悪いことじゃないですよ。でも、連中はあっしらが真神さまのこととか、いなくなった左門先生たちのことを調べているとはわかってたわけですよね」

「ああ」

「それをしらばくれて、あっしらの調べっぷりを見ていたことになりますよね？」

「そういうことだな」

「うーん。あの、人の好さそうな連中がねえ。裏があったわけでしょう。こればっかりは、お奉行さまの見当違いであって欲しいですよ」

「おれだって同じ気持ちだよ」

右に曲がると青山久保町というあたりに来て、

「あれ？　旦那。前の二人は……」

「飲み屋の常連だな」

その二人が向かっているのは、飲み屋があるほうではない。

「あいつら、どこに行くんですかね」

「なんとなく、こそこそしてるよな」

「ええ」

「つけるか」

後ろを気にした気配がある。

凶四郎と源次はいったん角を曲がり、安心させたうえで後をつけた。

常連二人がやって来たのは、中渋谷村の犬の首塚だった。

「首塚でも拝むんですかね」

「わからんな」

凶四郎と源次は、半町（約五四・五メートル）ほど離れてようすを窺った。すでに日は西の地平に落ちかけていて、うっすらとした影しか見えていない。

そこへさらに二人がやって来た。亀八とおみねである。おみねは提灯を持っているので、四人のすることがよくわかる。

四人は協力し合って、犬のかたちをした石を持ち上げ、わきのほうに穴を掘って、埋めてしまった。木札は引っこ抜き、これは持ち帰って薪にでもするのだろう。犬の首塚は、たちまち影もかたちもなくなった。

「やっぱりでしたか」

源次はがっかりして言った。犬の首塚の意図するところが、犬飼欣之助あたりに伝わって、そんなものは片付けてしまえとなったのだろう。

「お奉行の推測は当たりだったな」

「なんで、そこまでお見通しなんでしょう？」

「でも、おれたちも神信心の連中は集まるのが好きだってことを忘れていたよな」

「ああ、たしかにそうですね」

「そこに気をつけていたら、おれたちも、もっと早くあそこを疑ったはずだぜ」

「せめて、あいつらも、根はいいやつと思いたいですよ」

凶四郎も同感だというようにうなずいて、

「だが、今日の訊き込みは難しいぞ。気をつけて口をきかねえとな」

しばらく青山久保町の番屋で休んだあと、古着屋兼飲み屋にやって来た。

「あら、土久呂さま」

「いらっしゃい」

夫婦が愛想のいい声をかけて寄こし、先客たちも手を上げたり、人懐っこい笑顔を見せてくれる。

今宵もいい雰囲気である。これが偽りとは思いたくない。

——ここで、癒されていたのは事実なのだ。

と、凶四郎は思った。

いつも凶四郎と源次が座る縁台が空いていて、今宵もそこに座った。このことも居心地のよさにつながる。まさか、そういうのを見込んで、この席を空けておいたのか。

「お酒二本でいいですか」

「ああ」

ここの酒がまたうまいのである。まさか、おれたちだけに、とびきりいい酒を出しているのではないか。どんどん疑心暗鬼になっていく。

「差しつ差されつといこう」

凶四郎は、隣にいた常連に燗のついた酒を差し出して、返杯をその男のちろりからもらう。

やはりうまかった。少なくとも酒に小細工はない。

「ああ、腹が減ったな」

「どうぞ。お好きなものを」

女将は真ん中で煮えている大鍋を指差した。

椀一杯が二十文と決まっている。凶四郎は食いでがありそうなものをおたまです

くいながら、

「獣肉はないのかい？」

と、訊いた。

「ここんとこないですね」

それで、ぴんときた。

「ああ、そうか。道玄坂の常吉が死んじまったからな」

「そうなんですよ」

「常吉もここの常連だったのかい？」

「ええ。それで、いろんな肉も卸してくれていたんです」

それは隠す気はないらしい。

「あいつは真神さまを拝んでいたんじゃねえのかい？」

「拝んでいたみたいですね」

「女将はどうなんだい？」

「あたしは神仏ならなんだって拝みますから、真神さまだってなんだって、手を合わせていますけどね」

江戸っ子のほとんどがそうである。

こう返事しておけば、まず突っ込まれることはない。

まもなく角蔵がやって来て、ためらいもせず凶四郎たちの隣に座り、

「今宵もこちらですか。すっかり常連ですね」

と、愛想のいい口調で言った。

「あそこの八幡神社は、もともとは真神神社だったんだよな」

「そうなんですよ」

「なんで八幡さまに乗っ取られたんだ？」

「左門先生が言うには、真神信仰がときの政権に弾圧されたことと、もうひとつは、ここらで真神さまの使いとされる狼の姿が見られなくなったこともあるんじゃないかと」

「なるほど。でも、また信者が増えてきてるんだろう？」

「そうですね」

「なんでだい？」

「それは、世のなかが真神さまを必要としているからじゃねえですか」

と、角蔵は勿体ぶった口調で言った。

「常吉が死んだときは、あんたも驚いたかい？」

「そりゃあ、ここでしょっちゅう見ていたやつですからね。もっとも、あいつは自分の店を閉めてからこっちに来てたので、だいぶ遅くなってからでしたけどね」

「真神さまを拝んでたのに、とんだ災難にあっちまったよな」

凶四郎がそう言うと、角蔵は途方に暮れたような顔になった。信者になったいま、そこは釈然としていないのではないか。

「でも、連中も殺すつもりじゃなかったんでしょ？」

と、角蔵は訊いた。

「まあな。でも、常吉のせいで、ぼんやりしてきたって、恨んではいたんだ。あいつ、連中のおやじに麻の葉を吸わせていたんだろう？」

「いや、あれはあいつらの誤解です。あのおやじは、そこらに生えてた麻の葉を吸っていたんですよ。あんなもの、ここらじゃいくらでも生えているんですから」

「だよな」

「でも、ああいうのは気を許した仲間同士で、ゆったり吸うのがいいんですよね」

「例えば、同じ神信心の仲間同士でか？」

「それもいいかもしれませんね」

「おめえも、それで真神さまを信じるようになったんじゃねえのか？」

「え？」

「ほんとは真神さまなんか、信じたくなかったんだろう？」

「……」

「だから、拉致されちまったんだ」

「拉致？」

「すねこすりに遭ったら、真神さまのところに行かなきゃいけないって気になったんです」

「ははあ。以前からそんなふうに、刷り込まれていたんだな。それで道場で麻の葉を吸わされたり、しつこく説得されたりして、信じるようになった。だから、道場から帰してもらったんだろ？」

「……」

「だが、左門先生とおりんは、信じなかったんだ」

凶四郎がそう言うと、角蔵は首を横に振り、

「いえ。おりんさんは、いまは真神さまを信じていると思いますよ。もともと、真神さまの生まれ変わりなんですから」

と、言った。また、呆れた話を持ちだしてきたものである。

「生まれ変わりだと？」

「だそうです」

「どういうんだよ、生まれ変わりてえのは？」

「気高い狼や犬が亡くなると、次の世では、人間に転生するんでしょう。犬飼さまのところでは、犬神さまの転生があるんですよ」

「犬神の転生？」

「ご当主の欣之助さまもそうだし、生まれる子どもも犬神さまの転生なんですよ」

「ほんとなのか？」

「ええ」

疑っているようすはない。

二

凶四郎が奉行所にもどったのは、もちろん朝になってからである。あの飲み屋には一刻（約二時間）ほどいて、それから宮益町や道玄坂町、広尾のほうまで回って、番屋ではいろいろ訊き込みをしたりして、もどって来たのだった。

ちょうど根岸が、宮尾玄四郎といっしょに朝飯を食べていたので、

「楽翁さまはどうでした？」

と、訊ねた。

「うむ、怪しい、怪しい。言いたくないことがいくつかあるらしくてな、一つは巨大な犬のこと。もう一つは、手首や首筋の、人の歯型のこと」

「人の歯型？　なんですか、それは？」

「御前の手首や首筋についていたんだよ。あれだと、胸だの腹だのにもあるんじゃないかな」

「お奉行、五郎蔵さんから聞いた話でも……」

「うむ。おりんのことだよな」

「楽翁さまのところにいるのですか？」

「そんな気がするが、かといって、家探しはできぬわな」

と、根岸は苦笑した。

「わたしのほうもいろいろわかったことが……」

と、飲み屋が真神信仰の信者の巣窟だったのを確認したことや、飲み屋で聞き込んだ話などを報告した。

「ほう。転生譚が出てきたか」

「しかも、犬の転生です。そういうことってあるのですか」

「犬の転生は落語にもあるくらいだからな。わしが、聞いたのは、上方のとある浄土宗の寺の話だったがな」

「それは『耳袋』にも？」

「いや、犬の転生の話はまだ書いてなかったがな」

と、根岸が語り出したのは、こんな話だった。

和泉国《いずみのくに》で起きた話だが――。

とある浄土宗の寺に、いつのまにか白犬がすみついた。

人懐っこい犬で、僧にまつわりつき、可愛がられてもいた。

ところがある日、白犬に餅を与えると、喉に詰まらせて死んでしまった。

和尚は白犬を憐み、戒名をつけて弔ってやった。

ある夜、和尚の夢にその犬が出てきて、

「仏の力によって人間に生まれ変わることになりました。門番の妻に宿ります」

と、語った。

じっさい、まもなく門番の妻は赤子を産んだ。

和尚は、この門番の親に訳を話し、六、七歳のころに出家をさせることにした。

この小僧は聡明だったが、餅をひどく嫌ったため、周囲の者はますます、この小僧はあの白犬の転生だと噂するようになった。

同じ寺にいる小僧たちにも話は伝わり、この小僧は「白犬」と綽名《あだな》をつけられ、とうとうそのことで悩むようになってしまった。

十三のときには、小僧は思い悩んだあげく、

「わたしは餅を食わないから犬の生まれ変わりなどと言われるのでしょうから、餅を食べればいいのでしょう」

と言い出した。

そして、餅がつかれ、いざ、食べようというとき、小僧は失踪してしまったのだった。

和尚は後悔した。あんなことを言わなければよかったと。

いなくなった小僧の机には、

「何となくわが身のうへはしら雲のたつきもしらぬ山にかくれじ」

という歌が残されてあったという。

根岸が語り終えると、

「結局、小僧は餅を食わなかったのですよね？」

と、凶四郎は訊いた。

「うむ。食えなかったときが怖かったのかもしれぬな」

「それだと、どっちが本当かわからないですね」

「まあな。うまく逃げたような話になっているわな」

根岸は笑って言った。

「本当のことだったのかもしれませんか？」

「転生だの輪廻《りんね》だのについては、わしに訊かないでくれ。なにせ、信心の根幹に関わることだからな」

「うーん。正直、わたしはそういうものは信じられないのですが」

と、凶四郎は言った。

宮尾はわきで、興味ありげに凶四郎の顔を見ている。

「なぜ、信じられぬ？」

根岸は訊いた。

「わたしがなにかの生まれ変わりなのかと考えても、さっぱり思い当たらないのです。本当に生まれ変わりなら、なにかしら覚えていることがあってもよさそうです」

「なるほど」

「それに殺されたわたしの妻の阿久里も、いまごろ生まれ変わっているのだったら、捜してやらないと悪い気がします」

「面白いな」

「でも、それを始めたら、夜回りなどしている暇はなくなってしまいます」

「そうだな」

「それで、信じないほうがありがたいと言いますか……ほかの人はどう思っているのですかね」

凶四郎はそう言って、宮尾を見たが、

「ま、そのことはわきに置いておこう」

と、根岸は転生の真偽については打ち切って、

「それよりも、犬飼欣之助の子どもも転生だと言ったな？」

「ええ。まもなく生まれるのですかね？」

「そうかもしれぬな。いや、違うな」

「違うのですか？」

根岸はハタと膝を叩き、

「うむ。そうか、そういうことか。宮尾、椀田は来ているか？」

「おそらく」

「では、出かけるぞ」

根岸は慌ただしく、表の奉行所のほうへ向かった。

見送った凶四郎は、なんのことやら、さっぱりわからない。

三

速足で歩く根岸には、宮尾と椀田が付き従っている。

尾張《おわり》町の角を左に曲がった根岸に、

「どちらへ？」

と、宮尾が訊いた。

「楽翁さまと会う」

「今日は上屋敷のほうですか？」

「うむ。国許から使者が来ているはずだからな」

毎月、白河から使者が往復しているのだ。

「そういえば、犬飼欣之助の上屋敷も築地だった」

根岸は思い出して言った。

「そうでしたか」

「いまは行ったり来たりしているのかもしれぬな」

京橋を渡って右に折れた。

「ところで、なぜ、いったん広まりつつあった真神信仰が、勢いを失くしたのですか？」

宮尾はさらに訊いた。

「それは、当時、田沼意次さまから圧力がかかったのだろうな」

「田沼さまから？」

「真神信仰は清廉潔白を信奉する教えで、それを政《まつりごと》にも求めることになれば、田沼さまの経済優先の政に異議申し立てをおこなうことになる」

「なるほど」

「また、そのようなことを信者にも語っていた。それで目をつけられた」

「ははあ」

「ただ、わしは犬飼欣之助が楽翁さまと結びつきそうだったことも、圧力がかかった理由になっていたと思う。田沼さまは、楽翁さまが力をつけるのを警戒していたのさ。神信心と政の結びつきは、大きな影響を与えるからな」

「そういう力関係も関わっていたわけですね」

宮尾は大きくうなずいた。

八丁堀の定信の上屋敷に着いた。門番は根岸の顔を見知っていて、すぐに用人に取り次ぎ、やって来た用人は、根岸たちを定信の居室へ案内した。

定信は国許から来たらしい報告書を読んでいるところだったが、

「急用らしいな」

と、根岸のほうに向き直った。

「御前。こちらに犬飼欣之助の娘が来てますでしょう?」

根岸が単刀直入に訊ねると、後ろにいた宮尾と椀田が驚いたように見つめ合い、

「犬飼の妾ではなかったのか」

「娘とは思わなかった」

と、小声で言い交わした。

「犬飼欣之助の娘？　そなた、なにを申しておる？」

「おりんと申すおなごです」

「おりん？　その名は誰に訊いた？」

「犬飼欣之助の娘は、おりんなのです」

「馬鹿を申せ。おりんは、わしが偶然、知り合ったおなごだ」

「どのように知り合われました？」

「五日ほど前に、わしは深川の霊巌寺《れいがんじ》を訪ねた」

「はい」

霊巌寺は、松平家の菩提寺で、しかも定信と気の合う住職がいるため、しばしば訪れては、骨董談議だの、世情慨嘆などにふけっているのだ。

「そのおり、松平家の墓の前で、熱心に拝んでいる女がおった」

「ははあ」

「初めて会った女だった」

「さぞや、美しかったのでしょうな」

「まあな。それで、誰を拝んでいるのかと訊いた。それがわからないと言うのだ」

「わからない？」

「この前を通ると、拝まずにいられない気持ちになってしまったのだと。ここは松平さまのお墓だから、わたしのような下賤な女に縁があるはずはないのですがと」

「下賤と自分で言うわりには、どこか気高い感じがしたのでしょう？」

「むふっ」

どうやら図星だったらしい。

「それで？」

と、根岸は先を促した。

「おりんが、もしかしたら自分は先祖の周囲にいた者の生まれ変わりではないかと言い、犬を可愛がった方はおられませんでしたか？　と訊いたのよ」

「犬をですか」

「じつは、わしの母は、犬をとても可愛がっておった。異国の血が入ったきれいな白犬がおってな。それを言うと、女は、自分はその犬の生まれ変わりかもしれぬと言うのさ」

「なるほど」

「女も真っ白い肌をしておってな。なにやら、全身のようすが、嬉しくて尻尾を振っているように感じられた。女は、もしよろしければ、お屋敷で掃除でも洗濯でもさせていただけませんかと」

「ははあ」

根岸は呆れた。定信はきわめて怜悧《れいり》であっても、驚くくらい脇の甘いところがある。

どうせ、掃除だの洗濯だのをさせたわけではなく、話相手をさせ、酒を勧めて酔わせたりもしたのである。

あげくには、身体の方々に嚙み跡をつけられる仕儀に至ってしまった。

「見事に食いつかれましたな」

根岸は、定信の首筋を見ながら言った。

定信はハッとそれを隠し、

「罠だと申すか」

「それも、もっとも安易な罠でしょう」

「……」

定信は苦い顔で根岸を睨んだ。

だが、思い当たるところはあるらしく、

「たしかに、わしにしては性急ななりゆきだった」

と、小声でつぶやいた。

「会わせていただけませぬか？」

「会ってどうする？」

「訊ねたいことがいろいろと」

「わしもそなたの話を聞いたら、いろいろ問い質《ただ》したくなったわ」

「では、その前に一つだけ、確かめたいことがありますので、いったん中座して、また伺わせていただきます」

根岸はそう言って、急いで松平の屋敷を出た。

四

「転生や輪廻については、わしごときが否定できることではないが、少なくとも犬飼欣之助の言う転生はでたらめだと証明できるやもしれぬ」

速足で歩きながら、根岸は言った。

「どちらに向かうのです？」

宮尾が訊いた。

「駿河台に」

「お屋敷へ？」

根岸の旗本としての私邸は、駿河台の上がり口あたりにある。敷地七百坪ほどの、周囲と比較すれば広大とはとても言えない屋敷である。

「わしの屋敷には寄らぬ。近所の屋敷を訪ねる」

「え？」

宮尾は怪訝そうに椀田を見た。

「これは偶然なのだが、わしの近所の屋敷に住む旗本の娘が、かつて犬飼家に嫁に行ったのだ。それで、数年後には出戻ってきたという話も聞いていた」

「その人が？」

「おそらくおりんの母だ」

根岸が足を止めたのは、駿河台の、根岸家を通り過ぎて二つ目の屋敷である。

門番におとないを入れ、しばらくやりとりがあってから、なかへと通された。

「おさちでございます」

四十くらいなのか、細面で、鼻筋の通った女が、丁重に根岸たちを迎え入れた。

自分の部屋らしいが、十畳ほどあって、日当たりも風通しもよさげな部屋である。

出戻りはしたが、肩身を狭くして暮らしているわけでもないらしい。

「父が亡くなったときは、お心遣いをいただきまして」

と、おさちは根岸に礼を言った。近所付き合いをちゃんとやっていてよかったと、根岸は内心で思った。

「いいえ、とんでもない。本日は突如、お伺いして申し訳ありません。じつは、犬飼家のことで面倒なことが起きつつありまして」

と、根岸は言った。

「まあ」

「ついては、おりんさまとおっしゃるお方は、おさちさまがお産みになった娘子ですな？」

「はい。おりんになにか？」

おさちは眉を曇らせた。

「いいえ。不幸があったとか、そういうことではございませぬ。ただ、おりんさまが、狼の生まれ変わりだという話がありまして」

「ああ。その話ですか」

と、おさちは嫌そうにうなずき、

「それは、犬飼欣之助が言い出したことですよ。あの真神信仰とやらは、田沼さまにお叱りを受けてやめたと思っていましたが」

「近ごろ、また熱心になったようなのです」

「おりんのことは、産まれたときからそんなふうに言っておりました。犬飼が狼になって入って行く夢を見ただの、わたしが狼の夢を見た夜に孕《はら》んだだのと言いふらしていたのです。なにが生まれ変わりなものですか。わたしはそんなことを言うのはやめてくれと頼んだのですが」

「産みの母がおっしゃるのだから、間違いないでしょうな」

「おりんは、あんな馬鹿げた話を信じてしまったのでしょうか？」

「いや、信じてはおられぬでしょうが、やはりなんらかの影響は受けているようです」

「可哀そうに」

おさちはつらそうにため息をついた。

「ただ、おりんさまには、噛み癖があるようなのです。それで、狼の生まれ変わりという話を否定しきれないみたいですが」

「ああ。それはわかりますよ」

おさちはうなずいて言った。

「なぜ、わかるのです？」

「犬飼が始終、おりんを噛んでいたからです。獣がじゃれてやるみたいに、おりんに噛みつき、わたしにもそうするように言いました」

「なにゆえに？」

「この子は、真神さまの生まれ変わりだから、噛まれると喜ぶのだと。でも、子どもからしたら、嫌ではなかったと思います。痛くなく、やさしく噛まれれば、むしろ気持ちがよかったでしょう。やがて、噛むことは深い情愛によってなされる行為だと思い込んだりしても、不思議はありません」

「なるほどな」

根岸はそう言って、宮尾と椀田を見た。これで用事は済んだのである。

礼を言って立ち上がった根岸に、

「おりんは、もう嫁に行ったのでしょうか？」

と、おさちは訊いた。

「まだのようです」

「早くあの屋敷から出るように伝えてください。あそこにいつづけたら、心がおかしくなってしまいますから。わたしは幸い、向こうから追い出されました。本当はあの子も連れて出たかったのですが……」

声は大きくなかったが、悲憤と娘への情愛がこみ上げてきているのがわかった。

おりんとは、定信も立ち会いのもとで、屋敷の庭につくられた茶室のなかで会った。根岸と三人だけである。茶はどうでもよかったのだが、定信が点《た》て、飲んでみると、それはおりんの気持ちを落ち着かせるのに効果があるようだった。

「そなた、真神さまを信じているのか？」

　根岸はいきなりそこから入った。

「信じてますよ」

　と、おりんは言った。

　これで嘘はつかない、正直な話をするという約束ができたはずである。

「なぜ、信じた？　このあいだまでは、嫌がっていたのではないのか？」

　だから、拉致され、再度、信仰を叩き込まれたのだろう。

「それは大勢の人たちが、あそこまで真剣に信じているのですから、嘘でなどあるはずがないでしょう」

　おりんは根岸の目を見て言った。信じる者特有の、まっすぐの澄んだ視線である。

「そなたは犬飼欣之助の娘であろう？」

「ええ」

　おりんがうなずくと、定信は、

「やはり」

　と、少し悔しげにつぶやいた。

「しかし、そなたは狼の生まれ変わりでもあるそうだな」

「はい」

「なぜ、わかる？」

「母が、狼の夢を見たとき、わたしを身ごもったのだそうです。その証拠に、わたしにはまるで狼のような噛み癖があります」

「わしは、そなたの母に会ってきたぞ」

根岸はやさしく言い聞かせるように言った。

「母に……」

おりんは目を瞠って、

「母は生きているのですか？」

死んだと聞かされていたらしい。

「もちろんだ。そなたを産んでまもなく、そなたの父があまりにも理不尽なことを言いつのるので、やめてくれるよう頼んだりしたのだろう。それで屋敷を追われた。本当はそなたもいっしょに連れて出たかったそうだ」

しんみりした口調で言った。

「母が……」

拳を強く握り、目を遠くへやろうとするが、視線は定まらない。不安げに右に左にとさまよっている。

「狼の夢など見ておらぬそうだ。はっきり断言した」

「そうなので……」

「そなたの噛み癖については、こう言っていた。父がそなたのことを始終噛んだりしていたそうだ。赤ん坊にとっては、優しく噛まれることは決して嫌なことではなく、それが情愛を示すものだと思い込んでしまったのだろうとな」

「……」

おりんは、信じていたものから裏切られたときの、苦悶の表情を浮かべた。

「そなたの母は早くあの屋敷から出るように伝えてくれと言っていた。あそこにいると、心がおかしくなってしまうと」

「もう、なってしまったのです」

と、おりんはかすれた声で言った。

「まだ大丈夫だ」

根岸は言った。

「いいえ。あたしは何度も、あの父を恨んだのです。狼の生まれ変わりだなんて言われたくないと。真神さまだって、信じたくはなかった。この世をきれいにするために、いつか狼の姿をした真神さまが現われるなんて、そんな話は信じたくなかった」

「あたしは、莫連娘《ばくれん》になってやろうと思い、築地の屋敷から逃げ出したのです。それから江戸のあちこちを転々とし、ついには吉原にまで身を落としました。でも、そのあいだも、父には見張られていました。いつも、お金は届けられ、どんなにぐれてもお金に困ることはなかったのです。父を困らせてやろうと飛び込んだ吉原からも、お金で引きずり出され、青山久保町の家におさまっていたわけです。でも、結局、わたしは真神さまを信じてしまうほうが楽になると思ったみたいです」

「そなたもすねこすりに遭って、道場に連れ込まれたのだな？」

「連れ込まれたというより、家の階段のところですねこすりに遭ったら、道場に行かなくちゃという気持ちになってしまったんです」

「それは、そなたも行っていた青山久保町の飲み屋の常連たちから、そんなふうに思い込まされていたのさ。角蔵も同様だ」

「あ、家の掃除をしてもらっているおちいは、そこの常連です」

「うむ。しかも、おちいと一緒に麻の葉の煙りを吸ったりもしただろう？」

「はい」

「一部の神信心ではそうしたものも使って信者の心を操っているのさ」

「あたしが馬鹿だったんですね」

「いや、そうした気持ちの揺れはよくわかるぞ」

と、根岸はうなずいた。

「でも、わたしには信じるということはやっぱり無理なのですね」

おりんは悲しげだが、どこかすっきりしたような顔で言った。

「それが、そなたにとって自然な心のありようなのだよ」

根岸は慰めるように言った。

五

根岸はつづいて定信を見た。

「なんだ、根岸？」

「御前も真神さまを信じておられるので？」

「信じている」

と、定信は大きくうなずいた。まるで子どものようだった。

「御前はかつても真神信仰を信じかけたことがございました」

「ああ」

「あのときは、いったん信仰をお捨てになられました」

「そなたに、説得されたからだろうが」

「そうでしたな」

根岸はうなずいた。あのときはさほど難しくはなかった。だが、二度嵌《は》まると、目を覚まさせるのは難しいかもしれないと、根岸は内心で焦りを感じている。

「いまの話で、すでにおりんの言ったことが嘘だったのはおわかりですね？」

「うむ。わしの母のそばにいた犬の生まれ変わりではなかったわけだな」

と、定信はおりんを見て言った。

「しかも、いま、おりんは生まれ変わりなどという話が嘘であることも知りました」

「そうだな」

根岸はおりんを見て、

「そなたは、誰かに命じられて、楽翁さまに接近したのだな？」

と、訊いた。

「はい」

「誰に？」

「父の犬飼欣之助に」

「なんと……」

定信の顔に苦悶が現われた。加えて、不安そうに視線をほうぼうへ飛ばし、

「根岸……」

手を伸ばし、根岸の袖を摑んだ。まるで、自分を放さないでくれというように。

これも、信じていたものに裏切られたときの反応に違いなかった。もう少しだった。

「大丈夫です、御前」

根岸は微笑み、大きくうなずいた。

「だが、わしはたぶらかされたのであろう。信じてしまったぞ。祈れば、この世に清澄と平安をもたらす狼の化身が出現するのだと」

「それは無理もないのです」

と、根岸は言った。

「そうなのか？」

「もともと御前の気質には、清廉潔白を強く求めるところがございます。真神信仰に近いのです。だが、御前が信じているのは、本物の真神信仰ではなく、あの犬飼欣之助が持つ魔力のようなものです」

「……」

「犬飼には、人を魅了する独特の力があります」

根岸がそう言うと、

「それは父の美しさでしょう」

と、おりんが言った。

「美しさだと?」

根岸は訊いた。

「ええ」

おりんはうなずいた。そういうおりんの顔も、不思議な美しさをたたえている。

「御前は、犬飼欣之助とお会いになったのですか?」

根岸は定信に訊いた。

「うぬ。先日、ここを訪ねて来たのでな」

「そのときに、魅せられたのでしょう」

と、おりんは言った。

根岸はかつて一度だけ、犬飼欣之助に会ったことがある。たしかに、美男だった。目の前にいるおりんは、その面影を強く受け継いでいた。

だが、それが神信心のように心を揺さぶるほどのものとは考えにくかった。

「しかし、わしには男を愛する傾向はないと思うがな」

と、定信が言った。

「それとは別なのです。おそらく楽翁さまは、美を鑑賞する力が人並外れておられる。そのために、父の言葉に酔ってしまったのでしょう」

「そうかもしれぬな」

　と、定信はうなずいた。

　そのとき、定信の顔からなにか硬いものが剝がれたように見えた。呪いにも似た神信心の魔力が剝がれたのだと、根岸は思った。

　さて、こうなるとこれ以上、犬飼欣之助を見過ごすことはできない。松平定信にまで接近し、籠絡《ろうらく》しようということは、なにやら壮大な計画を企んでいるに違いないのだ。

「犬飼はなにか、御前に相談されたことはなかったですか？」

「相談？」

「政に影響を与えそうなことで」

「そういった話はなかったな。ただ、かつて有徳院（吉宗）さまが、異国から馬や犬を取り寄せたことがあったが、その血統の犬をいまも飼っている者がいてな。その犬のことは詳しく聞きたがっていたな」

「犬のことですか」

　根岸は首をかしげ、それからおりんのほうを見て、

「あのあたりで、何人もの住人が犬飼家に拉致されている。それは、真神信仰に反抗的だったものを、信者にするためなのだな？」

と、訊いた。

「そうです」

「ももんじ屋の常吉という男が死んでいるが……？」

「常吉は熱心な信者でした。亡くなったのは別の理由で、真神信仰は関わっていないはずです」

それは根岸の推理と一致する。

「薬屋の角蔵は落ちたのだろう？」

「ぜったい信じないとか言っていたわりにはもろかったですね。もっとも、あたしも他人のことは言えませんが」

「そういうものだよ」

と、根岸は言った。

「左門先生はどうなのだ？」

「あの人は、父の言うことなど、まったく信じていません」

「青山久保町の飲み屋は、信者たちの集まりの場だな？」

「はい。いまになって思えば、そうだったみたいです」

「左門先生はそこにも始終、顔を出していたのだろう？」

「先生を説得しようとすると、逆に信仰を捨てさせられそうになるみたいです」

「左門先生は、父の言うことはまったく聞いていません。わしは神仏のことは否定も肯定もせぬが、坊主や神官の言うことはまったく信じないと。おそらく人は、神仏のことはわからぬのだと言い張っていましたから」

それは根岸の考えに近いものだった。

「では、いまはどうしている？」

「もう、あのまま閉じ込めて、外には出さないつもりだと思います」

「殺されたりする心配は？」

それがいちばんの心配だった。

「よほど父のことを邪魔したりしなければ、殺すようなことはないと思います」

「そうか」

しかし、このまま放っておくわけにはいかない。

六

凶四郎が夕方に近い七つ（午後四時）ごろ、根岸の私邸の台所で朝飯を食べていると、根岸がやって来て、

「今日わかったことを報せておく」

と、おりんと松平定信の話を手短に語ってくれた。

「よく、目を覚まさせましたね」

凶四郎は大いに感心して言った。神信心から信者を解き放つのがいかに大変かは、幾度も見聞きしてきた。

「それで、まだ、なかにいる左門先生の動向を知りたいものだがな」

「わかりました。なんとか試みてみます」

ということで、今日も源次とともに中渋谷村へ向かった。

青山久保町の飲み屋が開くにはまだ早い。

犬神の家の周辺を一回りすることにした。

人家が途切れると、草木が繁茂している。緑の匂いでむせ返るほどである。夏の勢いというものを、まざまざと感じさせられる。人の手がなければ、地上はたちまち鬱蒼とした森におおわれてしまうことだろう。

犬の首塚があったところにやって来ると、そこにぼんやり立ち尽くしている男がいた。

歳は三十くらいか。袴はつけておらず、刀を一本差している。

あるはずのものが見当たらないといったようすである。

凶四郎は近づいて、

「もしかして、ここに犬の首塚をつくった人かな？」

と、訊いた。源次が逃げられないよう、そっと反対側に回り込んでいる。

「……」

男は警戒するような目で凶四郎を見た。腰に差した十手などで、町方の者とはわかったはずである。

「塚はどうやら真神信仰の信者たちが、片づけてしまったみたいだ」

「そうですか」

男はうなずいた。とくに意外なことでもなかったらしい。

「犬飼家のご家来だったのかな？」

「家来というほどの者ではないが、いちおう扶持《ふち》はいただいていた」

「松平定信さまのところにいたことは？」

「何のことかな？」

楓川沿いの塚をつくった者は、やはり別人らしい。

「いまはどうしている？」

「あるじの意に背く者は出て行けと。それで知り合いのところに身を寄せている」

「なるほど」

と、凶四郎はうなずき、

「犬飼家の中でおこなわれていることを教えていただけないか？」

男は首を横に振り、

「いや、かつてのあるじを売るようなことはしたくない」

「しかし、犬飼さまがおこなっていることは、神信心の範疇《はんちゅう》を越えつつあるかもしれないのだ」

「というと？」

「町人たちが拉致されている」

「ああ」

知っているらしい。

「われらはその実態を知りたいのだ」

「むごいことはしておらぬ。ただ、真神を信じない者を、どうにかして信じさせようとしている」

「うまくいっているのか？」

「十人中九人までは信じるようになってしまう」

と、男は言った。

「おりんさんもその一人だったな」

「そうだ。おりんさんも、信者になってしまった」

「だが、おりんさんの信心は解けてしまったよ。いまは、われらに協力してくれている」

「そうなのか」

「われらは、左門先生が無事でいるかどうかを心配している」

「ああ、たしかに左門先生は可哀そうだった。わたしも、左門先生はもう帰してやるべきだと、あるじには進言したのだが」

「助けられないかい?」

「どうでしょう」

「牢に入れられているのか?」

「いえ。ただ、始終、信者がついて見張っています」

「あの屋敷のなかのことを教えてもらえねえかい。おいらたちは、拉致された町人たちを救いたいんだ」

「わかりました」

男を青山久保町の番屋に連れて行き、そこで見取り図を描いてもらった。

かなり広い。母屋のほか、離れがいくつもあり、家来のほか百人近い信者がいるらしい。

「もう、信者以外は左門先生くらいでしょう。わたしも、信者になりきれず、出されてしまいましたから」

「そうか」

内部の協力者を動かすこともできない。

「忍び込んで、ひそかに脱出させるというのは?」

と、源次が訊いた。

「強行すれば、どうしたって死人や怪我人が出るし、旗本の屋敷にそれはできねえだろうな」

凶四郎はため息をついて言った。

青山久保町の飲み屋に入ったのはいつもより遅く、深夜近くなっていた。

客は五、六人。しかも、静かである。

いつもの縁台に座って、

「今日は客が少ねえようだな」

と、凶四郎は女将のおみねに言った。

「ええ」

「なにかあったのかい?」

「どうなんでしょうね」

おみねの言い方がいつもよりだいぶそっけない。

昨晩までとは、ずいぶん雰囲気が違っていた。

酒をもらい、鍋の中身を椀によそって食べる。

いつもなら、店中に笑い声があふれているが、今日はない。

ふくろうの啼く声が聞こえた。犬の遠吠えもする。

凶四郎も静かに酒を傾けていると、

「土久呂さまは、わたしらを苛めようとなさるので？」

おみねが凶四郎の横に来て訊いた。

「苛める？」

「わたしらは、なにも悪いことをしようなんて思っていませんよ」

「わかってるよ」

「ただ、この世をもう少し住みやすいところにしていただきたいと、真神さまに祈っているだけなのです」

「おれだって、江戸の町をもう少し住みやすくしたくて、毎夜、歩き回っているんだぜ」

だが、凶四郎を拝む者は誰もいない。

「でしたら、そろそろ真神さまのことはほっといて、江戸市中にうじゃうじゃいる悪党どもを追いかけるほうがよろしいのでは？」

おみねの言葉には怒りが混じっている。

どうも、犬飼欣之助あたりが、自分たちの信仰によからぬことが起きつつあることに気がついたのかもしれない。

「あんたたちが善良で、ほんとにいい世の中にしたいと願っているのはわかる」

「では、なぜ？」

「末端の信者はそうでも、いちばん上も同じ考えとは限らねえだろ」

「それは犬飼さまのことでしょうか？」

おみねの顔には、怒りと不安が浮かんでいる。

「なにか、よからぬことを考えているかもしれねえだろ」

「よからぬことと言うと？」

「幕府転覆とかだよ」

凶四郎は、半分冗談めかして言った。だが、それはありうるかもしれないのだ。

「そんな馬鹿な。犬飼さまは、ひたすらこの世がもっと清らかで、誰もがのんびり幸せに生きて行けるような世を願っているだけですよ」

「だが、なかなか願いが叶わないときは？」

「そのときは真神さまが出現なさるはずです」

「へえ。真神さまがな」

凶四郎はつい、笑ってしまった。

すると、店の奥から、

「笑うのは無礼であろう」

と、声がした。常連客の浪人者が、いつものように、隅の縁台で横になっていたのだ。

「無礼かな」

「われらは真摯《しんし》に真神さまを拝み、その出現を心待ちにしている。それを鼻でせせら笑うとは、無礼以外のなにものでもない」

「せせら笑ってはいないさ」

「そういう善男善女を苛めるというなら、わしは戦うぞ」

と、浪人者が起き直った。

「斎藤さん」

おみねが心配そうに声をかけた。ここで暴れさせたくはないのだろう。

「おい、いきり立つな。刀にものを言わせることになれば、信者全員に迷惑をかけることになるぜ」

凶四郎の言葉に、浪人者は眉をひそめ、ふたたび身体を横たえた。

七

朝になって、凶四郎は南町奉行所にもどり、朝食を取っていた根岸に、これまでのことを報告し、犬飼家の元家来が描いた屋敷の見取り図も見せた。

「お、これはよくやった」

と、根岸は褒めた。

「しかし、力ずくで左門先生を救い出すのは難しいでしょう」

「そうだな。こうなれば、楽翁さまの力を借りるしかあるまい」

「犬神の家に行っていただくので？」

「いや、楽翁さまがわざわざ行かなくても、使者を出してもらえばよい。左門先生に狼のことを訊きたいので、築地の松平家に連れて来て欲しいとな。犬飼はまだ、御前の信心が解かれたことは知らないだろうからな。言うことを聞くはずだ」

「なるほど」

「そなたは飯を食って、早く寝《やす》め。今宵あたり、事態は大きく動くかもしれぬぞ」

根岸はそう言って、早くも表の奉行所に向かった。

根岸の命を受けて、宮尾と椀田が慌ただしく駆け回った。

半刻（約一時間）後には、定信の屋敷から左門先生を迎える駕籠《かご》が出て、さらに二刻後には、その駕籠は松平家ではなく、南町奉行所へと入って来た。

駕籠から降り立ったのは、六十半ばのいかにも頑固そうな老人である。

これが左門先生こと、高井左門だった。

十日以上、軟禁状態にあったわりには、足腰はしっかりしているし、駕籠から降りてきたときは、それでも体力の衰えを取りもどそうとするかのように、相撲の四股《し こ》を何度も踏んでみたりした。

「左門先生か。無事でよかった」

根岸が声をかけた。

「まさか、高名な根岸さまに助けていただけるとは思っていませんでした。『耳袋』は以前から愛読させていただいておりました」

「学者に読まれると、ちと恥ずかしいのだがな」

根岸は本気で照れた。

「すねこすりに遭ったためいなくなったと聞いていたが？」

と、根岸は訊いた。

「ああ、あれは妖怪でも何でもありません。あれは脛のところを絹かなにかでこすられただけでしょう。おりんや角蔵は、すねこすりに遭ったら真神さまに連れて行かれるという話を信じていましたが、わしは無理やり連れて行かれたのです」

「なるほど。疲れているだろうが、ほかにもいろいろ話を訊きたいのだ」

「大丈夫です」

「滋養のあるものを用意してあるので、ゆっくり食べながら話してくれ」

奉行所の一室にお膳が用意され、いくつか好物もあるらしく、左門先生は顔をほころばせた。

「これは、これは。さあ、なんでもお訊ねくだされ」

「犬飼欣之助のようすを訊きたいのだがな」

「あれは危ないですぞ」

いちばんに卵焼きに箸をつけながら、左門先生は言った。

「気がふれたとか？」

「いや、そういうのとは違いますな。なにか、自分に酔ってしまっているみたいに思われます」

いままでの話と照らし合わせても、それは的確な言い方に思われた。しかし、そういう人間が突っ走ると、危険きわまりない。

「先生にアヘンを使ったりは？」

「それはなかったです。わしの頭を惚けさせるのが目的ではないからでしょう。しっかりした頭のままで、あの御仁の考えていることを、学問のほうからも支援してもらいたがっていたみたいです。ただ、ほかの信者たちにはアヘンも麻の葉も使っていたみたいです。八幡神社の神主などはほとんど中毒のようになってしまっていますよ」

「なるほど。それで、犬飼はいま、なにをしようとしているのです？」

根岸は訊いた。

「それが、まだよくわからないところがありましてな。ただ、あの御仁が狼に魅せられているのは事実で、その気持ちはよくわかるのです」

「ほう」

「狼は、獣のなかでも格段に高貴な生きものですぞ」

「高貴か」

「犬のように馴れ馴れしくはないが、こっちも誠意を見せて付き合うと、心が通じ合うところもありますし」

「なるほど。それは高貴さに通じるかもしれぬな」

「またつがいの愛情の深さも素晴らしいものです」

「それは聞いたことがあるな。牝の狼を殺した猟師がずうっと追いかけられたというし、悲しみようといったら、胸が熱くなるほどだったらしい」

「そうです」

と、左門先生は深くうなずき、

「だが、あの御仁は牝の狼をどこからか連れて来ています」

「そうなのか」

「知行地の猟師あたりに頼んでいたのでしょう。犬飼家の領地は多摩あたりにあるらしいので、狼を捕まえるのは、そう難しくもないでしょう。最初は築地の上屋敷のほうへ入れたみたいですが、いまは中渋谷村の下屋敷のほうに来ています」

「というと、奉行所のあたりも連れ回したことがあったかもしれぬな」

根岸は、いつぞや飼い犬の小鬼が、まるで狼にでもなったように、遠吠えをしていたのを思い出したのである。

もしかしたらあのとき、その狼が奉行所の近くを通ったのではないか。もちろん狼のほうは、吠えないように口輪などを嵌められていただろう。それでも生きものというのは、臭いや気配で感じるものなのだ。

「その狼をどうするつもりなのだろう?」

と、根岸は訊いた。

「神獣をつくりたいとは言ってましたな」

「神獣か」

　要は、真神さまの化身としたいのだろう。だが、山にいる狼を連れて来て、それを神獣といって、誰が信じるのか。

「さらに、真神の化身だとして、たくさんの犬を飼育しております」

「犬をな」

　あのあたりの犬がいなくなっているというのは、しめから報告を受けていた。それが、犬飼の屋敷に集められたのだろう。

「これは、犬飼欣之助の言葉の端々から、わたしが想像したのですが、おそらくその犬たちは、犬車として利用されるのです」

「犬車？　なんだな、それは？」

「小さな荷車を犬に取り付けるのです。その車には油を含んだ薪が積んであり、火をつけて走らせるのだと思います。数十匹、いや百匹近い犬車を江戸中に走らせます。どうなりましょう？」

「火事が起きるだろうな」

「犬飼欣之助は申しておりました。まもなく江戸は、神聖な炎に包まれ、灰塵《かいじん》と化すであろうと。爛《ただ》れ切った江戸は、それで清らかさを取りもどすに違いないと」

「なんと……」

　根岸は立ち上がって、宮尾と椀田にふたたび急ぎの命を下した。

八

夕方——。

土久呂凶四郎と源次は、青山久保町の古着屋兼飲み屋に向かっていた。まだ、店は開けていないだろうが、店主の亀八と女将のおみねに、今宵は店を開けずに、おとなしく家にいるよう忠告しておくつもりだった。

「今宵、犬飼の屋敷に、目付たちとともに乗り込む」

根岸からそう告げられた。

もしかしたら、あの連中が犬飼の屋敷に駆けつけるような騒ぎが起きるかもしれない。そうならないよう、あらかじめ釘を刺しておきたかった。騒ぎになれば、怪我人が出たり、あるいは捕縛される者も出るかもしれない。なじみになったあの者たちを、そんな目に遭わせることはしたくなかった。

店の前に来た。

「ん？」

戸が開いている。が、蚊帳のれんも出ていない。

なかに入った。

「旦那……」

「ああ」

飲み屋は空っぽになっていた。人の気配はまったくなかった。店を開けるには早い刻限であっても、あるじ夫婦は下準備をしているはずだし、暇な常連客が数人、茶を飲みながら無駄話にふけっていたりするのがいつもの光景だった。

「逃げたのでしょうか？」

と、源次が訊いた。

「いや、おそらく犬飼家に入ったのだろう」

「あっしらを警戒したのですか？」

「それより、なにか勘づいたのだろうな。神信心の連中というのは、意外なところに信者がいたりして、話が伝わるのも早いんだよ」

「では、今宵、犬飼家に探索の手が入ることも？」

「察知したのかもな」

凶四郎はうなずき、それから壁の一点をじいっと見つめた。

「どうなさいました？」

「あそこの、いちばん目立っていた着物が消えてるぜ。素晴らしく艶やかな着物で、こんなところに着る女がいるのかと思っていたんだがな」

「ああ、ありましたね。あれだけは持ち去ったのでしょうか？」

「わからねえ。ここはもういい。行くぜ」

凶四郎と源次は、中渋谷村の〈犬神の家〉に向かった。


同じころ――。

根岸もまた、宮尾玄四郎と椀田豪蔵とともに、犬神の家に向かっていた。

もっと早く出るつもりが、お城から急な使者が来て、その対応で半刻ほど出るのが遅くなってしまった。だが、奉行所が揃えた捕り方たちは、しめと雨傘屋の案内で、すでに現地に到着しているはずである。

宮益町から外れ、土手を下りる坂道にさしかかろうとしたとき。

「待たれい」

根岸たちの前に、一人の武士が立ちはだかった。

飲み屋の常連客で、「斎藤さん」と呼ばれていた浪人者である。しかし、そのことを根岸たちは知らない。

日が落ちつつある。あと少ししたら、剣捌きは見えなくなるはずである。

「根岸さまが犬飼さまの邪魔をなさるとは、人情を理解されるお奉行という評価もあやまりだったわけですな」

斎藤は静かな口調で言った。タスキをかけ、刀の鯉口も切って、いつでも抜ける構えになっている。

根岸はそれを見ながら、

「わしのほうこそ、犬飼の真神信仰というのは、武器だの暴力沙汰だのは持ち出さないと思っていたが、それはあやまりだったようだな」

と、言った。

椀田が根岸の左に回り込み、宮尾は右に動いて、逆に少し遠ざかった。それが手裏剣の間合いである。

「犬飼さまはそうですよ。ただ、どうしても、信者のなかにはなんとしても教祖さまをお守りするという者が出てきてしまうのですよ」

斎藤はそう言うと同時に、剣を抜き放った。

椀田が刀を合わせることもできない。十手を差し出すのが精一杯だった。

カチン。

と音がして、薄い闇に青白い火花が散った。

同時に、宮尾が斎藤の足をめがけて、手裏剣を放っていた。

斎藤はそれを見切ったが、椀田の動きにも対応しなければならず、刀で受けず、わずかに足をひねった。

手裏剣は袴に突き刺さったが、足を傷つけることはできなかった。

「御前、こちらに」

言いながら、宮尾はもう一本の手裏剣を放った。

それはあやまたず、斎藤の肩に突き刺さった。

しかし、斎藤はそれにひるむことなく、椀田の十手を刀で押しながら、二歩、三歩と根岸のほうへ接近した。

椀田に押し負けないのは、たいした筋力だった。

だが、根岸を守るのは、一騎当千の遣い手である二人である。

宮尾が完全に、根岸の前に立ったと同時に、椀田は、

「てやぁーっ」

という掛け声とともに、斎藤の足を左足で引っかけて撥ね上げた。

「ああっ」

斎藤の身体は宙を反転し、ヒキガエルのように地面に叩きつけられ、どうにか起き直ったときには、宮尾の細身の刀がマムシの顔のように首筋に突きつけられていた。

九

根岸たちが犬飼家の門前に着いたときには——。

門の前には、すでに目付衆と、町方がざっと五十人ほど集まっていた。左門先生によれば、犬飼家の家来は五人ほどで、あとは町人の信者たちだという。万が一、乱闘騒ぎになっても、そう大勢の捕り方はいらないはずだった。

目付は二人。突然の連絡だったが、それぞれ十数人ほどの手の者を連れてきている。

もちろん根岸は、二人とも評定所の会議で顔なじみである。

「加山どの、佐治どの、ご足労、ありがとうございます」

と、根岸が二人に言った。

「いえ、われらも犬飼欣之助については、もちろん目をつけてはいたのですが、迂《う》闊《かつ》にもまだいいだろうという見解でした」

加山と呼ばれたほうが言った。

「わたしもたまたま、この界隈で町人がらみの事件がいくつかあったので気がついたのですよ。しかし、どうもここらで問い質したほうがよさそうな案配ですな」

「わかりました」

二人はうなずき、門を叩いた。

「われらは目付の加山総十郎と、佐治重蔵である。犬飼欣之助に問い質したきことがある。門を開けよ！」

加山が大声で言った。

しばらくして、やたらと犬の啼き声が聞こえてきた。それから、門の外から見える屋敷の庭が明るくなってきた。どうやら篝火《かがりび》でも焚いたらしい。

門がゆっくりと開けられた。

門から母屋の玄関までは、だいぶあいだがあった。途中、渋谷川に架かった橋を渡る。凶四郎が描かせた見取り図そのままだった。玄関までの地面には小石が敷かれ、両脇はつつじがびっしり植えられていた。花の季節はさぞかしきれいなことだろう。

目付と根岸たちはゆっくりと進んだ。

玄関の両脇にも小さな篝火が焚かれていた。入口に男が立っていた。あるじの犬飼欣之助だった。

「根岸も参ったのか。わざわざご苦労なことだな」

と、犬飼欣之助が言った。

「町人たちが何人もこちらに拉致され、さらに犬を集めたりして不穏の気配がある。町方としては看過できぬことだった」

根岸はそう言いながら、改めて犬飼欣之助の顔を見つめた。

あれから二十数年。この男は、衰えるどころか、いっそう美しくなっていた。

それは異様なほどの美しさだった。

この肌の張りと輝きはなんなのだろう。なにかを塗りたくっているのかと思ったが、そうではない。地肌そのままなのだ。まるで歳月がこの男の肌を、磨き上げてきたようだった。

眉はまっすぐに長く、鬢《びん》の近くで、余韻を残して消えた。眉とわずかに離れて二重の大きな目があり、その輝きといったらただごとではない。瞳は何色といえばいいのか。青みがかったような光る黒――と思うと、動きによって深緑のような色に変わった。

鼻筋はまっすぐ通り、やや厚めの唇は、花の色を思わせるほど柔らかい赤だった。世のなかに、これほど美しい男がいるのか。

娘のおりんも、よく似た美貌だった。それでも、格と品位と輝きで比べものにならなかった。

思わず見とれたのは、根岸だけではなかったはずである。誰も言葉を発せず、皆、犬飼の顔を見つめている。

――この男の宗教の大元にあるのは、この美貌なのだ。

と、根岸は思った。

しかし、この美貌は、同時に哀しみでもあったはずである。

これだけの美貌を持て余し、見られることが商売である役者にはなれない。仕事も美貌にふさわしい、目を瞠るほどのことはできない。武芸は逆に、舞踊のように見せるばかりだったろう。望むような視線と称賛を集めるには、神信心の教祖になるのがいちばんだった。

教義自体は、しごくまっとうだが、井戸端会議程度のもので、とくにどうということはない。

怖ろしいのは、この男の膨れ上がった顕示欲だろう。

「さて」

と、根岸が言った。

顔面観賞は終わらせないといけない。

目付の加山が、慌てて我に返ったように、

「犬飼欣之助。そなたが唱えている真神信仰に、我らは嫌疑を持っておる。今宵、その内実を確かめに参った」

と、言った。

「嫌疑と申されるか？」

「いかにも」

「ならば、ちょうどよいところに参った。いまから、真神信仰の大いなる儀式が営まれるところだった。ぜひ、見物いたすがよかろう」

「儀式だと？」

「さよう。この満月の下でおこなわれる聖なる儀式だ。さ、庭のほうへ」

そう言って、犬飼欣之助は先に立って歩き出した。

庭といっても、そこは森といったほうがふさわしかった。

それでも森の中央に丸い広場があり、篝火が焚かれていた。

さらに広場の周りには、数百人の信者たちが座っていた。そのなかには、亀八とおみねの夫婦や、飲み屋の常連客たちのほか、八幡神社の神主など見覚えのある者の姿もあった。

目付衆と町奉行所の捕り方の出現に、信者たちのあいだにざわめきが起きた。

目付の加山が、信者たちを見回し、

「おとなしくせい。我らはそなたたちの信仰を禁ずるために来たのではない。真神信仰は、この国に昔からある信仰の一つで、それを拝むことはなにも差支えない。ただ、この犬飼欣之助が内心に秘めているのは、真神信仰と似てはいるが、まったくの別物なのだ」

「ふん。そんなことより儀式だ」

と、犬飼は言った。

「儀式は禁ずる」

「なんだと」

犬飼は眉を吊り上げ、

「信者たちよ。目付衆はいま、理不尽な要求を突き付けて参った。我らが待ちに待った聖なる儀式を禁ずると言っているのだ」

と、大声で言った。

「お願いでございます。儀式を」

「儀式を見せてください」

「お願いでございます」

信者たちの声が唸りのようになった。

根岸が加山にうなずいた。

「わかった。では、特別に許す。行うがいい」

と、加山が言った。

「女神を連れて参れ！」

犬飼が命じた。

広場の右手のほうにある小屋から、男二人に連れられ、首を縄でつながれた生きものが登場した。それは、牝の狼だった。

「女神だ」

と、犬飼が言った。

信者たちが牝の狼にひれ伏した。

牝の狼は、女物の派手な着物をまとっていた。

それは、あの古着屋兼飲み屋の壁にかけてあった、もっとも派手な着物だった。

あそこから消えたのは、狼に着せるためだったらしい。

それがまた、狼に似合っているのが不思議だった。

「神獣はもう一頭おわす」

犬飼欣之助が手を上げて合図をすると、今度は左手の小屋から二人の男たちが、巨大な生きものとともに現われた。

「男神だ」

と、犬飼は言った。

「あれは……」

根岸は思い至った。有徳院さまが異国から入れた外来犬。その血を引く犬。松平定信が言っていたのは、この犬のことだったのだ。

「さあ。神獣同士でまぐわうがいい。それで、仔を宿すのじゃ。その仔は、真の神獣となって、江戸の夜を疾駆するだろう。そのようすを目に浮かべたら、身体が震えてくる。なんと、美しい姿。遠吠えが江戸の夜に木霊するのだ」

犬飼の言葉に、皆は二頭の獣の動きに見入った。

巨大な外来犬は、牝の狼にのしかかろうとした。

だが、牝の狼は身をよじりながら逃げた。

二頭の獣の、じゃれあいとは明らかに違う、くんずほぐれつがつづいた。

結局——。

巨大な外来犬は、嫌がる牝の狼をどうしても組み伏せることはできなかった。

「もう、終わりだ」

と、目付の加山が言った。

「まだだ」

犬飼は聞く耳を持たない。

「諦めるがいい、犬飼」

と、今度は根岸が言った。

「もはや茶番だ。儀式とは言えまい」

「まだ、つづきはある!」

犬飼は喚《わめ》いた。

「いや、許さぬ」

目付の加山が言った。

「聞かぬ」

「そうはいかぬ。犬飼欣之助に蟄居《ちっきょ》閉門を命ずる。おとなしくせい。さらに、処罰のことは追って沙汰する！」

加山は足を踏み出し、犬飼に対峙して言った。

「なんてことだ！」

犬飼は激昂し、拳を振り回し、

「なぜだ。なぜ、この世は美しいほうへと動き出そうとしないのだ。お前たちもお前たちだ。わたしの苦境を知って、なぜ、暴れ出そうとせぬ！」

と、信者たちに向かって叫んだ。

だが、信者たちからの声はない。

「斎藤はどうした、一刀流の達人である斎藤蓮三郎は？　あやつなら、こんな連中の七、八人はたちどころに斬り捨ててしまうだろうに」

犬飼は、周囲を見回しながら言った。

「あいにくだが、斎藤は根岸さまを斬ろうとしたので、捕縛した。いまは、青山久保町の番屋におる」

と、宮尾玄四郎が言った。

「なんだと。ならば犬車を出せ。おい、亀八、角蔵、おみね！　犬車を江戸市中に放つのだ！　江戸を聖なる炎で焼き尽くすのだ！」

犬飼は絶叫した。

それでも、信者たちは動かない。

「犬飼さま。もう、お終いです」

信者たちは泣いていた。

いっせいに地面にひれ伏し、嗚咽《おえつ》していた。

「殿さまのお気持ちは、わたしたちはよくわかっています。だが、どこか焦り過ぎたり、やり過ぎたりしていたのかもしれません。もう終わりにしましょう」

亀八が言った。

「真神さまも、殿さまの思いはわかってくれるはずです。ですので、わたしたちにも、以前のような静かな信仰にもどらせてください。お願いします」

おみねが泣きながら言った。

信者たちの泣き声はますます大きくなっていた。

「なんてことだ」

犬飼欣之助は崩れ落ちた。

そのときだった。首に縄をつけられ、庭の隅へ追いやられていた牝の狼が、鳴き始めた。

「うぉーん、うぉーん」

それは不思議な鳴き声だった。

哀しみでも喜びでもない。なにかに祈るような声だった。

満月は東の空にあった。

牝の狼は、月に咆《ほ》えているようにも見えた。

そのとき、宮尾が言った。

「もう一頭、狼が鳴いている……」と。

終章　さらば神獣

「本当だ。もう一頭いる」

と、凶四郎がつぶやいた。

その鳴き声は、徐々に近づいていた。

それとともに、ほかの犬たちも激しく鳴き始めた。こちらは、祈るような声ではなかった。怒っているような、怯えているような、ひたすらやかましい鳴き声だった。

「何が起きているのでしょう？」

宮尾が根岸に訊いた。

「おそらく……」

根岸が言いかけたときだった。

木々のあいだから見えている土塀の上に、突如、狼が現われた。それは、こちらにいる牝より一回り以上、大きく、しかも言いようもない貫禄が備わっていた。毛の色は、月光のせいもあってか、ずいぶん白っぽく見えた。

「あうーぅ」

土塀の上の狼は一声鳴いたかと思うと、宙を跳び、その勢いのまま、木々のあいだを駆け抜け、牝の狼のほうへ突進して来た。

「あぅうう」

牝の狼が嬉しげに鳴いた。

「つがいの狼だ」

と、根岸がつぶやいた。

「迎えに来たのですね」

宮尾が言った。

「ああ、ついに探し当てたのだろう」

根岸はうなずき、牝の狼の首につけた縄を持っている者に向かって、

「その縄をほどいてやれ」

と、言った。

「わかりました」

男はすぐに縄をほどき、牝狼を解き放った。

広場の真ん中あたり——そこはさっき、巨大な外来犬が、牝の狼を組み伏せようとしたあたりだったが、そこで二頭は出逢った。

二頭は互いに身体をこすり合わせるようにした。

そのようすを、この庭にいる者は皆、呆然としたように見つめている。

そのとき、母屋のほうから、

「わんわんわん」

と、けたたましい鳴き声を上げながら、やはり隅に引っ込んでいたあの巨大な外来犬が突進して来た。

凄まじい勢いである。誰も、前に出て止めようともしない。もし、そうしようとしても、勢いに負けて撥ね飛ばされたに違いない。

外来犬は、新たに出現した牡の狼に向かっているのが明らかだった。

外来犬は、牡の狼の優に三倍の大きさはあった。

それでも牡の狼はまったくひるむことはなかった。巨大さに恐れるようすは、毛ほども見せなかった。それどころか、突進して来る外来犬とまっすぐに向き合った。

衝突する寸前、牡の狼が大きく跳んだかと思うと、宙で身をひるがえし、止まり切れない外来犬の首筋にがっぷり嚙みついていた。

「わおわおっ」

外来犬は悲鳴のような声を上げ、激しく暴れた。牡の狼は、振り回されるように宙を舞ったが、しかし、嚙みついたまま、しがみついた。

何度か二頭が地面を転がった。

誰もが息を止めて、戦いの結果を見守った。

ふと、二頭の動きが止まった。

「がうう」

牡の狼が立ち上がり、外来犬は地面に横になって倒れていた。首すじから血が流れつづけている。

「凄い」

凶四郎が言った。

「ああ、あれは凄い」

椀田もうなずいて言った。

「圧倒的な強さだった」

とは、宮尾の言葉だった。

いずれ劣らぬ、町奉行所屈指の遣い手たちが、啞然とするほどの狼の闘争ぶりだった。

それから、信者たちのあいだから、

「わぁーっ」

という歓声が湧き上がってきた。

さっきまで吠えまくっていた犬たちも、おとなしくなっていた。上下の関係をつくるのは犬たちの習性だが、はるかに上位の存在に圧倒されてしまったようだった。

そのとき――。

根岸は思い出していた。

かつて松平定信が最初に真神信仰に魅了されたとき、根岸はちょうどそのころ流行っていた犬わずらいにかかった犬を、定信の前に連れて行ったのだ。その犬は、確証はなかったが、犬ではなく、狼ではないかとも言われていた。もともと犬と狼は見た目が似ているが、たしかにその犬は、狼だとしても不思議はなかった。

根岸はその犬を定信に見せ、

「御前。これは先ほど捕まえた狼でございます。子どもを二人、嚙み殺したのも、おそらくこの狼です。これが神の使いに見えますか。御前が信じようとなさっている狼とは、これですぞ。これが真の姿なのですぞ」

と、訴えたのだった。

定信はその姿に愕然とし、たちまち信じかけていたものを捨て去ったのだった。

だが、いま、目の前にいる狼は、まるで違っていた。もしもあのとき、この狼の姿を見せていたら、松平定信はますます敬虔な信徒となっていただろう。

「真神さま」

という震えるような声がした。

犬飼欣之助が膝をつき、手を合わせていた。

すると、信者たちもいっせいに、二頭の狼に手を合わせた。

しかし狼は、そんな人間たちのようすには目もくれない。

二頭は同時に走り出した。

驚くほどの跳躍力で土塀の上に跳び上がると、

「わおぉーっ」

と、牡の狼が一声吠えた。その声そのものが、満月の光で尾を引くように白く輝いたように見えたのは、根岸の気のせいだったろう。

二頭は身をひるがえし、土塀の向こうへいなくなった。

だが、根岸の脳裏には、草原を走る二頭の狼の姿がはっきりと浮かんでいた。

この小説は当文庫のための書き下ろしです。

DTP制作　エヴリ・シンク

文春文庫

耳袋秘帖《みみぶくろひちょう》　南町奉行《みなみまちぶぎょう》と犬神《いぬがみ》の家《いえ》

定価はカバーに表示してあります

2023年1月10日　第1刷

著　者　風野真知雄《かぜのまちお》
発行者　大沼貴之
発行所　株式会社　文藝春秋

東京都千代田区紀尾井町3-23　〒102-8008
TEL　03・3265・1211㈹
文藝春秋ホームページ　http://www.bunshun.co.jp

落丁、乱丁本は、お手数ですが小社製作部宛お送り下さい。送料小社負担でお取替致します。

印刷製本・凸版印刷

Printed in Japan
ISBN978-4-16-791971-9

（　）内は解説者。品切の節はご容赦下さい。

風野真知雄
耳袋秘帖
眠れない凶四郎（一）

妻が池の端の出合い茶屋で何者かに惨殺された。その現場に立ち会って以来南町奉行所の同心、土久呂凶四郎は不眠症に。見かねた奉行の根岸は彼を夜専門の定町回りに任命。江戸の闇を探る！

か-46-38

風野真知雄
耳袋秘帖
眠れない凶四郎（二）

妻を殺された土久呂凶四郎は、不眠症に悩まされながらも夜専門の同心として夜な夜な町を巡回する。静かな夜の江戸に蠢く怪しいものたち。奉行の根岸とともに事件を解決していく。

か-46-39

風野真知雄
耳袋秘帖
眠れない凶四郎（三）

妻・阿久里を殺害されたまま、いまだ手がかりすら摑めない凶四郎。不眠症もいまだ回復せず、今宵もまた、夜の江戸に巡回に出て妻殺害の真相に迫る！　犯人は果たして……。

か-46-40

風野真知雄
耳袋秘帖
眠れない凶四郎（四）

妻殺害の難事件はほろ苦い結末ながらなんとか解決した。が、名奉行根岸の温情により、不眠症がいまだ治らない凶四郎は江戸の闇を今夜も巡る。今度の江戸に巣食う魔物は一体何か？

か-46-41

風野真知雄
耳袋秘帖
眠れない凶四郎（五）

無事妻殺しの一件が解決した後も不眠症が続く凶四郎の身辺に幽霊が出没。幽霊をみて捕まった泥棒、治療するとなぜか幽霊が出る鍼師。果たしてこれらの事件は互いに関係があるのか？

か-46-42

風野真知雄
耳袋秘帖
南町奉行と大凶寺

深川にある題経寺は正月におみくじを引いたら大凶ばかり、檀家は落ち目になり、墓をつくれば死人が化けて出る。近所の商人から相談された根岸も、さほどの事とは思わなかったのだが。

か-46-43

風野真知雄
耳袋秘帖
南町奉行と深泥沼《みどろぬま》

大身の旗本山崎家の屋敷にある「がま池」に妙な生き物が棲んでいるとの相談が。やがて麻布界隈でおかしな事件が頻発。謎を解く鍵は備中の山崎家の所領にある深泥沼にあるらしいのだが。

か-46-44

（　）内は解説者。品切の節はご容赦下さい。

千野隆司
出世商人（二）
借財を遺し急逝した父の店を守る為、新薬の販売に奔走する文吉。しかし、その薬の効能の良さを知る商売敵から、悪辣な妨害が……。文吉は立派な商人になれるのか。シリーズ第二弾。
ち-10-2

鳥羽　亮
八丁堀「鬼彦組」激闘篇
奇怪な賊
大店に賊が押し入り番頭が殺され、大金が盗まれた。中からは厳重に戸締りされていて、完全密室状態だった。そしてまた別の店が――一体どうやって忍び込んだのか！　奴らは何者か？
と-26-15

鳥羽　亮
八丁堀「鬼彦組」激闘篇
福を呼ぶ賊
福猫小僧なる独り働きの盗人が、大店に忍び込み、挨拶代わりに招き猫の絵を置いていくという事件が立て続けに起きた。被害にあった店は以前より商売繁盛となるというのだが……。
と-26-16

藤井邦夫
恋女房
新・秋山久蔵御用控（一）
〝剃刀〟の異名を持つ南町奉行所吟味方与力・秋山久蔵が帰ってきた！　嫡男・大助が成長し、新たな手下も加わってスケールアップした、人気シリーズの第二幕が堂々スタート！
ふ-30-36

藤井邦夫
騙《かた》り屋《や》
新・秋山久蔵御用控（二）
可愛がっている孫に泣きつかれた呉服屋の隠居が金を用立ててやると、実はそれは騙りだった。どうやら年寄り相手に騙りを働く一味がいるらしい。久蔵たちは悪党どもを追い詰める！
ふ-30-37

藤原緋沙子
切り絵図屋清七
ふたり静
絵双紙本屋の「紀の字屋」を主人から譲られた浪人・清七郎は、人助けのために江戸の絵地図を刊行しようと思い立つ。人情味あふれる時代小説書下ろし新シリーズ誕生！　（縄田一男）
ふ-31-1

藤原緋沙子
岡っ引黒駒《くろこま》吉蔵《きちぞう》
甲州出身、馬を自在に操る吉蔵が、江戸で岡っ引になり大活躍。ある日町を暴走する馬に飛び乗り、惨事を防ぐ。怪我人がいないか調べるうち、板前の仙太郎と出会うが……。新シリーズ！
ふ-31-7

（　）内は解説者。品切の節はご容赦下さい。

山本一力
あかね空
京から江戸に下った豆腐職人の永吉。己の技量一筋に生きる永吉を支える妻と、彼らを引き継いだ三人の子の有為転変を、親子二代にわたって描いた直木賞受賞の傑作時代小説。（縄田一男）
や-29-2

山本一力
たまゆらに
青菜売りをする朋乃はある朝、仕入れに向かう途中で大金入りの財布を拾い、届け出るが——。若い女性の視線を通して、欲深い人間たち、正直の価値を描く傑作時代小説。（温水ゆかり）
や-29-22

山本兼一
火天《かてん》の城
天に聳える五重の天主を建てよ！　信長の夢は天下一の棟梁父子に託された。安土城築城の裏に秘められた想像を絶する創意工夫。第十一回松本清張賞受賞作。（秋山　駿）
や-38-1

山本兼一
利休にたずねよ
美の求道者ゆえ、秀吉に疎まれ切腹を命ぜられた利休。心の中には若き日に殺した女がいた。その秘めた恋と人生の謎に迫る圧巻の第140回直木賞受賞作。浅田次郎氏との対談を特別収録。
や-38-10

山本周五郎・沢木耕太郎　編
山本周五郎名品館Ⅱ　裏の木戸はあいている
今なお読み継がれる周五郎の作品群から選び抜かれた名品。「ちいさこべ」「法師川八景」「よじょう」「榎物語」「こんち午《うま》の日」「橋の下」「若き日の摂津守」等全九編。（沢木耕太郎）
や-69-2

山本周五郎・沢木耕太郎　編
山本周五郎名品館Ⅲ　寒橋（さむさばし）
周五郎短編はこれを読め！　短編傑作選の決定版。「落ち梅記」「人情裏長屋」「なんの花か薫る」「かあちゃん」「あすなろう」「落葉の隣り」「釣忍」等全九編。（沢木耕太郎）
や-69-3

谷津矢車
おもちゃ絵芳藤
歌川芳藤に月岡芳年・落合芳幾・河鍋暁斎ら個性溢れる絵師が、幕末から明治の西欧化の波に抗い苦闘する。絵師の矜持と執念に迫る、歴史時代作家クラブ賞作品賞受賞作。（岡崎琢磨）
や-72-1